Nineteenth-Century
French Short Fiction

European Masterpieces
Molière & Co. French Classics Nº 20

General Editor: Tom Lathrop
                                     University of Delaware

French Series Editor: Theodore E. D. Braun
                                     University of Delaware

An Anthology of Nineteenth-Century French Short Fiction

Edited and with notes by

JUDY CELLI
University of Delaware

and

LYNN E. PALERMO
Susquehanna University

Molière & Co.
NEWARK · DELAWARE

The publisher is very grateful to NICK WOLTERS for his able editorial assistance.

All stories are based on public domain sources.

EUROPEAN
Masterpieces

WE WOULD LIKE TO THANK TOM LATHROP for his remarkable patience and flexibility with deadlines; TED BRAUN for bringing us this project; TINA GEORGE for insightful editorial input and GRACE RELF for her painstaking work on the glossary.

To DAVE, MONICA, DAVID and ANTHONY
JC

My thanks to SUSQUEHANNA UNIVERSITY for its continued support, and to my family for always being there.
LP

Table of Contents

Thematic Table of Contents

Nineteenth-Century
French Short Fiction

Introduction to Students

WELCOME TO AN EXCITING collection of some of the greatest short fiction ever written. We hope that you will gain an appreciation of the art of the short story after having read and studied the selections in this compilation. Because you have already attained a certain level of proficiency in French, you are now capable of moving beyond reading for simple comprehension of plot and toward analyzing character, plot development, literary devices and socio-cultural contexts. We have structured the book to give students easy access to some of the more difficult language. As you read, you may come across unfamiliar words, so we have provided marginal glosses as well as an extensive glossary at the end of the book to facilitate comprehension. In addition, you will find footnotes explaining historical references or difficult syntactic constructions. Finally, two tables of contents will help you situate the stories chronologically and thematically.

We have chosen stories that articulate the French writers' unique ability to create a psychological milieu that evokes understanding and empathy. Even if readers disagree with the characters' actions or motivations, they cannot fail to recognize the common humanity that drives their impulses and desires. Therefore, to appreciate comprehensively a chosen selection, you should read the work several times. Imagine looking at Michelangelo's Sistine Chapel or listening to a Beethoven sonata only once. While you could say you are aware of these masterpieces, think of the complexity and beauty you would miss. The short stories presented here are literary masterpieces and should be reexamined as often as possible so that you can begin to identify the many layers of a subtle art and gain a greater appreciation of it.

Whether you are an experienced reader or a novice, there are a few practices in addition to multiple readings that will aid your comprehension. Elizabeth M. Knutson suggests beginning with a physical examination of the work. How is it organized? Is it divided into parts?

Is there much dialogue? Description? Note recurring names of places, characters and dates. Can you identify where and when the story takes place? Can you predict possible topics?[1]

Try to construct a framework of the story in your mind; then use repeated readings to check its validity. If you are taking a biographical or socio-cultural critical approach, your instructor may have given you or you may have researched some additional background information on the author, the time period or an event (the Franco-Prussian War for example). Keeping this information in mind as you read will help you understand the perspectives, actions and reactions of the characters in the story and of the public for which the piece was written.

Lastly, you should have some knowledge of the important characteristics of the genre. While there is not really one accepted definition of a short story, most critics agree that brevity is the definitive characteristic. The length of the story is important not for its own sake, but for its effect on other elements of the work. For example, brevity has been viewed as the genre's greatest constraint. Thus, a successful short story is one that manages to overcome this inherent limitation in order to create a whole, rather than a mere fragment.[2] Donaldson-Evans provides an interesting perspective on how one author, Guy de Maupassant, overcame the genre's constraints arising from conditions of publication. Because short stories were often published in newspapers, Maupassant created 'wholes' that extended beyond the limits of a single story by having characters, places or events return in later stories.[3] Nevertheless, each short story must be able to stand alone in its ability to give readers a snapshot of the human condition. No matter the technique, the successful short story writer manages, through pacing, plot, character development, emotion, and tone, to create brief works that frame a unified, self-contained story. The author of the short story

---

1   Elizabeth M. Knutson." Teaching Whole Texts: Literature and Foreign Language Reading Instruction." *The French Review*, Vol. 67 no. 1, (October 1993), pages 12-26.

2   Allan H. Pasco, "On Defining Short Stories, *New Literary History* 22.2 (1991): 409-424.

3   Mary Donaldson-Evans, "Maupassant et le carcan de la nouvelle," *Les Cahiers naturalistes* 74 (2000) : 7-82.

often creates a subtle, suggestive narration creating anticipation on the part of the reader. This anticipation is crucial if the reader is to be a 'participant' rather than a 'witness.'"[4] It is our sincere hope that you will become an eager, willing participant in the appreciation of the art known as 19th Century French Short Fiction. *Bonne lecture!*

J.C.

L.P.

NOTE ABOUT MARGINAL VOCABULARY: Words that you may not know are glossed in the margin. The French word is followed by ° . If there is more than one word to be glossed it is preceded by ' and followed by.° A semi-colon is used in the margin to show that the following glossed word is from the next line of text.

---

4 Walton Beachem." Short Fiction: Toward a Definition." *Critical Survey of Short Fiction: Essays 1-406.* Frank N. Magill, ed. Englewood Cliffs, NJ: Salem Press 1981, p.7.

Prosper Mérimée (1803-1870)

"J'AI TOUTE MA VIE cherché... à être citoyen du monde avant d'être français."

A reflective Prosper Mérimée wrote the above words just before his death in 1870. The exoticism that permeates Mérimée's work is certainly the product of a well-traveled and scholarly world citizen who wished to enlighten and fascinate his readers. In addition, Merimée's study of magic and of the supernatural produced fantastic works that challenged the boundaries of the physical world and transported the reader into the realm of supernatural possibility.

Born in Paris on September 28, 1803, Mérimée led a life of global influences, illustrious friendships and exciting endeavors. He produced extraordinary works of literature including *Le Théâtre de Clara Gazul* and "Carmen" on which Georges Bizet's *opéra-comique* is based. Of particular note however, is "Mateo Falcone," published in 1829. In this work, which Walter Pater called "perhaps the cruelest story in the world,"[1] Mérimée masters the art of pacing and character development so crucial to well crafted short fiction. In addition, Mérimée transports the reader to the Corsican *maquis* via numerous examples of local color, objective portrayals of the Corsican people, and vivid descriptions of the island's rugged landscape. Having written "Mateo Falcone" before traveling to Corsica, Mérimée drew upon his vast research and informed imagination to develop a world where the unthinkable could convincingly become reality.

In "La Vénus d'Ille," Mérimée creates an interesting mixture of the exotic and fantastic genres. Again relying on local color as well as on references to antiquity, Mérimée constructs a mysterious and intriguing backdrop for his tale. In this work of the uncanny, Mérimée displays not only his extensive linguistic knowledge, but also his vast understanding of archeology and antiquities. As *Inspecteur Général de*

---

1 Maxwell A. Smith, *Prosper Mérimée*. New York: Twayne Publishers, 1972.

la Commission des Monuments Historiques, Mérimée had researched, classified and saved from destruction approximately 4,000 historic monuments.

By the time his life ended on September 23, 1870, Prosper Mérimée had also been a member of the Académie Française, as well as a somewhat reluctant senator. However, it is as one of the first and greatest short fiction writers that this man of the world is remembered best.

Mateo Falcone[1]

En sortant de Porto-Vecchio[2] et se dirigeant au nord-ouest vers l'intérieur de l'île, on voit le terrain s'élever assez rapidement, et après trois heures de marche par des sentiers tortueux, obstrués° par de gros quartiers de rocs, et quelquefois par des ravins, on se trouve sur le bord d'un maquis[3] très étendu. Le maquis est la patrie des bergers corses et de quiconque s'est brouillé avec la justice.[4] Il faut savoir que le laboureur corse, pour s'épargner° la peine de fumer° son champ, met le feu à une certaine étendue de bois: tant pis si la flamme se répand plus loin que besoin n'est[5]; arrive que pourra; on est sûr d'avoir une bonne récolte en semant° sur cette terre fertilisée par les cendres des arbres qu'elle portait. Les épis° enlevés, car on laisse la paille, qui donnerait de la peine à recueillir, les racines qui sont restées en terre sans se consumer poussent au printemps suivant, des cépées° très épaisses qui, en peu d'années, parviennent à une hauteur de sept ou huit pieds. C'est cette manière de taillis fourré° qu'on nomme maquis. Différentes espèces d'arbres et d'arbrisseaux le composent, mêlés et confondus comme il plaît à Dieu.° Ce n'est que la hache° à la main que l'homme s'y ouvrirait un passage, et l'on voit des maquis si épais et si touffus, que les mouflons° eux-mêmes ne peuvent y pénétrer.

Si vous avez tué un homme, allez dans le maquis de Porto-Vecchio, et vous y vivrez en sûreté, avec un bon fusil, de la poudre et des balles; n'oubliez pas un manteau brun garni d'un capuchon,° qui sert de couverture et de matelas.° Les bergers vous

Marginal glosses: obstrués° — obstructed; s'épargner° — to spare himself; fumer° — to fertilize; semant° — sowing; épis° — stalks; cépées° — shoots; taillis fourré° — dense thicket; comme il plaît à Dieu° — wildly; la hache° — hatchet; mouflons° — mountain sheep; capuchon° — hood; matelas° — mattress

---

1 This name seems more Italian than French. Corsica belonged to the Genoese until 1768 when France aquired it.

    Notes marked by * † ‡ § are Mérimeé's own and are given at the end of the story.

2 Porto Vecchio is a town in the southeastern part of the island.

3 The **maquis** is an area of dense vegetation.

4 **Quiconque s'est…** *whoever has gotten mixed up with the law.*

5 **Se répand…** *spreads farther than necessary.*

donnent du lait, du fromage et des châtaignes,° et vous n'aurez   chestnuts
rien à craindre de la justice ou des parents du mort, si ce n'est
quand il vous faudra descendre à la ville pour y renouveler vos
munitions.   Juxtapose les deux

   Mateo Falcone quand j'étais en Corse en 18.., avait sa maison
à une demie-lieue de ce maquis. C'était un homme assez riche
pour le pays; vivant noblement, c'est-à-dire sans rien faire, du
produit de ses troupeaux, que des bergers, espèces de nomades,
menaient paître° çà et là sur les montagnes. Lorsque je le vis, deux   to graze
années après les événements que je vais raconter, il me parut âgé
de cinquante ans tout au plus. Figurez-vous un homme petit,
mais robuste, avec des cheveux crépus,° noirs comme le jais,° un   frizzy, jet black
nez aquilin, les lèvres minces, les yeux grands et vifs, et un teint
couleur de revers de botte. Son habileté au 'tir du fusil° passait   firing a rifle
pour extraordinaire, même dans son pays, où il y a tant de bons
tireurs. Par exemple, Mateo n'aurait jamais tiré sur un mouflon
avec des chevrotines° mais, à cent vingt pas, il l'abattait° d'une   buckshot, would shoot
balle dans la tête ou dans l'épaule, à son choix. La nuit, il se ser-   down
vait de ses armes aussi facilement que le jour, et l'on m'a cité de
lui ce trait d'adresse qui paraîtra incroyable à qui° n'a pas voyagé   he who
en Corse. A quatre-vingts pas, on plaçait une chandelle allumée
derrière un transparent de papier, large comme une assiette. Il
'mettait en joue,° puis on éteignait la chandelle et, au bout d'une   would aim
minute dans l'obscurité la plus complète, il tirait et perçait le
transparent trois fois sur quatre.

   Avec un mérite aussi transcendant Mateo s'était attiré une
grande réputation. On le disait aussi bon ami que dangereux
ennemi: d'ailleurs serviable et faisant l'aumône,° il vivait en paix   alms
avec tout le monde dans le district de Porto-Vecchio. Mais on
contait de lui qu'à Corte, où il avait pris femme, il s'était débar-
rassé fort vigoureusement d'un rival qui passait pour aussi redou-
table° en guerre qu'en amour: du moins on attribuait à Mateo   fearsome
certain coup de fusil qui surprit ce rival comme il était à se raser
devant un petit miroir pendu à sa fenêtre. L'affaire assoupie,°   settled
Mateo se maria. Sa femme Giuseppa lui avait donné d'abord trois
filles (dont il enrageait), et enfin un fils, qu'il nomma Fortunato:
c'était l'espoir de sa famille, l'héritier du nom. Les filles étaient
bien mariées: leur père pouvait compter au besoin sur les poi-

gnards° et les escopettes° de ses gendres.° Le fils n'avait que dix *daggers, handguns, sons*
ans, mais il annonçait déjà d'heureuses dispositions. *in-law*

　　Un certain jour d'automne, Mateo sortit de bonne heure avec
sa femme pour aller visiter un de ses troupeaux dans une clairière° *clearing*
du maquis. Le petit Fortunato voulait l'accompagner, mais la
clairière était trop loin; d'ailleurs, il fallait bien que quelqu'un
restât pour garder la maison; le père refusa donc: on verra s'il
n'eut pas lieu de s'en repentir.[6]

　　Il était absent depuis quelques heures et le petit Fortunato
était tranquillement étendu° au soleil, regardant les montagnes *stretched out*
bleues, et pensant que, le dimanche prochain, il irait dîner à la
ville, chez son oncle le caporal,*° quand il fut soudainement in- *corporal*
terrompu dans ses méditations par l'explosion d'une arme à feu.
Il se leva et se tourna du côté de la plaine d'où partait ce bruit.
D'autres coups de fusil se succédèrent tirés à intervalles inégaux,
et toujours de plus en plus rapprochés; enfin, dans le sentier qui
menait de la plaine à la maison de Mateo parut un homme, coiffé
d'un bonnet pointu comme en portent les montagnards, barbu,
couvert de haillons,° et se traînant° avec peine en s'appuyant° sur *rags, dragging himself,*
son fusil. Il venait de recevoir un coup de feu dans la cuisse.° *leaning; thigh*

　　Cet homme était un bandit, qui, étant parti de nuit pour aller chercher de la poudre à la ville, était tombé en route dans une
embuscade de voltigeurs °† corses. Après une vigoureuse défense, *infantryman*
il était parvenu à faire sa retraite, vivement poursuivi et tiraillant° *shoooting wildly*
de rocher en rocher. Mais il avait peu d'avance sur les soldats et
sa blessure° le mettait hors d'état de gagner le maquis avant d'être *wound*
rejoint.

　　Il s'approcha de Fortunato et lui dit:
　　"Tu es le fils de Mateo Falcone?"
　　"Oui."
　　"Moi, je suis Gianetto Sanpiero. Je suis poursuivi par les 'col-
lets jaunes.‡° Cache-moi, car je ne puis aller plus loin." *infantryman's uniform*
　　"Et que dira mon père si je te cache sans sa permission?"
　　"Il dira que tu as bien fait."
　　"Qui sait?"
　　"Cache-moi vite; ils viennent."
　　"Attends que mon père soit revenu."

---

6 **On verra…** *we'll see if he doesn't have reason to regret this decision.*

"Que j'attende? malédiction! Ils seront ici dans cinq minutes. Allons, cache-moi, ou je te tue."

Fortunato lui répondit avec le plus grand sang-froid:

"Ton fusil est déchargé, et il n'y a plus de cartouches° dans   bullets
ta carchera.§"   cartridge belt

"J'ai mon stylet.°"   dagger

"Mais courras-tu aussi vite que moi?"

'Il fit un saut, et se mit hors d'atteinte.[7]

"Tu n'es pas le fils de Mateo Falcone! Me laisseras-tu donc
arrêté devant ta maison."

L'enfant parut touché.

"Que me donneras-tu si je te cache?" dit-il en se rapprochant.

Le bandit fouilla° dans une poche de cuir qui pendait à sa   searched
ceinture, et il en tira une pièce de cinq francs qu'il avait réservée
sans doute pour acheter de la poudre. Fortunato sourit à la vue de
la pièce d'argent; il s'en saisit, et dit à Gianetto:

"Ne crains rien."

Aussitôt il fit un grand trou dans un 'tas de foin° placé au-   haystack
près de la maison, Gianetto 's'y blottit,° et l'enfant le recouvrit   huddled inside it
de manière à lui laisser un peu d'air pour respirer, sans qu'il fût
possible cependant de soupçonner que ce foin cachât un homme.
Il s'avisa, de plus, d'une finesse de sauvage assez ingénieuse. Il alla
prendre une chatte et ses petits, et les établit sur le tas de foin
pour faire croire qu'il n'avait pas été remué° depuis peu. Ensuite,   disturbed
remarquant des traces de sang sur le sentier près de la maison, il
les couvrit de poussière avec soin, et, cela fait, il se recoucha au
soleil avec la plus grande tranquillité.

Quelques minutes après, six hommes en uniforme brun à collet jaune, et commandés par un adjudant, étaient devant la porte
de Mateo. Cet adjudant était quelque peu parent° de Falcone.   relative
(On sait qu'en Corse on suit les degrés de parenté beaucoup
plus loin qu'ailleurs.) Il se nommait Tiodoro Gamba: c'était un
homme actif, fort redouté des bandits dont il avait déjà traqué
plusieurs.

"Bonjour, petit cousin," dit-il à Fortunato en l'abordant;
"Comme te voilà grandi! As-tu vu passer un homme tout à
l'heure?"

---

7 **Il fit...** *he jumped out of reach* (of Gianetto).

"Oh! je ne suis pas encore si grand que vous, mon cousin," répondit l'enfant d'un air niais.°   inane

"Cela viendra. Mais n'as-tu pas vu passer un homme, dis-moi?"

"Si j'ai vu passer un homme?"

"Oui, un homme avec un bonnet pointu en velours noir, et une veste brodée de rouge et de jaune?"

"Un homme avec un bonnet pointu, et une veste brodée de rouge et de jaune?"

"Oui, réponds vite, et ne répète pas mes questions."

"Ce matin, M. le curé est passé devant notre porte, sur son cheval Piero. Il m'a demandé comment papa se portait, et je lui ai répondu... "

"Ah! petit drôle, tu 'fais le malin!° Dis-moi vite par où est passé Gianetto, car c'est lui que nous cherchons; et, j'en suis certain, il a pris par ce sentier."   you're being facetious

"Qui sait?"

"Qui sait? C'est moi qui sais que tu l'as vu."

"Est-ce qu'on voit les passants quand on dort?"

"Tu ne dormais pas, vaurien;° les coups de fusil t'ont réveillé."   good-for-nothing

"Vous croyez donc, mon cousin, que vos fusils font tant de bruit? L'escopette de mon père en fait bien davantage."

"'Que le diable te confonde, maudit garnement[8]! Je suis bien sûr que tu as vu le Gianetto. Peut-être même l'as-tu caché. Allons, camarades, entrez dans cette maison, et voyez si notre homme n'y est pas. Il n'allait plus que d'une patte,° et il a trop de bon sens, le coquin,° pour avoir cherché à gagner le maquis en clopinant.° D'ailleurs, les traces de sang s'arrêtent ici."   step / rascal / limping

"Et que dira papa?" demanda Fortunato en ricanant;° "que dira-t-il s'il sait qu'on est entré dans sa maison pendant qu'il était sorti?"   snickering

"Vaurien!" dit l'adjudant Gamba en le prenant par l'oreille, "sais-tu qu'il ne tient qu'à moi de te faire changer de note?° Peut-être qu'en te donnant une vingtaine de coups de plat de sabre tu parleras enfin."   tone

Et Fortunato ricanait toujours.

"Mon père est Mateo Falcone!" dit-il avec emphase.

---

8 **Que le...** *what the devil is so confusing, you damned good-for-nothing!*

"Sais-tu bien, petit drôle, que je puis t'emmener à Corte ou à Bastia. Je te ferai coucher dans un cachot,° sur la paille, les fers° aux pieds, et je te ferai guillotiner si tu ne dis où est Gianetto Sanpiero."

prison cell, irons

L'enfant éclata de rire à cette ridicule menace. Il répéta:

"Mon père est Mateo Falcone!"

"Adjudant," dit tout bas un des voltigeurs, "ne nous brouillons° pas avec Mateo."

tangle

Gamba paraissait évidemment embarrassé. Il causait à voix basse avec ses soldats, qui avaient déjà visité toute la maison. Ce n'était pas une opération fort longue, car la cabane d'un Corse ne consiste qu'en une seule pièce carrée. L'ameublement se compose d'une table, de bancs, de coffres et d'ustensiles de chasse ou de ménage. Cependant le petit Fortunato caressait sa chatte, et semblait jouir malignement de la confusion des voltigeurs et de son cousin.

Un soldat s'approcha du tas de foin. Il vit la chatte, et donna un coup de baïonnette dans le foin avec négligence, et haussant les épaules, comme s'il sentait que sa précaution était ridicule. Rien ne remua; et le visage de l'enfant ne trahit pas la 'plus légère° émotion.

slightest

L'adjudant et sa troupe se donnaient au diable; déjà ils regardaient sérieusement du côté de la plaine, comme disposés à s'en retourner par où ils étaient venus, quand leur chef, convaincu que les menaces ne produiraient aucune impression sur le fils de Falcone, voulut faire un dernier effort et tenter° le pouvoir des caresses et des présents.

to try

"Petit cousin," dit-il, "tu me parais un gaillard bien éveillé!° Tu iras loin. Mais tu joues un vilain jeu avec moi; et, si je ne craignais de faire de la peine à mon cousin Mateo, le diable m'emporte! je t'emmènerais avec moi."

smart boy

"Bah!"

"Mais, quand mon cousin sera revenu, je lui conterai l'affaire, et, pour ta peine d'avoir menti, il te donnera le fouet° jusqu'au sang."

whipping

"Savoir?°"

You think?

"Tu verras... Mais tiens... sois brave garçon, et je te donnerai quelque chose."

"Moi, mon cousin, je vous donnerai un avis: c'est que, si vous tardez davantage, le Gianetto sera dans le maquis, et alors il faudra plus d'un luron° comme vous pour aller l'y chercher." — lad

L'adjudant tira de sa poche une montre d'argent qui valait bien dix écus;° et, remarquant que les yeux du petit Fortunato étincelaient° en la regardant, il lui dit en tenant la montre suspendue au bout de sa chaîne d'acier.° — type of old coin / were gleaming / steel

"Fripon!° tu voudrais bien avoir une montre comme celle-ci suspendue à ton col, et tu te promènerais dans les rues de Porto-Vecchio, fier comme un paon;° et les gens te demanderaient: 'Quelle heure est-il?' et tu leur dirais: 'Regardez à ma montre.'" — rascal / peacock

"Quand je serai grand, mon oncle le caporal me donnera une montre."

"Oui; mais le fils de ton oncle en a déjà une... Pas aussi belle que celle-ci, à la vérité... Cependant il est plus jeune que toi."

L'enfant soupira.° — sighed

"Eh bien, la veux-tu cette montre, petit cousin?"

Fortunato, lorgnant° la montre du coin de l'œil, ressemblait à un chat à qui l'on présente un poulet tout entier. Comme il sent qu'on se moque de lui, il n'ose y porter la griffe,° et de temps en temps, il détourne les yeux pour ne pas s'exposer à succomber à la tentation; mais il se lèche les babines° à tout moment, il a l'air de dire à son maître: "Que votre plaisanterie est cruelle!" — peering at / claw / licks his lips

Cependant l'adjudant Gamba semblait de bonne foi en présentant sa montre. Fortunato n'avança pas la main; mais il lui dit avec un sourire amer:° — bitter

"Pourquoi vous moquez-vous de moi?"

"Par Dieu! je ne me moque pas. Dis-moi seulement où est Gianetto, et cette montre est à toi."

Fortunato laissa échapper un sourire d'incrédulité; et, fixant ses yeux noirs sur ceux de l'adjudant, il s'efforçait d'y lire la foi qu'il devait avoir en ses paroles.

"Que je perde mon épaulette," s'écria l'adjudant, "si je ne te donne pas la montre à cette condition! les camarades sont témoins; et je ne puis m'en dédire.°" — go back on my word

En parlant ainsi, il approchait toujours la montre, tant qu'elle touchait presque la joue° pâle de l'enfant. Celui-ci montrait bien sur sa figure le combat que se livraient en son âme la convoitise — cheek

et le respect dû à l'hospitalité.[9] Sa poitrine nue se soulevait avec
force, et il semblait près d'étouffer.° Cependant la montre os-   to suffocate
cillait, tournait, et quelquefois lui heurtait° le bout du nez. Enfin,   would strike
peu à peu, sa main droite s'éleva vers la montre; le bout de ses
doigts la toucha; et elle pesait tout entière dans sa main sans que
l'adjudant lâchât° pourtant le bout de la chaîne... Le cadran° était   let go of, face
azuré...° La boîte nouvellement fourbie°... au soleil, elle paraissait   blue, polished
toute de feu... La tentation était trop forte.

   Fortunato éleva aussi sa main gauche, et indiqua du pouce,
par-dessus son épaule, le tas de foin auquel il était adossé.[10]
L'adjudant le comprit aussitôt. Il abandonna l'extrémité de la
chaîne; Fortunato se sentit seul possesseur de la montre. Il se leva
avec l'agilité d'un daim,° et s'éloigna de dix pas du tas de foin,   deer
que les voltigeurs se mirent aussitôt à culbuter.°   to knock over

   On ne tarda pas à voir le foin s'agiter; et un homme sanglant,
le poignard à la main, en sortit; mais, comme il essayait de se lever
en pied, sa blessure refroidie ne lui permit plus de se tenir debout. Il tomba. L'adjudant se jeta sur lui et lui arracha son stylet.
Aussitôt on le garrotta° fortement malgré sa résistance.   tied up

   Gianetto, couché par terre et lié comme un fagot,[11] tourna la
tête vers Fortunato qui s'était rapproché.

   "Fils de...!" lui dit-il avec plus de mépris° que de colère.   disdain

   L'enfant lui jeta la pièce d'argent qu'il en avait reçue, sentant
qu'il avait cessé de la mériter; mais le proscrit° n'eut pas l'air de   outlaw
faire attention à ce mouvement. Il dit avec beaucoup de sang-
froid à l'adjudant:

   "Mon cher Gamba, je ne puis marcher; vous allez être obligé
de me porter à la ville."

   "Tu courais tout à l'heure plus vite qu'un chevreuil,°" repar-   deer
tit le cruel vainqueur; "mais sois tranquille: je suis si content de te
tenir, que je te porterais une lieue° sur mon dos sans être fatigué.   league (3 miles)
Au reste, mon camarade, nous allons te faire une litière° avec des   stretcher
branches et ta capote; et à la ferme de Crespoli nous trouverons
des chevaux."

---

9   **Celui-ci montrait...** *One could see on Fortunato's face the conflict that
raged in his soul; the conflict of covetousness and of respect owed to a guest.*
10 **Le tas...** *the haystack against which he was leaning.*
11 **Lié comme...** *tied up like a bundle of sticks.*

"Bien," dit le prisonnier; "vous mettrez aussi un peu de paille
sur votre litière, pour que je sois° plus commodément."   am lying

Pendant que les voltigeurs s'occupaient, les uns à faire une
espèce de brancard° avec des branches de châtaignier, les autres   stretcher
à 'panser la blessure° de Gianetto, Mateo Falcone et sa femme   dress the wound
parurent tout d'un coup au détour d'un sentier qui conduisait au
maquis. La femme s'avançait courbée° péniblement sous le poids   bent over
d'un énorme sac de châtaignes, tandis que son mari se prélassait,° was strolling along
ne portant qu'un fusil à la main et un autre en bandoulière;° car il over the shoulder
est indigne d'un homme de porter d'autre fardeau° que ses armes.   burden

A la vue des soldats, la première pensée de Mateo fut qu'ils
venaient pour l'arrêter. Mais pourquoi cette idée? Mateo avait-il
donc quelques démêlés° avec la justice? Non. Il jouissait d'une   run-ins
bonne réputation. C'était, comme on dit, *un particulier bien
famé*; mais il était Corse et montagnard, et il y a peu de Corses
montagnards qui, en scrutant bien leur mémoire, n'y trouvent
quelque peccadille,° telle que coups de fusil, coups de stylet et   minor offense
autres bagatelles.° Mateo, plus qu'un autre, avait la conscience   small transgressions
nette; car depuis plus de dix ans il n'avait dirigé son fusil contre
un homme; mais toutefois il était prudent, et il se mit en posture
de faire une belle défense, s'il en était besoin.

"Femme," dit-il à Giuseppa, "mets bas ton sac et tiens-toi
prête."

Elle obéit sur-le-champ.° Il lui donna le fusil qu'il avait en   immediately
bandoulière et qui aurait pu le gêner. Il arma celui qu'il avait à la
main, et il s'avança lentement vers sa maison, longeant° les arbres staying close to
qui bordaient le chemin, et prêt, à la moindre démonstration
hostile, à se jeter derrière le plus gros tronc, d'où il aurait pu faire
feu à couvert. Sa femme marchait sur ses talons, tenant son fusil
de recharge et sa giberne.° L'emploi d'une bonne ménagère, en   cartridge pouch
cas de combat, est de charger les armes de son mari.

D'un autre côté, l'adjudant était fort en peine en voyant
Mateo s'avancer ainsi, à pas comptés, le fusil en avant et le doigt
sur la détente.°   trigger

"Si par hasard," pensa-t-il, "Mateo se trouvait parent de
Gianetto, ou s'il était son ami, et qu'il voulût le défendre, les
bourres de ses deux fusils arriveraient à deux d'entre nous, aussi
sûr qu'une lettre à la poste, et s'il me visait, nonobstant la paren-

té[12]!... "

Dans cette perplexité, il prit un parti fort courageux, ce fut
de s'avancer seul vers Mateo pour lui 'conter l'affaire,° en l'abor-   talk about the events
dant comme une vieille connaissance; mais le court intervalle qui
le séparait de Mateo lui parut terriblement long.

"Holà! eh! mon vieux camarade," criait-il, "comment cela va-
t-il, mon brave? C'est moi, je suis Gamba, ton cousin."

Mateo, sans répondre un mot, s'était arrêté, et, à mesure que
l'autre parlait, il relevait doucement le canon de son fusil, de sorte
qu'il était dirigé vers le ciel au moment où l'adjudant le joignit.

"'Bonjour, frère,[13]" dit l'adjudant en lui tendant la main. "Il y
a bien longtemps que je ne t'ai vu."

"Bonjour, frère!"

"J'étais venu pour te dire bonjour en passant, et à ma cousine
Pepa. Nous avons fait une longue traite aujourd'hui; mais il ne
faut pas plaindre notre fatigue, car nous avons fait une fameuse
prise. Nous venons d'empoigner° Gianetto Sanpiero."   to seize

"'Dieu soit loué!°" s'écria Giuseppa." Il nous a volé une   praise God!
'chèvre laitière° la semaine passée."   dairy goat

Ces mots réjouirent Gamba.

"Pauvre diable!" dit Mateo, "il avait faim."

"Le drôle s'est défendu comme un lion," poursuivit l'adjudant un peu mortifié; "il m'a tué un de mes voltigeurs, et, non
content de cela, il a cassé le bras au caporal Chardon; mais il n'y
a pas grand mal, ce n'était qu'un Français... Ensuite, il s'était si
bien caché, que le diable ne l'aurait pu découvrir. Sans mon petit
cousin Fortunato, je ne l'aurais jamais pu trouver.[14]"

"Fortunato!" s'écria Mateo.

"Fortunato!" répéta Giuseppa.

"Oui, le Gianetto s'était caché sous ce tas de foin là-bas;
mais mon petit cousin m'a montré la malice.° Aussi je le dirai à   = Gianetto
son oncle le caporal, afin qu'il lui envoie un beau cadeau pour sa
peine. Et son nom et le tien seront dans le rapport que j'enverrai

---

1 2 **Les bourres...** *the wads* (wads keep powder and shot in position in a
cartridge)... *two of his bullets would find two of us as easily as one posts a letter,
family relation notwithstanding.* i.e. Mateo would quickly and easily shoot
Gamba even though the two were related.
1 3 **Bonjour, frère** is a typical Corsican greeting.
1 4 **Je ne l'aurais jamais pu trouver**= je n'aurais jamais pu le trouver

à M. l'avocat général."

"Malédiction!" dit tout bas Mateo.

Ils avaient rejoint le détachement. Gianetto était déjà couché sur la litière et prêt à partir. Quand il vit Mateo en la compagnie de Gamba, il sourit d'un sourire étrange; puis, se tournant vers la porte de la maison, il cracha° sur le seuil° en disant: *spat, threshold*

"Maison d'un traître!°"   *traitor*

Il n'y avait qu'un homme décidé à mourir qui eût osé prononcer le mot de traître en l'appliquant à Falcone. Un bon coup de stylet, qui n'aurait pas eu besoin d'être répété, aurait immédiatement payé l'insulte. Cependant Mateo ne fit pas d'autre geste que celui de porter sa main à son front comme un homme accablé.°   *overwhelmed*

Fortunato était entré dans la maison en voyant arriver son père. Il reparut bientôt avec une jatte° de lait, qu'il présenta les yeux baissés à Gianetto.   *bowl*

"Loin de moi!" lui cria le proscrit d'une voix foudroyante.°   *thunderous* Puis, se tournant vers un des voltigeurs:

"Camarade, donne-moi à boire," dit-il.

Le soldat remit sa gourde entre ses mains, et le bandit but l'eau que lui donnait un homme avec lequel il venait d'échanger des coups de fusil. Ensuite il demanda qu'on lui attachât les mains de manière qu'il les eût croisées sur sa poitrine, au lieu de les avoir liées° derrière le dos.   *tied*

"J'aime," disait-il, "à être couché à mon aise."

On s'empressa° de le satisfaire; puis l'adjudant donna le signal du départ, dit adieu à Mateo, qui ne lui répondit pas, et descendit au pas accéléré vers la plaine.   *hastened*

Il se passa près de dix minutes avant que Mateo ouvrît la bouche. L'enfant regardait d'un œil inquiet tantôt sa mère et tantôt son père, qui, s'appuyant sur son fusil, le considérait avec une expression de colère concentrée.

"Tu commences bien!" dit enfin Mateo d'une voix calme, mais effrayante pour qui° connaissait l'homme.   *he who*

"Mon père!" s'écria l'enfant en s'avançant les larmes aux yeux comme pour se jeter à ses genoux.

Mais Mateo lui cria:

"Arrière de moi!"

Et l'enfant s'arrêta et sanglota,° immobile, à quelques pas de   sobbed
son père.

Giuseppa s'approcha. Elle venait d'apercevoir la chaîne de la
montre, dont un bout sortait de la chemise de Fortunato.

"Qui t'a donné cette montre?" demanda-t-elle d'un ton
sévère.

"Mon cousin l'adjudant."

Falcone saisit la montre, et, la jetant avec force contre une
pierre, il la mit en mille pièces.

"Femme," dit-il, "cet enfant est-il de moi?"

Les joues brunes de Giuseppa devinrent d'un rouge de brique.

"Que dis-tu, Mateo? et sais-tu bien à qui tu parles?"

"Eh bien, cet enfant est le premier de sa race qui ait fait une
trahison.°"   betrayal

Les sanglots et les hoquets° de Fortunato redoublèrent, et   hiccups
Falcone tenait ses yeux de lynx toujours attachés sur lui. Enfin il
frappa la terre de la crosse de son fusil, puis le jeta sur son épaule
et reprit le chemin du maquis en criant à Fortunato de le suivre.
L'enfant obéit.

Giuseppa courut après Mateo et lui saisit le bras.

"C'est ton fils," lui dit-elle d'une voix tremblante en atta-
chant ses yeux noirs sur ceux de son mari, comme pour lire ce qui
se passait dans son âme.

"Laisse-moi," répondit Mateo: "je suis son père."

Giuseppa embrassa son fils et entra en pleurant dans sa cabane.
Elle se jeta à genoux devant une image de la Vierge et pria avec
ferveur. Cependant Falcone marcha quelque deux cents pas dans
le sentier et ne s'arrêta que dans un petit ravin où il descendit. Il
sonda° la terre avec la crosse de son fusil et la trouva molle° et fa-   tested, soft
cile à creuser.° L'endroit lui parut convenable pour son dessein.°   to dig, plan

"Fortunato, va auprès de cette grosse pierre."

L'enfant fit ce qu'il lui commandait, puis il s'agenouilla.°   knelt down

"Dis tes prières."

"Mon père, mon père, ne me tuez pas."

"Dis tes prières!" répéta Mateo d'une voix terrible.

L'enfant, tout en balbutiant° et en sanglotant, récita le *Pater*°   stammering, Pater Nos-
et le *Credo*.° Le père, d'une voix forte, répondait *Amen*! à la fin   ter; Apostles' Creed
de chaque prière.

"Sont-ce là toutes les prières que tu sais?"

"Mon père, je sais encore l'*Ave Maria* et la litanie[15] que ma tante m'a apprise."

"Elle est bien longue, n'importe."

L'enfant acheva la litanie d'une voix éteinte.°   faint

"As-tu fini?"

"Oh! mon père, grâce! pardonnez-moi! Je ne le ferai plus! Je prierai tant mon cousin le caporal qu'on 'fera grâce° au Gianetto!"   will pardon

Il parlait encore; Mateo avait armé son fusil et le 'couchait en joue° en lui disant: aimed

"Que Dieu te pardonne!"

L'enfant fit un effort désespéré pour se relever et embrasser les genoux de son père; mais il n'en eut pas le temps. Mateo 'fit feu,° et Fortunato tomba roide mort.[16]   fired

Sans 'jeter un coup d'œil sur° le cadavre, Mateo reprit le che-   glancing
min de sa maison pour aller chercher une bêche° afin d'enterrer   spade
son fils. Il avait fait à peine quelques pas qu'il rencontra Giuseppa, qui accourait alarmée du coup de feu.

"Qu'as-tu fait?" s'écria-t-elle.

"Justice."

"Où est-il?"

"Dans le ravin. Je vais l'enterrer, il est mort en chrétien; je lui ferai chanter une messe.[17] Qu'on dise à mon gendre Tiodoro Bianchi de venir demeurer avec nous."

---

15 A litany is a prayer of petition.
16 **Tomba roide...** *fell down dead.*
17 **Je lui...** *I'll have a mass said for him.*

* [Le caporal] Les caporaux furent autrefois les chefs que se donnèrent les communes corses quand ils s'insurgèrent contre les seigneurs féodaux. Aujourd'hui, on donne encore quelquefois ce nom à un homme qui, par ses propriétés, ses alliances et sa clientèle, exerce une influence et une sorte de magistrature effective sur un pieve ou un canton. Les Corses se divisent, par une ancienne habitude, en cinq castes: les gentilshommes - dont les uns sont magnifiques, les autres signori-, les caporali, les citoyens, les plébéiens, et les étrangers.

(Mérimée explains the historical and contemporary meaning of the word 'caporal' and explains the hierarchy of Corsican society. Notice that foreigners "les étrangers" are last.)

† [les voltigeurs] C'est un corps levé depuis peu d'années par le gouvernement, et qui sert concurremment avec la gendarmerie au maintien de la police.

(This was a group of infantrymen sanctioned by the government and serving with the police.)

‡ [collets jaunes] L'uniforme des voltigeurs était alors un habit brun avec un collet jaune.

(The uniform of the infantrymen was brown with a yellow collar.)

§ [carchera] Ceinture de cuir qui sert de giberne et de portefeuille.

(A leather belt or sash used as a cartridge pouch and wallet.)

La Vénus[1] d'Ille

Ἴλεως, ἦν δ'ἐγώ, ἔστω ὅ ἀνδριας
καὶ ἤπιους ἀνδρεῖος ὤν
ΛΟΥΚΙΑΝΟΥ ΦΙΛΟΨΕΥΔΗΣ[2]

JE DESCENDAIS LE DERNIER coteau° du Canigou,[3] et, bien   slope
que le soleil fût déjà couché, je distinguais dans la plaine les
maisons de la petite ville d'Ille, vers laquelle je me dirigeais.

"Vous savez, dis-je au Catalan[4] qui me servait de guide depuis
la veille, vous savez sans doute où demeure M. de Peyrehorade?"[5]

"Si je le sais! s'écria-t-il, je connais sa maison comme la
mienne; et s'il ne faisait pas si noir, je vous la montrerais. C'est
la plus belle d'Ille. Il a de l'argent, oui, M. de Peyrehorade; et il
marie son fils à plus riche que lui encore."

"Et ce mariage se fera-t-il bientôt," lui demandai-je.

"Bientôt! il se peut que déjà les violons soient commandés
pour la noce.° Ce soir, peut-être, demain, après-demain, que sais-   wedding
je! C'est à Puygarrig que ça se fera; car c'est Mlle de Puygarrig
que M. le fils épouse. Ce sera beau, oui!"

J'étais recommandé à M. de Peyrehorade par mon ami M. de
P. C'était, m'avait-il dit, un antiquaire fort instruit et 'd'une complaisance 'à toute épreuve.° Il se ferait un plaisir de me montrer   always kind
toutes les ruines à 'dix lieues à la ronde.° Or je comptais sur lui   10 leagues around
pour visiter les environs d'Ille, que je savais riches en monuments
antiques et du Moyen Âge. Ce mariage, dont on me parlait alors
pour la première fois, dérangeait tous mes plans.

---

1 Venus is the goddess of love and beauty.
2 "Que cette statue, dis-je alors, qui ressemble tant à un homme, nous soit
donc bienveillante et propice!" (Lucien, *Le Menteur*).
3 Canigou is a massif in the Pyrenees mountains.
4 Catalans are inhabitants of Catalonia, a region of northeastern Spain.
5 Peyrehorade is a verdant valley region in southwest France; here, it's the
last name of the narrator's host.

Je vais être un trouble-fête, me dis-je. Mais j'étais attendu; annoncé par M. de P., il fallait bien me présenter.

"Gageons,° monsieur," me dit mon guide, comme nous étions déjà dans la plaine, gageons un cigare que je devine ce que vous allez faire chez M. de Peyrehorade?"   °let's wager

"Mais," répondis-je en lui tendant un cigare, "cela n'est pas bien difficile à deviner. À l'heure qu'il est, quand on a fait six lieues dans le Canigou, la grande affaire, c'est de souper."

"Oui, mais demain?... Tenez, 'je parierais° que vous venez à Ille pour voir l'idole? j'ai deviné cela à vous voir 'tirer en portrait° les saints de Serrabona.⁶"   °I'd bet °to draw

"L'idole! quelle idole?" Ce mot avait excité ma curiosité.

"Comment! on ne vous a pas conté, à Perpignan,⁷ comment M. de Peyrehorade avait trouvé une idole en terre?"

"Vous voulez dire une statue en 'terre cuite,° en argile?°"   °terra cotta, clay

"Non pas. Oui, bien en cuivre,° et il y en a de quoi faire des gros sous. Elle vous pèse autant qu'une cloche d'église. C'est bien avant dans la terre, au pied d'un olivier, que nous l'avons eue."   °copper

"Vous étiez donc présent à la découverte?"

"Oui, monsieur. M. de Peyrehorade nous dit, il y a quinze jours, à Jean Coll et à moi, de déraciner un vieil olivier qui était gelé de l'année dernière, car elle a été bien mauvaise, comme vous savez. Voilà donc qu'en travaillant Jean Coll qui y allait de tout cœur, il donne un coup de pioche,° et j'entends bimm.... comme s'il avait tapé sur une cloche. 'Qu'est-ce que c'est?' que je dis. Nous piochons toujours, nous piochons, et voilà qu'il paraît une main noire, qui semblait la main d'un mort qui sortait de terre. Moi, la peur me prend. Je m'en vais à monsieur, et je lui dis: 'Des morts, notre maître, qui sont sous l'olivier! Faut appeler le curé.' 'Quels morts?' qu'il me dit. Il vient, et il n'a pas plus tôt vu la main qu'il s'écrie: 'Un antique! un antique!' Vous auriez cru qu'il avait trouvé un trésor. Et le voilà, avec la pioche, avec les mains, qui 'se démène° et qui faisait quasiment autant d'ouvrage que nous deux."   °pick axe   °making a great effort

"Et enfin que trouvâtes-vous?"

---

6 The priory of Sainte Marie de Serrabona located in the Aspres in Roussillon, visited by Mérimée in 1834.

7 Perpignan is the former capital of Roussillon in southern France.

"Une grande femme noire plus qu'à moitié nue, révérence parler, monsieur, toute en cuivre, et M. de Peyrehorade nous a dit que c'était une idole du temps des païens°... du temps de   pagans
Charlemagne,[8] quoi!" "Je vois ce que c'est... Quelque bonne Vierge en bronze d'un couvent détruit."

"Une bonne Vierge! ah bien oui!... Je l'aurais bien reconnue, si ç'avait été une bonne Vierge. C'est une idole, vous dis-je; on le voit bien à son air. Elle vous fixe avec ses grands yeux blancs... On dirait qu'elle vous dévisage.° On baisse les yeux, oui, en la   stares at
regardant."

"Des yeux blancs? Sans doute ils sont incrustés dans le bronze. Ce sera peut-être quelque statue romaine."

"Romaine! c'est cela. M. de Peyrehorade dit que c'est une Romaine. Ah! je vois bien que vous êtes un savant comme lui."

"Est-elle entière, bien conservée?"

"Oh! monsieur, il ne lui manque rien. C'est encore plus beau et mieux fini que le buste de Louis-Philippe, qui est à la mairie, en plâtre peint. Mais avec tout cela, la figure de cette idole ne me revient pas. Elle a l'air méchante... et elle l'est aussi."
"Méchante! Quelle méchanceté vous a-t-elle faite?"

"Pas à moi précisément; mais vous allez voir. Nous nous étions mis à quatre pour la 'dresser debout,° et M. de Peyrehorade,   erect
qui lui aussi tirait à la corde, bien qu'il n'ait guère plus° de force   hardly has left
qu'un poulet, le digne homme! Avec bien de la peine nous la mettons droite. J'amassais un tuileau pour la caler,[9] quand, pa-tatras! la voilà qui tombe à la renverse tout d'une masse. Je dis: 'Gare dessous!'° Pas assez vite pourtant, car Jean Coll n'a pas eu   look out below!
le temps de tirer sa jambe."

"Et il a été blessé?"

"Cassée net comme un échalas,° sa pauvre jambe! Pécaïre!°   vine pole, poor guy!
quand j'ai vu cela, moi, j'étais furieux. Je voulais défoncer° l'idole   to smash
à coups de pioche, mais M. de Peyrehorade m'a retenu. Il a don-né de l'argent à Jean Coll, qui tout de même est encore au lit depuis quinze jours que cela lui est arrivé, et le médecin dit qu'il ne marchera jamais de cette jambe-là comme de l'autre. C'est dommage, lui qui était notre meilleur coureur et, après monsieur

---

8 Charlemagne was the Holy Roman Emperor (800 A.D.).
9 **J'amassai...** *I was putting a tile under* [the statue] *as a wedge.*

le fils, le plus malin° joueur de paume.¹⁰ C'est que M. Alphonse   skilled
de Peyrehorade en a été triste, car c'est Coll qui faisait sa partie.
Voilà qui était beau à voir comme ils se renvoyaient les balles. Paf!
paf! Jamais elles ne touchaient terre."

Devisant° de la sorte, nous entrâmes à Ille, et je me trouvai bien-   speaking
tôt en présence de M. de Peyrehorade. C'était un petit vieillard
vert° encore et dispos,° poudré, le nez rouge, l'air jovial et gogue-   spry, energetic
nard.° Avant d'avoir ouvert la lettre de M. de P., il m'avait ins-   mocking
tallé devant une table bien servie, et m'avait présenté à sa femme
et à son fils comme un archéologue illustre, qui devait tirer le
Roussillon de l'oubli où le laissait l'indifférence des savants.

    Tout en mangeant de bon appétit, car rien ne dispose mieux
que l'air vif des montagnes, j'examinais mes hôtes. J'ai dit un
mot de M. de Peyrehorade; je dois ajouter que c'était la vivacité
même. Il parlait, mangeait, se levait, courait à sa bibliothèque,
m'apportait des livres, me montrait des estampes, me versait° à   poured
boire; il n'était jamais deux minutes en repos. Sa femme, un peu
trop grasse, comme la plupart des Catalanes lorsqu'elles ont passé quarante ans, me parut une provinciale renforcée, uniquement
occupée des soins de son ménage. Bien que le souper fût suffisant
pour six personnes au moins, elle courut à la cuisine, fit tuer des
pigeons, frire des miliasses,° ouvrit je ne sais combien de pots de   cornmeal
confitures. En un instant la table fut encombrée° de plats et de   loaded
bouteilles, et je serais certainement mort d'indigestion si j'avais
goûté seulement à tout ce qu'on m'offrait. Cependant, à chaque
plat que je refusais, c'étaient de nouvelles excuses. On craignait
que je ne me trouvasse bien mal à Ille. Dans la province on a si
peu de ressources, et les Parisiens sont si difficiles!

    Au milieu des allées et venues de ses parents, M. Alphonse
de Peyrehorade ne bougeait pas plus qu'un Terme.¹¹ C'était un
grand jeune homme de vingt-six ans, d'une physionomie belle
et régulière, mais manquant d'expression. Sa taille et ses formes
athlétiques justifiaient bien la réputation d'infatigable joueur de
paume qu'on lui faisait dans le pays. Il était ce soir-là habillé avec

---

10   This was a precursor to tennis, where players hit the ball with their hand.
11   The mythical god (Terminus) was the protector of boundaries, often
represented by a stone marker separating two fields.

élégance, exactement d'après la gravure° du dernier numéro du
Journal des modes. Mais il me semblait gêné dans ses vêtements;
il était 'roide comme un piquet° dans son col de velours, et ne se
tournait que tout d'une pièce. Ses mains grosses et hâlées,° ses
ongles courts, contrastaient singulièrement avec son costume.
C'étaient des mains de laboureur sortant des manches d'un dan-
dy. D'ailleurs, bien qu'il me considérât de la tête aux pieds fort
curieusement, en ma qualité de Parisien, il ne m'adressa qu'une
seule fois la parole dans toute la soirée, ce fut pour me demander
où j'avais acheté la chaîne de ma montre.

    "Ah ça! mon cher hôte," me dit M. de Peyrehorade, le souper
tirant à sa fin, "vous m'appartenez, vous êtes chez moi. Je ne vous
lâche° plus, sinon quand vous aurez vu tout ce que nous avons
de curieux dans nos montagnes. Il faut que vous appreniez à
connaître notre Roussillon, et que vous lui rendiez justice. Vous
ne 'vous doutez pas° de tout ce que nous allons vous montrer.
Monuments phéniciens, celtiques, romains, arabes, byzantins,
vous verrez tout, 'depuis le cèdre jusqu'à l'hysope.° Je vous mène-
rai partout et ne vous ferai pas grâce d'une brique.[12]"

    Un accès de toux l'obligea de s'arrêter. J'en profitai pour lui
dire que je serais désolé de le déranger dans une circonstance
aussi intéressante pour sa famille. S'il voulait bien me donner ses
excellents conseils sur les excursions que j'aurais à faire, je pourrais, sans qu'il prît la peine de m'accompagner...

    "Ah! vous voulez parler du mariage de ce garçon-là," s'écria-
t-il en m'interrompant." Bagatelle!° ce sera fait après-demain.
Vous ferez la noce avec nous, en famille, car la future est en deuil°
d'une tante dont elle hérite. Ainsi point° de fête, point de bal...
C'est dommage... vous auriez vu danser nos Catalanes... Elles
sont jolies, et peut-être l'envie vous aurait-elle pris d'imiter mon
Alphonse. Un mariage, dit-on, en amène d'autres... Samedi, les
jeunes gens mariés, je suis libre, et nous nous mettons en course.
Je vous demande pardon de vous donner l'ennui d'une noce
de province. Pour un Parisien blasé sur les fêtes... et une noce
sans bal encore! Pourtant, vous verrez une mariée... une mariée...
vous m'en direz des nouvelles[13]... Mais vous êtes un homme grave

Margin glosses:
- illustration
- straight as a post
- tanned
- let go
- can't imagine
- high and low
- darn!
- mourning
- no

---

12 **Ne vous...** *I won't even spare you a brick.*
13 **Vous m'en...** *I'm sure you'll like it.*

et vous ne regardez plus les femmes. J'ai mieux que cela à vous montrer. Je vous ferai voir quelque chose!... Je vous réserve une fière surprise pour demain."

"Mon Dieu!" lui dis-je, "il est difficile d'avoir un trésor dans sa maison sans que le public en soit instruit. Je crois deviner la surprise que vous me préparez. Mais si c'est de votre statue qu'il s'agit, la description que mon guide m'en a faite n'a servi qu'à exciter ma curiosité et à me disposer à l'admiration."

"Ah! il vous a parlé de l'idole, car c'est ainsi qu'ils appellent ma belle Vénus Tur... mais je ne veux rien vous dire. Demain, au grand jour, vous la verrez, et vous me direz si j'ai raison de la croire un chef-d'œuvre. Parbleu! vous ne pouviez arriver plus à propos![14] Il y a des inscriptions que moi, pauvre ignorant, j'explique à ma manière... mais un savant de Paris!... Vous vous moquerez peut-être de mon interprétation... car j'ai fait un mémoire... moi qui vous parle... vieil antiquaire de province, je me suis lancé... Je veux faire gémir° la presse... Si vous vouliez   to moan
bien me lire et me corriger, je pourrais espérer... Par exemple, je suis bien curieux de savoir comment vous traduirez cette ins- cription sur le socle: CAVE... Mais je ne veux rien vous deman- der encore! À demain, à demain! Pas un mot sur la Vénus au- jourd'hui!" "Tu as raison, Peyrehorade," dit sa femme, "de laisser là ton idole. Tu devrais voir que tu empêches monsieur de man- ger. Va, monsieur a vu à Paris de bien plus belles statues que la tienne. Aux Tuileries, il y en a des douzaines, et en bronze aussi." "Voilà bien l'ignorance, la sainte ignorance de la province!" in- terrompit M. de Peyrehorade. "Comparer un antique admirable aux plates figures de Coustou![15]

> Comme avec irrévérence
> Parle des dieux ma ménagère!

Savez-vous que ma femme voulait que je fondisse° ma statue   melt
pour en faire une cloche à notre église. C'est qu'elle en eût été la

---

14 **Parbleu! vous...** *of course, you couldn't have arrived at a better time!*
15 Coustou is the surname of three French sculptors: Nicolas (1658-1733), Guillaume, père (1677-1746) and Guillaume, fils (1716-1777).

marraine.[16] Un chef-d'œuvre de Myron,[17] monsieur!"

"Chef-d'œuvre! chef-d'œuvre! un beau chef-d'œuvre qu'elle a fait! casser la jambe d'un homme!"

"Ma femme, vois-tu?" dit M. de Peyrehorade d'un ton résolu, et tendant vers sa jambe droite dans 'un bas° de soie chinée,° *stocking, dyed* "si ma Vénus m'avait cassé cette jambe-là, je ne la regretterais pas."

"Bon Dieu! Peyrehorade, comment peux-tu dire cela! Heureusement que l'homme va mieux... Et encore je ne peux pas prendre sur moi de regarder la statue qui fait des malheurs comme celui-là. Pauvre Jean Coll!"

"Blessé par Vénus, monsieur, dit M. de Peyrehorade riant d'un gros rire, "blessé par Vénus, le maraud° se plaint. *scoundrel*

Veneris nec praemia noris.[18]

Qui n'a été blessé par Vénus?"

M.Alphonse, qui comprenait le français mieux que le latin, 'cligna de l'œil° d'un air d'intelligence, et me regarda comme *winked* pour me demander: Et vous, Parisien, comprenez-vous?

Le souper finit. Il y avait une heure que je ne mangeais plus. J'étais fatigué, et je ne pouvais parvenir° à cacher les fréquents *manage* bâillements° qui m'échappaient. Mme de Peyrehorade s'en *yawns* aperçut la première et remarqua qu'il était temps d'aller dormir. Alors commencèrent de nouvelles excuses sur le mauvais gîte° *lodging* que j'allais avoir. Je ne serais pas comme à Paris. En province on est si mal! Il fallait de l'indulgence pour les Roussillonnais. J'avais 'beau protester° qu'après une course dans les montagnes *protested in vain* une 'botte de paille° me serait un coucher délicieux, on me *bale of hay* priait toujours de pardonner à de pauvres campagnards s'ils ne me traitaient pas aussi bien qu'ils l'eussent désiré. Je montai enfin à la chambre qui m'était destinée, accompagné de M. de Peyrehorade. L'escalier, dont les marches supérieures étaient en bois, aboutissait° au milieu d'un corridor, sur lequel donnaient *ended* plusieurs chambres.

---

16 **C'est qu'elle...** *she who would have been the godmother.*
17 **Myron...** 5th century B.C. Greek sculptor
18 *Veneris nec... et vous n'aurez pas connu les plaisirs de Vénus.* [Latin]

"À droite," me dit mon hôte, "c'est l'appartement que je destine à la future Mme Alphonse. Votre chambre est au bout du corridor opposé. Vous sentez bien," ajouta-t-il d'un air qu'il voulait rendre fin, "vous sentez bien qu'il faut isoler de nouveaux mariés. Vous êtes à un bout de la maison, eux à l'autre."

Nous entrâmes dans une chambre bien meublée, où le premier objet sur lequel je portai la vue fut un lit long de sept pieds, large de six, et si haut qu'il fallait un escabeau° pour s'y guinder.° Mon hôte m'ayant indiqué la position de la sonnette,° et s'étant assuré par lui-même que le sucrier était plein, les flacons° d'eau de Cologne dûment° placés sur la toilette, après m'avoir demandé plusieurs fois si rien ne me manquait, me souhaita une bonne nuit et me laissa seul.   `stepstool, to climb` / `bell` / `bottles` / `duly`

Les fenêtres étaient fermées. Avant de me déshabiller, j'en ouvris une pour respirer l'air frais de la nuit, délicieux après un long souper. En face était le Canigou, d'un aspect admirable en tout temps, mais qui me parut ce soir-là la plus belle montagne du monde, éclairé qu'il était par une lune resplendissante. Je demeurai quelques minutes à contempler sa silhouette merveilleuse, et j'allais fermer ma fenêtre, lorsque, baissant les yeux, j'aperçus la statue sur un piédestal à une 'vingtaine de toises° de la maison. Elle était placée à l'angle d'une haie° vive qui séparait un petit jardin d'un vaste carré° parfaitement uni, qui, je l'appris plus tard, était le jeu de paume de la ville. Ce terrain, propriété de M. de Peyrehorade, avait été cédé° par lui à la commune,° sur les pressantes sollicitations de son fils.   `"about 6 feet"` / `hedge` / `square` / `given, district`

À la distance où j'étais, il m'était difficile de distinguer l'attitude de la statue; je ne pouvais juger que de sa hauteur, qui me parut de six pieds environ. En ce moment, deux polissons° de la ville passaient sur le jeu de paume, assez près de la haie, sifflant le joli air du Roussillon: *Montagnes régalades.* Ils s'arrêtèrent pour regarder la statue; l'un d'eux l'apostropha° même à haute voix. Il parlait catalan; mais j'étais dans le Roussillon depuis assez longtemps pour pouvoir comprendre à peu près ce qu'il disait.   `mischievous boys` / `shouted`

"Te voilà donc, coquine!°" (Le terme catalan était plus énergique.) "Te voilà!" disait-il." C'est donc toi qui as cassé la jambe à Jean Coll! Si tu étais à moi, je te casserais le cou."   `tramp!`

"Bah! avec quoi?" dit l'autre. "Elle est de cuivre, et si dure

qu'Étienne a cassé sa lime° dessus, essayant de l'entamer.° C'est   file, to cut
du cuivre du temps des païens; c'est plus dur que je ne sais quoi."

"Si j'avais mon ciseau à froid" (il paraît que c'était un
apprenti serrurier), "je lui ferais bientôt sauter ses grands yeux
blancs, comme je tirerais une amande de sa coquille.[19] Il y a pour
plus de cent sous d'argent."

Ils firent quelques pas en s'éloignant.

"Il faut que je souhaite le bonsoir à l'idole," dit le plus grand
des apprentis, s'arrêtant tout à coup.

Il se baissa, et probablement ramassa une pierre. Je le vis dé-
ployer° le bras, lancer quelque chose, et aussitôt un coup sonore   to stretch out
retentit° sur le bronze. Au même instant l'apprenti porta la main   rang out
à sa tête en poussant un cri de douleur.

"Elle me l'a rejetée!" s'écria-t-il.

Et mes deux polissons 'prirent la fuite° à toutes jambes. Il   fled
était évident que la pierre avait rebondi sur le métal, et avait puni
ce drôle de l'outrage qu'il faisait à la déesse.°   goddess

Je fermai la fenêtre en riant de bon cœur.

"Encore un Vandale[20] puni par Vénus! Puissent tous les des-
tructeurs de nos vieux monuments avoir ainsi la tête cassée[21]!"
Sur ce souhait charitable, je m'endormis.

Il était grand jour quand je me réveillai. Auprès de mon lit
étaient, d'un côté, M. de Peyrehorade, en robe de chambre; de
l'autre, un domestique envoyé par sa femme, une tasse de chocolat à la main.

"Allons, debout, Parisien! Voilà bien mes paresseux de la
capitale!" disait mon hôte pendant que je m'habillais à la hâte.
Il est huit heures, et encore au lit! Je suis levé, moi, depuis six
heures. Voilà trois fois que je monte; je me suis approché de votre
porte sur la pointe du pied: personne, nul signe de vie. Cela vous
fera mal de trop dormir à votre âge. Et ma Vénus que vous n'avez
pas encore vue! Allons, prenez-moi vite cette tasse de chocolat
de Barcelone... Vraie contrebande... Du chocolat comme on n'en

---

19 **Si j'avais...** *If I had my cold chisel, I'd pop out her big white eyes just as I'd
pull an almond from its shell.*

20 Vandals were members of a 5th century Germanic group of invaders
who devasted Gaul.

21 **Puissent tous...** *If only all vandals of our ancient monuments could have
such a crack on the head!*

a pas à Paris. Prenez des forces, car lorsque vous serez devant ma
Vénus, on ne pourra plus 'vous en arracher.°'"   tear you away from it

En cinq minutes je fus prêt, c'est-à-dire à moitié rasé, mal
boutonné, et brûlé par le chocolat que 'j'avalai bouillant.° Je des-   I swallowed boiling hot
cendis dans le jardin, et me trouvai devant une admirable statue.

C'était bien une Vénus, et d'une merveilleuse beauté. Elle
avait le haut du corps nu, comme les Anciens représentaient
d'ordinaire les grandes divinités; la main droite, levée à la hauteur du sein, était tournée, la paume en dedans, le pouce° et les   thumb
deux premiers doigts étendus, les deux autres, légèrement ployés.°   bent
L'autre main, rapprochée de la hanche,° soutenait la draperie qui   hip
couvrait la partie inférieure du corps. L'attitude de cette statue
rappelait celle du Joueur de mourre²² qu'on désigne, je sais trop
pourquoi, sous le nom de Germanicus. Peut-être avait-on voulu
représenter la déesse jouant au jeu de mourre.

Quoi qu'il en soit, il est impossible de voir quelque chose
de plus parfait que le corps de cette Vénus; rien de plus suave,
de plus voluptueux que ses contours; rien de plus élégant et de
plus noble que sa draperie. Je m'attendais à quelque ouvrage du
Bas-Empire²³; je voyais un chef-d'œuvre du meilleur temps de la
statuaire. Ce qui me frappait surtout, c'était l'exquise vérité des
formes, en sorte qu'on aurait pu les croire 'moulées sur nature,° si   cast from a living model
la nature produisait d'aussi parfaits modèles.

La chevelure,° relevée sur le front, paraissait avoir été dorée°   hair, gilded
autrefois. La tête, petite comme celle de presque toutes les statues
grecques, était légèrement inclinée en avant. Quant à la figure,
jamais je ne parviendrai° à exprimer son caractère étrange, et   will manage
dont le type ne se rapprochait de celui d'aucune statue antique
dont je me souvienne. Ce n'était point cette beauté calme et sévère des sculpteurs grecs, qui, par système, donnaient à tous les
traits une majestueuse immobilité. Ici, au contraire, j'observais
avec surprise l'intention marquée de l'artiste de rendre la malice
arrivant jusqu'à la méchanceté. Tous les traits étaient contractés

---

22 **Mourre** is an ancient game where two players hold up a certain number
of fingers on one hand simultaneously saying a number from 0-10. The
player who says a number equal to the sum of both players extended fingers,
wins a point.

23 The **Bas-Empire** was the Roman empire after Constantine.

légèrement: les yeux un peu obliques, la bouche relevée des coins, les 'narines quelque peu gonflées.° Dédain,° ironie, cruauté, se lisaient sur ce visage d'une incroyable beauté cependant. En vérité, plus on regardait cette admirable statue, et plus on éprouvait le sentiment pénible qu'une si merveilleuse beauté pût s'allier à l'absence de toute sensibilité. nostrils flared, disdain

"Si le modèle a jamais existé," dis-je à M. de Peyrehorade, "et je doute que le ciel ait jamais produit une telle femme, que je plains° ses amants! Elle a dû 'se complaire° à les faire mourir de désespoir. Il y a dans son expression quelque chose de féroce, et pourtant je n'ai jamais vu rien de si beau." pity, to delight

"'C'est Vénus tout entière à sa proie attachée!'"[24] s'écria M. de Peyrehorade, satisfait de mon enthousiasme.

Cette expression d'ironie infernale était augmentée peut-être par le contraste de ses yeux incrustés d'argent et très brillants avec la patine d'un vert noirâtre que le temps avait donnée à toute la statue. Ces yeux brillants produisaient une certaine illusion qui rappelait la réalité, la vie. Je me souvins de ce que m'avait dit mon guide, qu'elle faisait baisser les yeux à ceux qui la regardaient. Cela était presque vrai, et je ne pus me défendre d'un mouvement de colère contre moi-même en me sentant un peu mal à mon aise devant cette figure de bronze.

"Maintenant que vous avez tout admiré en détail, mon cher collègue en antiquaillerie," dit mon hôte, "ouvrons, s'il vous plaît, une conférence scientifique. Que dites-vous de cette inscription, à laquelle vous n'avez point 'pris garde° encore?" noticed

Il me montrait le socle° de la statue, et j'y lus ces mots: pedestal

CAVE AMANTEM.[25]

"*Quid dicis, doctissime,*[26]" me demanda-t-il en 'se frottant° les mains. "Voyons si nous nous rencontrerons sur le sens de ce *cave amantem!*" rubbing

"Mais," répondis-je, "il y a deux sens. On peut traduire: 'Prends garde à celui qui t'aime, 'défie-toi° des amants.' Mais, dans beware

---

24 "C'est Vénus..." is a quotation from Jean Racine's *Phèdre*.
25 The narrator and M. de Peyrehorade arrive at an acceptable translation.
26 *Quid dicis... what do you say, most learned one?* [Latin]

ce sens, je ne sais si *cave amantem* serait d'une bonne latinité.° En voyant l'expression diabolique de la dame, je croirais plutôt que l'artiste a voulu mettre en garde le spectateur contre cette terrible beauté. Je traduirais donc: 'Prends garde à toi si *elle* t'aime.'"

use of Latin

"Humph!" dit M. de Peyrehorade, "oui, c'est un sens admirable; mais, 'ne vous en déplaise,° je préfère la première traduction, que je développerai pourtant. Vous connaissez l'amant de Vénus?"

with all due respect

"Il y en a plusieurs."

"Oui, mais le premier, c'est Vulcain. N'a-t-on pas voulu dire: 'Malgré toute ta beauté, ton air dédaigneux, tu auras un forgeron,° un vilain boiteux° pour amant?' Leçon profonde, monsieur, pour les coquettes!°"

blacksmith, lame

flirts

Je ne pus m'empêcher de sourire, tant l'explication me parut 'tirée par les cheveux.°

far-fetched

"C'est une terrible langue que le latin avec sa concision," observai-je pour éviter de contredire formellement mon antiquaire, et je reculai de quelques pas afin de mieux contempler la statue.

"Un instant, collègue!" dit M. de Peyrehorade en m'arrêtant par le bras, "vous n'avez pas tout vu. Il y a encore une autre inscription. Montez sur le socle et regardez au bras droit." En parlant ainsi il m'aidait à monter.

Je m'accrochai sans trop de façon au cou de la Vénus,[27] avec laquelle je commençais à me familiariser. Je la regardai même un instant *sous le nez*, et la trouvai de près encore plus méchante et encore plus belle. Puis je reconnus qu'il y avait, gravés° sur le bras, quelques caractères d'écriture cursive antique, à ce qu'il me sembla. À grand renfort de bésicles° j'épelai ce qui suit,[28] et cependant M. de Peyrehorade répétait chaque mot à mesure que je le prononçais, approuvant du geste et de la voix. Je lus donc:

inscribed

spectacles

VENERI TVRBVL...
EVTYCHES MYRO
IMPERIO FECIT[29]

---

27 **Je m'accrochai...** *I clung without much fuss to the neck of the Vénus.*
28 **A grand...** *with the help of my glasses, I spelled the following...*
29 **VENERI TVRBVL...** *moved by Venus, Eutyches Myron made* [this] *by her command.* [Latin]

Après ce mot TVRBVL de la première ligne, il me sembla qu'il y avait quelques lettres effacées; mais TVRBVL était parfaitement lisible.°   legible

"Ce qui veut dire?..." me demanda mon hôte radieux et souriant avec malice, car il pensait bien que je 'ne me tirerais'° pas facilement de ce TVRBVL.   would not figure out

"Il y a un mot que je ne m'explique pas encore," lui dis-je; "tout le reste est facile. Eutychès Myron a fait cette offrande à Vénus par son ordre."

"À merveille. Mais TVRBVL, qu'en faites-vous? Qu'est-ce que TVRBVL?"

"TVRBVL m'embarrasse fort. Je cherche en vain quelque épithète connue de Vénus qui puisse m'aider. Voyons, que diriez-vous de TVRBVL? Vénus qui trouble, qui agite... Vous vous apercevez que je suis toujours préoccupé de son expression méchante. TVRBVLENTA, ce n'est point une trop mauvaise épithète pour Vénus," ajoutai-je d'un ton modeste, "car je n'étais pas moi-même fort satisfait de mon explication."

"Vénus turbulente! Vénus la tapageuse!° Ah! vous croyez donc que ma Vénus est une Vénus de cabaret? Point du tout, monsieur; c'est une Vénus de bonne compagnie. Mais je vais vous expliquer ce TVRBVL... Au moins vous me promettez de ne point divulguer ma découverte avant l'impression de mon mémoire. C'est que, voyez-vous, 'je m'en fais gloire,'° de cette trouvaille-là... Il faut bien que vous nous laissiez quelques 'épis à glaner,'³⁰ à nous autres pauvres diables de provinciaux. Vous êtes si riches, messieurs les savants de Paris!"   boisterous one   I brag about it

Du haut du piédestal, où j'étais toujours perché, je lui promis solennellement que je n'aurais jamais l'indignité de lui voler sa découverte.

"TVRBVL.... monsieur," dit-il en se rapprochant et baissant la voix de peur qu'un autre que moi ne pût l'entendre, "lisez TVRBVLNERAE."

"Je ne comprends pas davantage."

"Écoutez bien. À une lieue d'ici, au pied de la montagne, il

---

30 **Il faut...** *you should leave us some ears of corn to gather.* Figuratively, this means "leave something for us".

y a un village qui s'appelle Boulternère.[31] C'est une corruption
du mot latin TVRBVLNERA. Rien de plus commun que ces in-
versions. Boulternère, monsieur, a été une ville romaine. Je 'm'en
étais toujours douté,° mais jamais je n'en avais eu la preuve. La　　*had always imagined*
preuve, la voilà. Cette Vénus était la divinité topique de la cité de
Boulternère; et ce mot de Boulternère, que je viens de démontrer
d'origine antique, prouve une chose bien plus curieuse, c'est que
Boulternère, avant d'être une ville romaine, a été une ville phéni-
cienne!"

　　Il s'arrêta un moment pour respirer et jouir de ma surprise. Je
parvins à réprimer une forte envie de rire.

　　"En effet," poursuivit-il, "TVRBVLNERA. est pur phénicien,
TVR, prononcez TOUR... TOUR et SOUR, même mot, n'est-ce
pas? SOUR est le nom phénicien de Tyr; je n'ai pas besoin de vous
en rappeler le sens. BUL, c'est Baal; Bâl, Bel, Bul, légères diffé-
rences de prononciation. Quant à NERA cela me donne un peu
de peine. Je suis tenté de croire, faute de trouver un mot phénicien, que cela vient du grec υγρός, humide, marécageux.° Ce se-　　*swampy*
rait donc un mot hybride. Pour justifier υγρός, je vous montrerai
à Boulternère comment les ruisseaux de la montagne y forment
des mares° infectes. D'autre part, la terminaison *NERA* aurait pu　　*ponds*
être ajoutée beaucoup plus tard en l'honneur de Nera Pivesuvia,
femme de Tétricus, laquelle aurait fait quelque bien à la cité de
Turbul. Mais à cause des mares, je préfère l'étymologie de υγρός."

　　Il prit une prise de tabac d'un air satisfait.

　　"Mais laissons les Phéniciens, et revenons à l'inscription. Je
traduis donc: À Vénus de Boulternère Myron dédie par son ordre
cette statue, son ouvrage."

　　Je me gardai bien de critiquer son étymologie, mais je voulus
à mon tour faire preuve de pénétration, et je lui dis: "Halte-là,
monsieur. Myron a consacré quelque chose, mais je ne vois nulle-
ment que ce soit cette statue."

　　"Comment!" s'écria-t-il, "Myron n'était-il pas un fameux
sculpteur grec? Le talent se sera perpétué dans sa famille: c'est un
de ses descendants qui aura fait cette statue. Il n'y rien de plus sûr."

　　"Mais," répliquai-je, "je vois sur le bras un petit trou. Je pense
qu'il a servi à fixer quelque chose, un bracelet, par exemple, que

---

31　Boulternère is a village in the eastern Pyrenees mountains.

ce Myron donna à Vénus en offrande expiatoire. Myron était un amant malheureux. Vénus était irritée contre lui: il l'apaisa en lui consacrant un bracelet d'or. Remarquez que *fecit*° se prend fort souvent pour *consecravit*.° Ce sont termes synonymes. Je vous en montrerais plus d'un exemple si j'avais sous la main Gruter ou bien Orelli.[32] Il est naturel qu'un amoureux voie Vénus en rêve, qu'il s'imagine qu'elle lui commande de donner un bracelet d'or à sa statue. Myron lui consacra un bracelet... Puis les barbares ou bien quelque voleur sacrilège... "

    "Ah! qu'on voit bien que vous avez fait des romans!" s'écria mon hôte en me donnant la main pour descendre." Non, monsieur, c'est un ouvrage de l'école de Myron. Regardez seulement le travail, et vous en conviendrez."

    M'étant fait une loi de ne jamais contredire à outrance° les antiquaires entêtés,° je baissai la tête d'un air convaincu en disant:

    "C'est un admirable morceau."

    "Ah! mon Dieu," s'écria M. de Peyrehorade, "encore un trait de vandalisme! On aura jeté une pierre à ma statue!" Il venait d'apercevoir une marque blanche un peu au-dessus du sein de la Vénus. Je remarquai une trace semblable sur les doigts de la main droite, qui, je le supposai alors, avaient été touchés dans le trajet° de la pierre, ou bien un fragment s'en était détaché par le choc et avait ricoché sur la main. Je contai à mon hôte l'insulte dont j'avais été témoin et la prompte punition qui s'en était suivie. Il en rit beaucoup, et, comparant l'apprenti à Diomède, il lui souhaita de voir, comme le héros grec, tous ses compagnons changés en oiseaux blancs.

    La cloche du déjeuner interrompit cet entretien classique, et, de même que la veille, je fus obligé de manger comme quatre. Puis vinrent des fermiers de M.de Peyrehorade; et pendant qu'il leur donnait audience, son fils me mena voir une calèche° qu'il avait achetée à Toulouse pour sa fiancée, et que j'admirai, cela va sans dire. Ensuite j'entrai avec lui dans l'écurie,° où il me tint une demi-heure à me vanter ses chevaux, à me faire leur généalogie, à me conter les prix qu'ils avaient gagnés aux courses du départe-

[margin glosses]
made [Latin]
dedicated [Latin]

excessiveness
stubborn

path

carriage

stable

---

32 Gruter, born in Antwerp in 1560, wrote *Inscriptiones antiquæ totius orbis Romani*. Johann Caspar von Orelli was a 19th century scholar of classical literature and antiquities.

ment. Enfin il en vint à me parler de sa future,° par la transition   fiancée
d'une jument° grise qu'il lui destinait.   mare

"Nous la verrons aujourd'hui," dit-il. Je ne sais si vous la trou-
verez jolie. Vous êtes difficiles, à Paris; mais tout le monde, ici et
à Perpignan, la trouve charmante. Le bon, c'est qu'elle est fort
riche. Sa tante de Prades lui a laissé son bien.[33] Oh! je vais être
fort heureux."

Je fus profondément choqué de voir un jeune homme pa-
raître plus touché de la dot° que des beaux yeux de sa future.   dowry

"Vous vous connaissez en bijoux," poursuivit M. Alphonse,
"comment trouvez-vous ceci? Voici l'anneau que je lui donnerai
demain." En parlant ainsi, il tirait de la première phalange de son
petit doigt une grosse bague enrichie de diamants, et formée de
deux mains entrelacées; allusion qui me parut infiniment poétique. Le travail en était ancien, mais je jugeai qu'on l'avait retou-
chée pour enchâsser° les diamants. Dans l'intérieur de la bague   to set
se lisaient ces mots en lettres gothiques: *Sempr' ab ti*, c'est-à-dire
toujours avec toi.

"C'est une jolie bague," lui dis-je; "mais ces diamants ajoutés
lui ont fait perdre un peu de son caractère."

"Oh! elle est bien plus belle comme cela," répondit-il en
souriant. "Il y a là pour douze cents francs de diamants. C'est
ma mère qui me l'a donnée. C'était une bague de famille, très
ancienne... du temps de la chevalerie. Elle avait servi à ma grand-
mère, qui la tenait° de 'la sienne.° Dieu sait quand cela a été fait."   got, from hers

"L'usage à Paris," lui dis-je, "est de donner un anneau tout
simple, ordinairement composé de deux métaux différents,
comme de l'or et du platine.° Tenez, cette autre bague, que vous   platinum
avez à ce doigt, serait fort convenable. Celle-ci, avec ses diamants
et ses mains en relief, est si grosse, qu'on ne pourrait mettre un
gant par-dessus."

"Oh! Mme Alphonse s'arrangera comme elle voudra. Je
crois qu'elle sera toujours bien contente de l'avoir. Douze cents
francs au doigt, c'est agréable. Cette petite bague-là," ajouta-t-il
en regardant d'un air de satisfaction l'anneau tout uni qu'il portait à la main, "celle-là, c'est une femme à Paris qui me l'a donnée

---

33 **Sa tante...** *her aunt from Prades left her a fortune.* (Prades is a sub-
prefecture in the eastern Pyrenees).

un jour de mardi gras. Ah! comme je 'm'en suis donné° quand   *had a great time*
j'étais à Paris, il y a deux ans! C'est là qu'on s'amuse!..." Et il sou-
pira° de regret.   *sighed*

Nous devions dîner ce jour-là à Puygarrig, chez les parents
de la future; nous montâmes en calèche, et nous nous rendîmes
au château, éloigné d'Ille d'environ une lieue et demie. Je fus présenté et accueilli comme l'ami de la famille. Je ne parlerai pas du
dîner ni de la conversation qui s'ensuivit, et à laquelle je pris peu
de part. M. Alphonse, placé à côté de sa future, lui disait un mot
à l'oreille tous les quarts d'heure. Pour elle, elle 'ne levait guère°   *hardly raised*
les yeux, et, chaque fois que son prétendu° lui parlait, elle rougis-   *fiancé*
sait avec modestie, mais lui répondait sans embarras.

Mlle de Puygarrig avait dix-huit ans; sa taille souple et délicate contrastait avec les formes osseuses° de son robuste fiancé.   *bony*
Elle était non seulement belle, mais séduisante. J'admirais le naturel parfait de toutes ses réponses; et son air de bonté, qui pourtant n'était pas exempt d'une légère teinte de malice, me rappela,
malgré moi, la Vénus de mon hôte. Dans cette comparaison que
je fis en moi-même, je me demandais si la supériorité de beauté
qu'il fallait bien accorder à la statue ne tenait pas, en grande partie, à son expression de tigresse; car l'énergie, même dans les mauvaises passions, excite toujours en nous un étonnement et une
espèce d'admiration involontaire.

"Quel dommage," me dis-je en quittant Puygarrig, "qu'une si
aimable personne soit riche, et que sa dot la fasse rechercher par
un homme indigne d'elle!"

En revenant à Ille, et ne sachant trop que dire à Mme de
Peyrehorade, à qui je croyais convenable d'adresser quelquefois
la parole:

"Vous êtes bien esprits forts en Roussillon!" m'écriai-je;
"comment, madame, vous faites un mariage un vendredi! À Paris
nous aurions plus de superstition; personne n'oserait prendre
femme un tel jour."

"Mon Dieu! ne m'en parlez pas," me dit-elle, "si cela n'avait
dépendu que de moi, certes on eût choisi un autre jour. Mais
Peyrehorade l'a voulu, et il a fallu lui céder.° Cela me fait de la   *to give in*
peine pourtant. S'il arrivait quelque malheur? Il faut bien qu'il
y ait une raison, car enfin pourquoi tout le monde a-t-il peur du

vendredi?"

"Vendredi!" s'écria son mari, "c'est le jour de Vénus! Bon jour pour un mariage! Vous le voyez, mon cher collègue, je ne pense qu'à ma Vénus. D'honneur! c'est à cause d'elle que j'ai choisi le vendredi. Demain, si vous voulez, avant la noce, nous lui ferons un petit sacrifice; nous sacrifierons deux palombes,° et si je savais où trouver de l'encens... "

pigeons

"Fi don,° Peyrehorade!" interrompit sa femme scandalisée au dernier point. "Encenser une idole! Ce serait une abomination! Que dirait-on de nous dans le pays?"

my goodness

"Au moins," dit M. de Peyrehorade, "tu me permettras de lui mettre sur la tête une couronne de roses et de lis:

> Manibus date lilia plenis. [34]

Vous le voyez, monsieur, la charte° est un vain mot. Nous n'avons pas la liberté des cultes!"

government charter

Les arrangements du lendemain furent réglés de la manière suivante. Tout le monde devait être prêt et en toilette à dix heures précises. Le chocolat pris, on se rendrait en voiture à Puygarrig. Le mariage civil devait se faire à la mairie du village, et la cérémonie religieuse dans la chapelle du château. Viendrait ensuite un déjeuner. Après le déjeuner on passerait le temps comme l'on pourrait jusqu'à sept heures. À sept heures, on retournerait à Ille, chez M. de Peyrehorade, où devaient souper les deux familles réunies. Le reste s'ensuit naturellement. Ne pouvant danser, on avait voulu manger le plus possible.

Dès huit heures j'étais assis devant la Vénus, un crayon à la main, recommençant pour la vingtième fois la tête de la statue, sans pouvoir parvenir à en saisir l'expression. M. de Peyrehorade allait et venait autour de moi, me donnait des conseils, me répétait ses étymologies phéniciennes; puis disposait des roses du Bengale sur le piédestal de la statue, et d'un ton tragi-comique lui adressait des vœux° pour le couple qui allait vivre sous son toit. Vers neuf heures il rentra pour songer à sa toilette, et en même temps parut M. Alphonse, bien serré dans un habit neuf, en gants blancs,

wishes

---

34 ***Manibus date...*** *present to me a garland full of lilies.* [Latin]

'souliers vernis,° boutons ciselés,° une rose à la boutonnière. shoes shined, polished

"Vous ferez le portrait de ma femme?" me dit-il en se penchant sur mon dessin. "Elle est jolie aussi."

En ce moment commençait, sur le jeu de paume dont j'ai parlé, une partie° qui, sur-le-champ, attira l'attention de M. game Alphonse. Et moi, fatigué, et désespérant de rendre cette diabolique figure, je quittai bientôt mon dessin pour regarder les joueurs. Il y avait parmi eux quelques muletiers° espagnols arrivés mule drivers de la veille. C'étaient des Aragonais et des Navarrois,[35] presque tous d'une adresse merveilleuse. Aussi les Illois, bien qu'encouragés par la présence et les conseils de M. Alphonse, furent-ils assez promptement battus par ces nouveaux champions. Les spectateurs nationaux étaient consternés. M. Alphonse regarda à sa montre. Il n'était encore que neuf heures et demie. Sa mère n'était pas coiffée. Il n'hésita plus: il ôta° son habit, demanda une took off veste, et défia° les Espagnols. Je le regardais faire en souriant, et challenged un peu surpris.

"Il faut soutenir l'honneur du pays," dit-il.

Alors je le trouvai vraiment beau. Il était passionné. Sa toilette, qui l'occupait si fort tout à l'heure, n'était plus rien pour lui. Quelques minutes avant il eût craint de tourner la tête de peur de déranger sa cravate. Maintenant il ne pensait plus à ses cheveux frisés ni à son 'jabot si bien plissé.° Et sa fiancée?... Ma well-ironed ruffle foi, si cela eût été nécessaire, il aurait, je crois, fait ajourner le mariage. Je le vis chausser° à la hâte une paire de sandales, 'retrous- put on ser ses manches,° et, d'un air assuré, se mettre à la tête 'du parti° roll up his sleeves, of the vaincu, comme César ralliant ses soldats à Dyrrachium. Je sautai team la haie, et me plaçai commodément à l'ombre d'un micocoulier,° type of tree de façon à bien voir les deux camps.

'Contre l'attente générale,° M. Alphonse manqua la pre- surprisingly mière balle; il est vrai qu'elle vint rasant la terre et lancée avec une force surprenante par un Aragonais qui paraissait être le chef des Espagnols.

C'était un homme d'une quarantaine d'années, sec et nerveux, haut de six pieds, et sa peau olivâtre avait une teinte presque aussi foncée° que le bronze de la Vénus. dark

---

35 **Aragonais** and **Navarrois** are inhabitants of Aragon and of Navarre in Spain.

M. Alphonse jeta sa raquette à terre avec fureur.

"C'est cette maudite bague," s'écria-t-il, "qui me serre le doigt, et me fait manquer une balle sûre!"

Il ôta, non sans peine, sa bague de diamants: je m'approchais pour la recevoir; mais il me prévint,° courut à la Vénus, lui passa la bague au 'doigt annulaire,° et reprit son poste à la tête des Illois.

Il était pâle, mais calme et résolu. Dès lors il ne fit plus une seule faute, et les Espagnols furent battus complète-ment. Ce fut un beau spectacle que l'enthousiasme des spec-tateurs: les uns poussaient mille cris de joie en jetant leurs bonnets en l'air; d'autres lui serraient les mains, l'appelant l'honneur du pays. S'il eût repoussé une invasion, je doute qu'il eût reçu des félicitations plus vives et plus sincères. Le chagrin des vaincus ajoutait encore à l'éclat de sa victoire.

"Nous ferons d'autres parties, mon brave," dit-il à l'Aragonais d'un ton de supériorité; "mais je vous rendrai° des points."

J'aurais désiré que M. Alphonse fût plus modeste, et je fus presque peiné de l'humiliation de son rival.

Le géant espagnol ressentit profondément cette insulte. Je le vis pâlir sous sa peau basanée.° Il regardait d'un air morne° sa raquette en serrant les dents; puis, d'une voix étouffée, il dit tout bas: *Me lo pagarás.*[36]

La voix de M. de Peyrehorade troubla le triomphe de son fils; mon hôte, fort étonné de ne point le trouver présidant aux apprêts de la calèche neuve, le fut bien plus encore en le voyant tout en sueur, la raquette à la main.[37] M. Alphonse courut à la maison, se lava la figure et les mains, remit son habit neuf et ses souliers vernis, et cinq minutes après nous étions au grand trot sur la route de Puygarrig. Tous les joueurs de paume de la ville et grand nombre de spectateurs nous suivirent avec des cris de joie. À peine les chevaux vigoureux qui nous traînaient pouvaient-ils maintenir leur avance sur ces intrépides Catalans.

Nous étions à Puygarrig, et le cortège° allait se mettre en marche pour la mairie, lorsque M. Alphonse, se frappant le front, me dit tout bas:

Margin glosses: avoided · ring finger · will give · swarthy, sad · bridal party

---

36 **Me lo...** *you'll pay for this.* [Spanish]
37 **Mon hôte...** *my host, astonished at not finding his son preparing the new carriage, was even more so seeing him covered in sweat, racquet in hand.*

"'Quelle brioche!° J'ai oublié la bague! Elle est au doigt de la   darn
Vénus, 'que le diable puisse emporter!° Ne le dites pas à ma mère   to hell with it!
au moins. Peut-être qu'elle ne s'apercevra de rien."

"Vous pourriez envoyer quelqu'un," lui dis-je.

"Bah! mon domestique est resté à Ille. Ceux-ci, je ne m'y fie
guère.[38] Douze cents francs de diamants! cela pourrait en tenter°   tempt
plus d'un. D'ailleurs que penserait-on ici de ma distraction? Ils
se moqueraient trop de moi. Ils m'appelleraient le mari de la statue... Pourvu qu'on ne me la vole pas! Heureusement que l'idole
fait peur à mes coquins. Ils n'osent l'approcher à longueur de
bras. Bah! ce n'est rien; j'ai une autre bague."

Les deux cérémonies civile et religieuse s'accomplirent avec
la pompe convenable; et mademoiselle de Puygarrig reçut l'an-
neau d'une modiste° de Paris, sans 'se douter° que son fiancé lui   hatmaker, imagining
faisait le sacrifice d'un gage° amoureux. Puis on se mit à table,   bet
où l'on but, mangea, chanta même, le tout fort longuement. Je
souffrais pour la mariée de la grosse joie qui éclatait autour d'elle;
pourtant elle faisait meilleure contenance que je ne l'aurais espé-
ré, et son embarras n'était ni de la gaucherie ni de l'affectation.

Peut-être le courage vient-il avec les situations difficiles.

Le déjeuner terminé 'quand il plut à Dieu,° il était quatre   whenever
heures; les hommes allèrent se promener dans le parc, qui était
magnifique, ou regardèrent danser sur la pelouse du château
les paysannes de Puygarrig, parées de leurs habits de fête. De la
sorte, nous employâmes quelques heures. Cependant les femmes
étaient fort empressées autour de la mariée, qui leur faisait admirer sa corbeille.° Puis elle changea de toilette, et je remarquai   wedding gifts
qu'elle couvrit ses beaux cheveux d'un bonnet et d'un chapeau à
plumes, car les femmes n'ont rien de plus pressé que de prendre,
aussitôt qu'elles le peuvent, les parures que l'usage leur défend de
porter quand elles sont encore demoiselles.

Il était près de huit heures quand on se disposa à partir pour
Ille. Mais d'abord eut lieu une scène pathétique. La tante de Mlle
de Puygarrig, qui lui servait de mère, femme très âgée et fort dé-
vote, ne devait point aller avec nous à la ville. Au départ, elle fit
à sa nièce un sermon touchant sur ses devoirs d'épouse, duquel
sermon résulta un torrent de larmes et des embrassements sans

---

38 **Je ne...** *I don't trust them.*

fin. M. de Peyrehorade comparait cette séparation à l'enlèvement des Sabines.[39] Nous partîmes pourtant, et, pendant la route, chacun s'évertua° pour distraire la mariée et la faire rire; mais ce fut en vain.

strove

À Ille, le souper nous attendait, et quel souper! Si la grosse joie du matin m'avait choqué, je le fus bien davantage des équivoques° et des plaisanteries dont le marié et la mariée surtout furent l'objet. Le marié, qui avait disparu un instant avant de se mettre à table, était pâle et d'un sérieux de glace. Il buvait à chaque instant du vieux vin de Collioure[40] presque aussi fort que de l'eau-de-vie. J'étais à côté de lui, et me crus obligé de l'avertir:

ambiguities

"Prenez garde! on dit que le vin... "

Je ne sais quelle sottise je lui dis pour me mettre à l'unisson des convives.

Il me poussa le genou, et très bas il me dit:

"Quand on se lèvera de table.... que je puisse vous dire deux mots."

Son ton solennel me surprit. Je le regardai plus attentivement, et je remarquai l'étrange altération de ses traits.

"Vous sentez-vous indisposé?" lui demandai-je.

"Non."

Et il se remit à boire.

Cependant, au milieu des cris et des battements de mains, un enfant de onze ans, qui 's'était glissé° sous la table, montrait aux assistants un joli ruban blanc et rose qu'il venait de détacher de la cheville° de la mariée. On appelle cela sa jarretière.° Elle fut aussitôt coupée par morceaux et distribuée aux jeunes gens, qui en ornèrent° leur boutonnière, suivant un antique usage qui se conserve encore dans quelques familles patriarcales. Ce fut pour la mariée une occasion de rougir jusqu'au blanc des yeux... Mais son trouble fut au comble° lorsque M. de Peyrehorade, ayant réclamé le silence, lui chanta quelques vers catalans, impromptus, disait-il. En voici le sens, si je l'ai bien compris:

had slid

ankle, garter

decorated

at its peak

"Qu'est-ce donc, mes amis? Le vin que j'ai bu me fait-il voir double? Il y a deux Vénus ici... "

---

39 **L'enlèvement des...** *to assure the growth of ancient Rome, Rommulus abducted the women of Sabin.*

40 Collioure is a village in the eastern Pyrenees.

Le marié tourna brusquement la tête d'un air effaré,° qui fit   °frightened
rire tout le monde.

"Oui," poursuivit M. de Peyrehorade, "il y a deux Vénus sous
mon toit. L'une, je l'ai trouvée dans la terre comme une truffe;
l'autre, descendue des cieux, vient de nous partager sa ceinture."

Il voulait dire sa jarretière.

"Mon fils, choisis de la Vénus romaine ou de la catalane celle
que tu préfères. Le maraud prend la catalane, et sa part est la meilleure. La romaine est noire, la catalane est blanche. La romaine
est froide, la catalane enflamme tout ce qui l'approche."

Cette chute excita un tel hourra, des applaudissements si
bruyants et des rires si sonores, que je crus que le plafond allait
nous tomber sur la tête. Autour de la table, il n'y avait que trois
visages sérieux, ceux des mariés et le mien. J'avais un grand mal
de tête; et puis, je ne sais pourquoi, un mariage m'attriste toujours. Celui-là, en outre, me dégoûtait un peu.

Les derniers couplets ayant été chantés par l'adjoint du
maire, et ils étaient fort lestes,° je dois le dire, on passa dans   °nimble
le salon pour jouir du départ de la mariée, qui devait être
bientôt conduite à sa chambre, car il était près de minuit.
M. Alphonse me tira dans l'embrasure d'une fenêtre, et me dit en
détournant les yeux:

"Vous allez vous moquer de moi... Mais je ne sais ce que j'ai...
je suis ensorcelé! le diable m'emporte!"

La première pensée qui me vint fut qu'il se croyait menacé
de quelque malheur du genre de ceux dont parlent Montaigne et
Mme de Sévigné[41]:

"Tout l'empire amoureux est plein d'histoires tragiques, etc.
Je croyais que ces sortes d'accidents n'arrivaient qu'aux gens d'esprit," me dis-je à moi-même.

"Vous avez trop bu de vin de Collioure, mon cher monsieur
Alphonse," lui dis-je." Je vous avais prévenu."

"Oui, peut-être. Mais c'est quelque chose de bien plus terrible."

Il avait la voix entrecoupée.° Je le crus tout à fait ivre.°   °breaking, drunk

---

41   Michel de Montaigne was a 16th century French moralist and author of
Essais. Marie de Rabutin-Chantal Marquise de Sévigné was a 17th century
French letter writer.

"Vous savez bien mon anneau," poursuivit-il après un silence.

"Eh bien! on l'a pris?"

"Non."

"En ce cas, vous l'avez?"

"Non... je... je ne puis l'ôter du doigt de cette diable de Vénus."

"Bon! vous n'avez pas tiré° assez fort."   pulled

"Si fait... Mais la Vénus... elle 'a serré° le doigt."   squeezed

Il me regardait fixement d'un air hagard, 's'appuyant à l'espa-
gnolette° pour ne pas tomber.   leaning on the window

"Quel conte!" lui dis-je." Vous avez trop enfoncé l'anneau.   latch
Demain vous l'aurez avec des tenailles.° Mais prenez garde de   pliers
gâter° la statue."   damage

"Non, vous dis-je. Le doigt de la Vénus est retiré, reployé;
elle serre la main, m'entendez-vous?... C'est ma femme, appa-
remment, puisque je lui ai donné mon anneau... Elle ne veut plus
le rendre."

J'éprouvai un frisson° subit, et j'eus un instant 'la chair de   shiver
poule.° Puis, un grand soupir qu'il fit m'envoya une bouffée de   goose bumps
vin,[42] et toute émotion disparut.

Le misérable, pensai-je, est complètement ivre.

"Vous êtes antiquaire, monsieur," ajouta le marié d'un ton
lamentable; "vous connaissez ces statues-là... il y a peut-être
quelque ressort,° quelque diablerie, que je ne connais point... Si   force
vous alliez voir?"

"Volontiers,°" dis-je." Venez avec moi."   with pleasure

"Non, j'aime mieux que vous y alliez seul."

Je sortis du salon.

Le temps avait changé pendant le souper, et la pluie commençait à tomber avec force. J'allais demander un parapluie,
lorsqu'une réflexion m'arrêta. Je serais un bien grand sot,° me   idiot
dis-je, d'aller vérifier ce que m'a dit un homme ivre! Peut-être,
d'ailleurs, a-t-il voulu me faire quelque méchante plaisanterie
pour apprêter° à rire à ces honnêtes provinciaux; et le moins qu'il   make
puisse m'en arriver, c'est d'être 'trempé jusqu'aux os° et d'attraper   soaked to the bones
un bon rhume.

De la porte je jetai un coup d'œil sur la statue ruisselante°   dripping
d'eau, et je montai dans ma chambre sans rentrer dans le salon. Je

---

42 **Un grand...** *he let out a great sigh and a breathful of wine*

me couchai; mais le sommeil fut long à venir. Toutes les scènes de la journée se représentaient à mon esprit. Je pensais à cette jeune fille si belle et si pure abandonnée à un ivrogne brutal. Quelle odieuse chose, me disais-je, qu'un mariage de convenance! Un maire revêt une écharpe tricolore, un curé une étole, et voilà la plus honnête fille du monde livrée au Minotaure![43] Deux êtres qui ne s'aiment pas, que peuvent-ils se dire dans un pareil moment, que deux amants achèteraient au prix de leur existence? Une femme peut-elle jamais aimer un homme qu'elle aura vu grossier° une fois? Les premières impressions ne s'effacent° pas, et j'en suis sûr, ce M. Alphonse méritera bien d'être haï...°   crude, disappear / hated

Durant mon monologue, que j'abrège° beaucoup, j'avais   shorten entendu force allées et venues dans la maison, les portes s'ouvrir et se fermer, des voitures partir; puis il me semblait avoir entendu sur l'escalier les pas légers de plusieurs femmes se dirigeant vers l'extrémité du corridor opposé à ma chambre. C'était probablement le cortège° de la mariée qu'on menait au lit. Ensuite   bridesmaids on avait redescendu l'escalier. La porte de Mme de Peyrehorade s'était fermée. Que cette pauvre fille, me dis-je, doit être troublée et mal à son aise! Je me tournais dans mon lit de mauvaise humeur. Un garçon joue un sot rôle dans une maison où s'accomplit un mariage.

Le silence régnait depuis quelque temps lorsqu'il fut troublé par des 'pas lourds'° qui montaient l'escalier. Les marches de bois cra-   heavy footsteps quèrent fortement.

"Quel butor!°" m'écriai-je. Je parie qu'il° va tomber dans   lout, = **Alphonse** l'escalier.

Tout redevint tranquille. Je pris un livre pour changer le cours de mes idées. C'était une statistique du département, ornée d'un mémoire de M. de Peyrehorade sur les monuments druidiques de l'arrondissement de Prades. Je m'assoupis° à la troisième page.   dosed off

Je dormis mal et me réveillai plusieurs fois. Il pouvait être cinq

---

43 **Quelle odieuse...** *What an unbearable thing, I thought, an arranged marriage. A mayor dons a tri-color sash, a priest* [dons] *a stole, and the most virtuous girl in the world is delivered to the Minotaur.* The Minotaur was a creature with the head of a bull and the body of a man and lived in a labyrinth on the island of Crete. It ate human flesh.

heures du matin, et j'étais éveillé° depuis plus de vingt minutes   awake
lorsque le coq chanta. Le jour allait se lever. Alors j'entendis distinctement les mêmes pas lourds, le même craquement de l'escalier que j'avais entendus avant de m'endormir. Cela me parut singulier. J'essayai, 'en bâillant,° de deviner pourquoi M. Alphonse   yawning
se levait si matin.° Je n'imaginais rien de vraisemblable.° J'allais   early, logical
refermer les yeux lorsque mon attention fut de nouveau excitée
par des trépignements° étranges auxquels se mêlèrent bientôt le   stamping of feet
'tintement des sonnettes° et le bruit de portes qui s'ouvraient avec   ringing of bells
fracas, puis je distinguai des cris confus.

     Mon ivrogne aura mis le feu quelque part! pensais-je en sau-
tant à bas de mon lit.

     Je m'habillai rapidement et j'entrai dans le corridor. De
l'extrémité opposée partaient des cris et des lamentations, et
une voix déchirante dominait toutes les autres: "Mon fils! mon
fils!" Il était évident qu'un malheur était arrivé à M. Alphonse.
Je courus à la chambre nuptiale: elle était pleine de monde.° Le   people
premier spectacle qui frappa ma vue fut le jeune homme à demi-
vêtu, étendu° en travers sur le lit dont le bois était brisé. Il était   stretched out
livide,° sans mouvement. Sa mère pleurait et criait à côté de lui.   pallid
M. de Peyrehorade s'agitait, lui frottait les tempes avec de l'eau
de Cologne, ou lui mettait des sels sous le nez. Hélas! depuis
longtemps son fils était mort. Sur un canapé, à l'autre bout de la
chambre, était la mariée, en proie à d'horribles convulsions. Elle
poussait des cris inarticulés, et deux robustes servantes avaient
toutes les peines du monde à la contenir.

     "Mon Dieu!" m'écriai-je, "qu'est-il donc arrivé?"

     Je m'approchai du lit et soulevai° le corps du malheureux   lifted
jeune homme: il était déjà roide° et froid. Ses dents serrées et sa   stiff
figure noircie exprimaient les plus affreuses angoisses. Il paraissait
assez que sa mort avait été violente et son agonie terrible. Nulle
trace de sang cependant sur ses habits. J'écartai° sa chemise et   opened
vis sur sa poitrine une empreinte livide qui se prolongeait sur les
côtes et le dos. On eût dit qu'il avait été étreint° dans un cercle de   squeezed
fer.° Mon pied posa sur quelque chose de dur qui se trouvait sur   iron
le tapis; je me baissai et vis la bague de diamants.

     J'entraînai° M. de Peyrehorade et sa femme dans leur   led
chambre; puis j'y fis porter la mariée. "Vous avez encore une fille,"

leur dis-je, "vous lui devez vos soins."° Alors je les laissai seuls. care

Il ne me paraissait pas douteux que M. Alphonse n'eût été victime d'un assassinat dont les auteurs avaient trouvé moyen de s'introduire la nuit dans la chambre de la mariée. Ces meurtrissures° à la poitrine, leur direction circulaire m'embarrassaient° beaucoup pourtant, car un bâton ou une barre de fer n'aurait pu les produire. Tout d'un coup je me souvins d'avoir entendu dire qu'à Valence° des braves se servaient de longs sacs de cuir° remplis de sable fin pour assommer° les gens dont on leur avait payé la mort. Aussitôt je me rappelai le muletier aragonais et sa menace; toutefois j'osais à peine penser qu'il eût tiré une si terrible vengeance d'une plaisanterie légère. bruises, stumped Valencia, leather to beat to death

J'allais dans la maison, cherchant partout des traces d'effraction,° et n'en trouvant nulle part. Je descendis dans le jardin pour voir si les assassins avaient pu s'introduire de ce côté; mais je ne trouvai aucun indice° certain. La pluie de la veille avait d'ailleurs tellement 'détrempé le sol,° qu'il n'aurait pu garder d'empreinte bien nette. J'observai pourtant quelques pas profondément imprimés dans la terre; il y en avait dans deux directions contraires, mais sur une même ligne, partant de l'angle de la haie contiguë au jeu de paume et aboutissant° à la porte de la maison. Ce pouvaient être les pas de M. Alphonse lorsqu'il était allé chercher son anneau au doigt de la statue. D'un autre côté, la haie, en cet endroit, étant moins fourrée° qu'ailleurs, ce devait être sur ce point que les meurtriers l'auraient franchie.° Passant et repassant devant la statue, je m'arrêtai un instant pour la considérer. Cette fois, je l'avouerai, je ne pus contempler sans effroi° son expression de méchanceté ironique; et, la tête toute pleine des scènes horribles dont je venais d'être le témoin, il me sembla voir une divinité infernale applaudissant au malheur qui frappait cette maison. breaking and entering clue softened the soil ending leafy jumped over fear

Je regagnai ma chambre et j'y restai jusqu'à midi. Alors je sortis et demandai des nouvelles de mes hôtes. Ils étaient un peu plus calmes. Mlle de Puygarrig, je devrais dire la veuve de M. Alphonse, avait repris connaissance. Elle avait même parlé au procureur° du roi de Perpignan alors 'en tournée° à Ille, et ce magistrat avait reçu sa déposition. Il me demanda la mienne. Je lui dis ce que je savais, et ne lui cachai pas mes soupçons° contre prosecutor, making his rounds suspicions le muletier aragonais. Il ordonna qu'il fût arrêté sur-le-champ.°   right away

"Avez-vous appris quelque chose de Mme Alphonse?" demandai-je au procureur du roi, lorsque ma déposition fut écrite
et signée.

"Cette malheureuse jeune personne est devenue folle," me
dit-il en souriant tristement. "Folle! tout à fait folle. Voici ce
qu'elle conte:

Elle était couchée, dit-elle, depuis quelques minutes, les rideaux tirés,° lorsque la porte de sa chambre s'ouvrit, et quelqu'un   drawn
entra. Alors, Mme Alphonse était dans la ruelle° du lit, la figure   space between wall and
tournée vers la muraille. Elle ne fit pas un mouvement, persuadée   bed
que c'était son mari. Au bout d'un instant, le lit cria comme s'il
était chargé d'un poids énorme. Elle eut grand'peur, mais n'osa
pas tourner la tête. Cinq minutes, dix minutes peut-être... elle
ne peut se rendre compte du temps, se passèrent de la sorte. Puis
elle fit un mouvement involontaire, ou bien la personne qui était
dans le lit en fit un, et elle sentit le contact de quelque chose de
froid comme la glace, ce sont ses expressions.° Elle s'enfonça°   words, huddled
dans la ruelle° tremblant de tous ses membres. Peu après, la porte
s'ouvrit une seconde fois, et quelqu'un entra qui dit: Bonsoir, ma
petite femme. Bientôt après on tira les rideaux. Elle entendit un
cri étouffé.° La personne qui était dans le lit, à côté d'elle, se leva   muffled
sur son séant° et parut étendre° les bras en avant. Elle tourna la   posterior, to extend
tête alors... et vit, dit-elle, son mari à genoux auprès du lit, la tête
à la hauteur de l'oreiller, entre les bras d'une espèce de géant ver-
dâtre° qui l'étreignait° avec force. Elle dit, et m'a répété vingt fois,   greenish, was hugging
pauvre femme!... elle dit qu'elle a reconnu... devinez-vous? La
Vénus de bronze, la statue de M. de Peyrehorade... Depuis qu'elle
est dans le pays, tout le monde en rêve. Mais je reprends le récit
de la malheureuse folle. À ce spectacle, elle perdit connaissance,
et probablement depuis quelques instants elle avait perdu la raison. Elle ne peut en aucune façon dire combien de temps elle
demeura évanouie.° Revenue à elle, elle revit le fantôme, ou la   passed out
statue, comme elle dit toujours, immobile, les jambes et le bas du
corps dans le lit, le buste et les bras étendus en avant, et entre ses
bras son mari, sans mouvement. Un coq chanta. Alors la statue
sortie du lit, laissa tomber le cadavre et sortit. Mme Alphonse se
pendit à la sonnette, et vous savez le reste."

On amena l'Espagnol; il était calme, et se défendit avec beaucoup de sang-froid et de présence d'esprit. Du reste, il ne nia° pas le propos que j'avais entendu; mais il l'expliquait, prétendant qu'il n'avait voulu dire autre chose, sinon que le lendemain, reposé qu'il serait, il aurait gagné une partie de paume à son vainqueur. Je me rappelle qu'il ajouta: denied

"Un Aragonais, lorsqu'il est outragé, n'attend pas au lendemain pour se venger. Si j'avais cru que M. Alphonse eut voulu m'insulter, je lui aurais sur-le-champ donné de mon couteau dans le ventre."

On compara ses souliers avec les empreintes de pas dans le jardin; ses souliers étaient beaucoup plus grands.

Enfin l'hôtelier chez qui cet homme était logé assura qu'il avait passé toute la nuit à frotter° et à médicamenter un des ses mulets qui était malade. rubbing down

D'ailleurs cet Aragonais était un homme bien famé, fort connu dans le pays, où il venait tous les ans pour son commerce. On le relâcha° donc en lui faisant des excuses. released

J'oubliais la déposition d'un domestique qui le dernier avait vu M. Alphonse vivant. C'était au moment qu'il allait monter chez sa femme, et, appelant cet homme, il lui demanda d'un air d'inquiétude s'il savait où j'étais. Le domestique répondit qu'il ne m'avait point vu. Alors M. Alphonse fit un soupir et resta plus d'une minute sans parler, puis il dit: *Allons! le diable l'aura emporté aussi!*

Je demandai à cet homme si M. Alphonse avait sa bague de diamants lorsqu'il lui parla. Le domestique hésita pour répondre; enfin il dit qu'il ne le croyait pas, qu'il n'y avait fait au reste aucune attention. "S'il avait eu cette bague au doigt, ajouta-t-il en se reprenant, je l'aurais sans doute remarquée, car je croyais qu'il l'avait donnée à Mme Alphonse."

En questionnant cet homme je ressentais un peu de la terreur superstitieuse que la déposition de Mme Alphonse avait répandue dans toute la maison. Le procureur du roi me regarda en souriant, et je me gardai bien d'insister. Quelques heures après les funérailles de M. Alphonse, je 'me disposai° à quitter Ille. La voiture de M. de Peyrehorade devait me reconduire à Perpignan. Malgré son état de faiblesse, le pauvre prepared myself vieillard voulut m'accompagner jusqu'à la porte de son jardin. Nous le traversâmes en silence, lui 'se traînant à peine,° appuyé sur mon bras. Au moment de nous séparer, je jetai un dernier regard sur la Vénus. Je prévoyais° bien que mon hôte, quoiqu'il ne partageât point les terreurs et les haines qu'elle inspirait à une partie de sa famille, voudrait 'se défaire° d'un objet qui lui rappellerait sans cesse un malheur affreux. Mon intention était de l'engager à la placer dans un musée. J'hésitais pour entrer en matière, quand M. de Peyrehorade tourna machinalement la tête du côté où il me voyait regarder fixement. Il aperçut la statue et aussitôt fondit en larmes. Je l'embrassai, et, sans oser lui dire un seul mot, je montai dans la voiture.

Depuis mon départ, je n'ai point appris que quelque jour nouveau soit venu éclairer cette mystérieuse catastrophe.[44]

M. de Peyrehorade mourut quelques mois après son fils. Par son testament° il m'a légué° ses manuscrits, que je publierai peut-être un jour. Je n'y ai point trouvé le mémoire relatif aux inscriptions de la Vénus.

P.S. Mon ami M. de P. vient de m'écrire de Perpignan que la statue n'existe plus. Après la mort de son mari, le premier soin de Mme de Peyrehorade fut de la faire fondre° en cloche, et sous cette nouvelle forme elle sert à l'église d'Ille. Mais, ajoute M. de P., il semble qu'un mauvais sort° poursuive ceux qui possèdent ce bronze. Depuis que cette cloche sonne à Ille, les vignes 'ont gelé° deux fois.

- barely dragging himself
- anticipated
- to get rid
- will, bequeathed
- melt
- fate
- have frozen

---

44 **Depuis mon...** *since my departure, I haven't learned of any new information about this mysterious catastrophe.*

Alphonse Daudet (1840-1897)

ALPHONSE DAUDET, A PROLIFIC author of short stories, novels, plays, and poetry, was one of the most popular writers of his day, although his work is less known today than that of other major figures of the late nineteenth century. His work tends toward realism and naturalism, but blends in humor and sympathy that set him apart from naturalists such as Zola.

Daudet was born in Nîmes on May 13, 1840 into a family struggling to maintain a failing silk weaving business. At the age of sixteen, having finished his studies, he took a position as a teacher in a school in Alès. Very unhappy there, Daudet left after two years to join his brother in Paris. Employment as secretary to the Duc de Morney enabled Daudet to enjoy the pleasures of the capital. Daudet had been married seven years and was the father of a child when he published his first realistic novel, *Fromont jeune et Risler aîné*, which won an award from the Académie Française. For the next fifteen years, he enjoyed a great deal of success, but by 1890, was suffering the effects of late-stage syphilis contracted during his early years in Paris. He died in 1897.

Daudet is best-known for his short stories, especially his collection of sketches of Provençal life titled, *Lettres de mon Moulin* (1869). He also wrote a series of short stories, published as *Contes du Lundi* (1873), that were inspired by his experiences as a member of the national guard during the Franco-Prussian war,. Daudet's evocative description, character portrayal and narrative voice earned him the reputation of being the French Dickens, but critics have also viewed his charm as overly sentimental. In each of the stories included here, the tragedy of war is made perhaps less violent, yet more immediate through a child's eyes.

L'Enfant espion[1]

Il s'appelait Stenne, le petit Stenne.

C'était un enfant de Paris, malingre °et pâle, qui pouvait avoir dix ans, peut-être quinze; avec ces moucherons-là,° on ne sait jamais. Sa mère était morte; son père, ancien soldat de marine, gardait un square[2] dans le quartier du Temple.[3] Les babies, les bonnes, les vieilles dames à pliants,° les mères pauvres, tout le Paris trotte-menu° qui vient se mettre à l'abri des voitures° dans ces parterres° bordés de trottoirs, connaissaient le père Stenne et l'adoraient. On savait que, sous sa rude moustache, effroi° des chiens et des traîneurs de bancs,[4] se cachait un bon sourire attendri, presque maternel, et qui, pour voir ce sourire, on n'avait qu'à dire au bonhomme:

"Comment va votre petit garçon?..."

Il l'aimait tant, son garçon, le père Stenne! Il était si heureux, le soir, après la classe, quand le petit venait le prendre et qu'ils faisaient tous deux le tour des allées, s'arrêtant à chaque banc pour saluer les habitués, répondre à leurs bonnes manières.

Avec le siège,[5] malheureusement tout changea. Le square du père Stenne fut fermé, on y mit du pétrole, et le pauvre homme, obligé à une surveillance incessante, passait sa vie dans les massifs

sickly

kids

folding stools

scampering, coaches,

 gardens

terror

---

1 This story was originally published in *Les contes du lundi* (1873).
2 The father was no doubt part of la Garde Nationale, which in this time of war, undertook the routine task of guarding Paris and its remparts.
3 **Le Quartier du Temple** is in the the Marais district. Its name comes from **Les Templiers** who had bought up parcels of land in the area with the riches they had acquired in the Crusades.
4 **Traîneurs de bancs** are people who while away time in the park.
5 This refers to the siege of Paris during the Franco-Prussian War, when the Prussians surrounded the city from September 15, 1870 until January 26, 1871. The siege caused Parisians great suffering, as the city was cut off from supplies of food and fuel during the winter.

déserts et bouleversés, seul, sans fumer, n'ayant plus son garçon que le soir, bien tard, à la maison. Aussi il fallait voir sa moustache, quand il parlait des Prussiens... Le petit Stenne, lui, ne se plaignait pas trop de cette nouvelle vie.

Un siège! C'est si amusant pour les gamins!° Plus d'école!   children
plus de mutuelle!⁶ Des vacances tout le temps et la rue comme
champ de foire°...   fair

L'enfant restait dehors jusqu'au soir, à courir. Il accompagnait les bataillons du quartier qui allaient au rempart, choisissant de préférence ceux qui avaient une bonne musique: et là-dessus le petit Stenne était très ferré. Il vous disait fort bien que celle du 96ᵉ° ne valait pas grand-chose, mais qu'au 55ᵉ ils en avaient une   96ᵗʰ battalion
excellente. D'autres fois, il regardait les mobiles° faire de l'exer-   National Guard
cice; puis il y avait les queues...

Son panier sous le bras, il se mêlait à ces longues fils qui se for-
maient dans l'ombre des matins d'hiver sans gaz,° 'à la grille° des   natural gas, barred doo
bouchers, des boulangers. Là, les pieds dans l'eau, on faisait des connaissances, on causait politique, et comme fils de M. Stenne, chacun lui demandait son avis. Mais le plus amusant de tout, c'était encore les parties de bouchon, ce fameux jeu de *galoche*⁷ que les mobiles bretons avaient mis à la mode pendant le siège. Quand le petit Stenne n'était pas au rempart ni aux boulange-ries, vous étiez sûr de le trouver à la partie de *galoche* de la place du Château-d'Eau.⁸ Lui ne jouait pas, bien entendu: il faut trop d'argent. Il se contentait de regarder les joueurs avec des yeux!

Un, surtout, un grand en cotte° bleue, qui ne misait° que 'des   overalls, wagered
pièces de cent sous,° excitait son admiration. Quand il courait,   small change
celui-là on entendait les écus sonner au fond de sa cotte...

Un jour, en ramassant une pièce qui avait roulé jusque sous les pieds du petit Stenne, le grand lui dit à voix basse:

"Ça te fait loucher,° hein?... Eh bien, si tu veux, je te dirai où   covet

---

6 This was pedagogy imported from England. In a one-room setting, the teacher taught a few older, more advanced students material; then they, in turn, taught it to other groups of children at various lower levels in the class.

7 **Galoche** is a a Breton game similar to pétanque, but played with puck-like disks that players throw at a wooden cylinder topped by a token. The goal is to knock the token off the cylinder.

8 **Rue Chateau-d'Eau** was named for the fountain at the intersection with Rue du Temple in le Marais.

on en trouve."

La partie finie, il l'emmena dans un coin de la place et lui proposa de venir avec lui vendre des journaux aux Prussiens: on avait trente francs par voyage. D'abord Stenne refusa, très indigné; et du coup, il resta trois jours sans retourner à la partie. Trois jours terribles. Il ne mangeait plus, il ne dormait plus. La nuit, il voyait des tas de galoches° dressées au pied de son lit, et des pièces de cent sous qui filaient à plat, toutes luisantes. La tentation était trop forte. Le quatrième jour, il retourna au Château-d'Eau, revit le grand, se laissa seduire...

Il partirent par un matin de neige, un sac de toile sur l'épaule, des journaux cachés sous leurs blouses. Quand il arrivèrent à la porte de Flandres, il faisait 'à peine° jour. Le grand prit Stenne par la main, et, s'approchant du factionnaire°—un brave sédentaire qui avait le nez rouge et l'air bon—, il lui dit d'une voix de pauvre:

"Laissez-nous passer, mon bon monsieur... Notre mère est malade, papa est mort. Nous allons voir avec mon petit frère à ramasser des pommes de terre dans le champ."

Il pleurait. Stenne, tout honteux, baissait la tête. Le factionnaire les regarda un moment, jeta à coup d'œil sur la route déserte et blanche.

"Passez vite," leur dit-il en s'écartant.

Et les voilà sur le chemin d'Aubervilliers.[9] C'est le grand qui riait!

Confusément, comme dans un rêve, le petit Stenne voyait des usines transformées en casernes,° des barricades désertes, garnies de chiffons° mouillés,° de longues cheminées qui trouaient° le brouillard et montaient dans le ciel, vides, ébréchées.° De loin en loin, une sentinelle, des officiers encapuchonnés° qui regardaient là-bas avec des lorgnettes,° et de petites tentes trempées de neige fondue devant des feux qui mouraient. Le grand connaissait les chemins, prenait à travers les champs pour éviter les postes. Pourtant, ils arrivèrent, sans pouvoir y échapper, à une grand-garde° de francs-tireurs.° Les francs-tireurs étaient là avec

Glosses (right margin): wooden shoes · hardly · sentinel · barracks · rags, wet, pierced · chipped · hooded · spyglasses · advance detachment, volunteer soldiers

---

9 A small town in the Département de la Seine, outside Paris. A fortified town, it helped protect Paris from attack from the north.

leurs petits cabans,° accroupis° au fond d'une fosse° pleine d'eau, great coats, crouched, ditch
tout le long du chemin de fer de Soissons.[10] Cette fois le grand
'eut beau° recommencer son histoire, on ne voulut pas les laisser in vain
passer. Alors, pendant qu'il se lamentait, de la maison du garde-
barrière° sortit sur la voie° un vieux sergent, tout blanc, tout ridé, checkpoint, tracks
qui ressemblait au père Stenne:

"Allons! mioches,° ne pleurons plus!" dit-il aux enfants, "on kids
vous y laissera aller, à vos pommes de terre; mais, avant, entrez
vous chauffer un peu... Il a l'air gelé, ce gamin-là!"

Hélas! Ce n'était pas de froid qu'il tremblait le petit Stenne,
c'était de peur, c'était de honte... Dans le poste, ils trouvèrent
quelques soldats blottis° autour d'un feu maigre, un vrai feu de huddled
veuve, à la flamme duquel ils faisaient dégeler du biscuit° au bout bread
de leurs baïonnettes. On se serra pour faire place aux enfants. On
leur donna la goutte, un peu de café. Pendant qu'ils buvaient, un
officier vint sur la porte, appela le sergent, lui parla tout bas et
s'en alla bien vite.

"Garçons!" dit le sergent en rentrant, radieux... , "y aura du
tabac, cette nuit[11]... On a surpris le mot° des Prussiens... Je crois password
que cette fois nous allons le leur reprendre, ce sacré Bourget!"[12]

Il y eut une explosion de bravos et de rires. On dansait, on
chantait, on astiquait° les sabres baïonnettes; et profitant de ce polished
tumulte, les enfants disparurent.

Passé la tranchée, il n'y avait plus que la plaine, et au fond un
long mur blanc troué de meurtrières.° C'est vers ce mur qu'ils 'se loopholes
dirigèrent,° s'arrêtant à chaque pas pour faire semblant de ramas- headed
ser des pommes de terre.

"Rentrons... N'y allons pas," disait tout le temps le petit
Stenne.

L'autre levait les épaules et avançait toujours. Soudain ils
entendirent le trictrac° d'un fusil qu'on armait. click

"Couche-toi!" fit le grand, en se jetant par terre.

Une fois couché, il siffla.° Un autre sifflet répondit sur la whistled

---

10 Soissons is about 150 miles northeast of Paris in Picardie. It is an ancient
city, having been conquered by the Franks under Clovis I, in 486.

11 **Il y...** *we're going to see some action tonight.*

12 In 1870, the French took back the village of Le Bourget, which is
located near Aubervilliers and Saint-Denis, but later the Prussians retoook
control of the town, a demoralizing loss for the French.

neige. Ils s'avancèrent en rampant... Devant le mur, au ras du sol,° ground levelgrimy
parurent deux moustaches jaunes sous un béret crasseux.° Le grimy
grand sauta dans la tranchée, à côté du Prussien:

"C'est mon frère," dit-il en montrant son compagnon.

Il était si petit, ce Stenne, qu'en le voyant le Prussien se mit à
rire et fut obligé de le prendre dans ses bras pour le hisser° jusqu'à to hoist
la brèche.° opening

De l'autre côté du mur, c'étaient de grands remblais° de terre, embankments
des arbres couchés, des trous noirs dans la neige, et dans chaque
trou le même béret crasseux, les mêmes moustaches jaunes qui
riaient en voyant passer les enfants.

Dans un coin, une maison de jardinier casematée° de troncs reinforced
d'arbres. Le bas était plein de soldats qui jouaient aux cartes, faisaient la soupe sur un grand feu clair. Cela sentait bon les choux,
le lard; quelle différence avec le bivouac° des francs-tireurs! En camp
haut, les officiers. On les entendait jouer au piano, déboucher du
vin de Champagne. Quand les Parisiens entrèrent, un hourrah de
joie les accueillit. Ils donnèrent leur journaux; puis on leur versa
à boire et on les fit causer.° Tous ces officiers avaient l'air fier et chatter
méchant; mais le grand les amusait avec sa verve faubourienne,[13]
son vocabulaire de voyou.° Ils riaient, répétaient ses mots après hooligan
lui, se roulaient avec délices dans cette boue de Paris qu'on leur
apportait.

Le petit Stenne aurait bien voulu parler, lui aussi, prouver
qu'il n'était pas une bête; mais quelque chose le gênait.° En bothered
face de lui se tenait à part un Prussien plus âgé, plus sérieux que
les autres, qui lisait, ou plutôt faisait semblant, car ses yeux ne
le quittaient pas. Il y avait dans ce regard de la tendresse et des
reproches, comme si cet homme avait eu au pays un enfant du
même âge que Stenne, et qu'il se fût dit:

"J'aimerais mieux mourir que de voir mon fils faire un métier pareil°... " of that sort

A partir de ce moment, Stenne sentit comme une main qui se
posait sur son cœur et l'empêchait° de battre. prevented

Pour échapper à cette angoisse, il se mit à boire. Bientôt tout
tourna autour de lui. Il entendait vaguement, au milieu de gros

---

13 **Sa verve faubourienne** refers to earthy language. Working class people
lived in the outskirts of the city (**les faubourgs**).

rires, son camarade qui se moquait des gardes nationaux, de leur
façon de faire l'exercice, imitait une prise d'armes au Marais, une
alerte de nuit sur les remparts.[14] Ensuite le grand baissa la voix,
les officiers se rapprochèrent et les figures devinrent graves. Le   to warn
misérable était en train de les prévenir° de l'attaque des francs-   sobered
tireurs...

Pour le coup, le petit Stenne se leva, furieux, dégrisé:°

"Pas cela, grand... Je ne veux pas."

Mais l'autre ne fit que rire et continua. Avant qu'il eût fini,
tous les officiers étaient debout. Un d'eux montra la porte aux
enfants:

"F[outez] le camp!°" leur dit-il.   get out of here!

Et ils se mirent à causer entre eux, très vite, en allemand. Le
grand sortit, fier comme un doge,° en faisant sonner son argent.   chief magistrate of old
Stenne le suivit, la tête basse; et lorsqu'il passa près du Prussien   Republic of Venice
dont le regard l'avait tant gêné, il entendit une voix triste qui   (= lord/prince)
disait:

"*Bas chôli, ça... Bas chôli...* "[15]

Les larmes lui en vinrent aux yeux.

Une fois dans la plaine, les enfants se mirent à courir et rentrèrent rapidement. Leur sac était plein de pommes de terre que
leur avaient données les Prussiens; avec cela ils passèrent 'sans
encombre° à la tranchée des francs-tireurs. On s'y préparait pour   without incident
l'attaque de la nuit. Des troupes arrivaient, silencieuses, se mas-
sant derrière les murs. Le vieux sergent était là, occupé à placer
ses hommes, l'air si heureux! Quand les enfants passèrent, il les
reconnut et leur envoya un bon sourire...

Oh! que ce sourire fit mal au petit Stenne! Un moment il eut
envie de crier:

"N'allez pas là-bas... nous vous avons trahis."°   betrayed

Mais l'autre lui avait dit: "Si tu parles, nous serons fusillés,°"   executed
et la peur le retint...

À La Courneuve,[16] ils entrèrent dans une maison abandonnée
pour partager l'argent. La vérité m'oblige à dire que le partage fut

---

14 A night alarm on the city ramparts would have raised fears that the
enemy was attacking or attempting to sneak into Paris.

15 Daudet is imitating the Prussian's accent: **pas joli**

16 Another village outside Paris on the route de Flandres.

fait honnêtement, et que d'entendre sonner ces beaux écus° sous   five-franc coins
sa blouse, de penser aux parties de *galoche* qu'il avait là en perspective, le petit Stenne ne trouvait plus son crime aussi affreux.

Mais, lorsqu'il fut seul, le malheureux enfant! Lorsque, après
les portes,° le grand l'eut quitté, alors ses poches commencèrent   city gates
à devenir bien lourdes, et la main qui lui serrait le cœur le serra
plus fort que jamais. Paris ne lui semblait plus le même. Les gens
qui passaient le regardaient sévèrement, comme s'ils avaient su
d'où il venait. Le mot espion, il l'entendait dans le bruit des roues,
dans le battement des tambours qui s'exerçaient le long du ca-
nal. Enfin il arriva chez lui, et tout heureux de voir que son père
n'était pas encore rentré, il monta vite dans leur chambre cacher
sous son oreiller ces écus qui lui pesaient tant.

Jamais le père Stenne n'avait été si bon, si joyeux qu'en rentrant ce soir-là. On venait de recevoir des nouvelles de province:
les affaires du pays allaient mieux. Tout en mangeant, l'ancien
soldat regardait son fusil pendu à la muraille, et il disait à l'enfant,
avec son bon rire:

"Hein, garçon, comme tu irais aux Prussiens, si tu étais
grand!"

Vers huit heures, on entendit le canon.

"C'est Aubervilliers, … On se bat au Bourget," fit le bonhomme, qui connaissait tous ses forts. Le petit Stenne devint
pâle, et, prétextant une grande fatigue, il alla se coucher, mais
il ne dormit pas. Le canon tonnait toujours. Il 'se représentait°   imagined
les franc-tireurs arrivant de nuit pour surprendre les Prussiens
et tombant eux-mêmes dans une embuscade.° Il se rappelait le   ambush
sergent qui lui avait souri, le voyait étendu là-bas dans la neige,
et combien d'autres avec lui!… Le prix de tout ce sang se cachait
là, sous son oreiller, et c'était lui, le fils de M. Stenne, d'un soldat… Les larmes l'étouffaient. Dans la pièce à côté, il entendait
son père marcher, ouvrir la fenêtre. En bas, sur la place, 'le rap-
pel sonnait,° un bataillon de mobiles se numérotait pour partir.   the call to arms sounded
Décidément, c'était une vraie bataille. Le malheureux ne put
retenir un sanglot.

"Qu'as-tu donc?"[17] dit le père Stenne en entrant.

---

17 **Qu'as-tu…** *what's the matter with you?*

L'enfant n'y tint plus,[18] sauta de son lit et vint se jeter aux pieds de son père. Au mouvement qu'il fit, les écus roulèrent par terre.

"Qu'est-ce que cela? Tu as volé?" dit le vieux en tremblant.

Alors, tout 'd'une haleine,° le petit Stenne raconta qu'il était   *in one breath* allé chez les Prussiens et ce qu'il y avait fait. A mesure qu'il parlait, il se sentait le cœur plus libre, cela le soulageait° de s'accuser...   *comforted* Le père Stenne écoutait, avec une figure terrible. Quand ce fut fini, il cacha sa tête dans ses mains et pleura.

"Père, père!... "voulut dire l'enfant.

Le vieux, le repoussa sans répondre, et ramassa l'argent.

"C'est tout?" demanda-t-il.

Le petit Stenne fit signe que c'était tout. Le vieux décrocha°   *unhooked* son fusil, sa cartouchière,° et, mettant l'argent dans sa poche: *cartridge pouches*

"C'est bon," dit-il, "je vais le leur rendre."

Et, sans ajouter un mot, sans seulement retourner la tête, il descendit se mêler aux mobiles qui partaient dans la nuit. On ne l'a jamais revu depuis.

---

18 **N'y tint...** *couldn't stand it any longer*

La Dernière classe[1]

Récit d'un petit Alsacien

CE MATIN-LÀ, J'ÉTAIS TRÈS en retard pour aller à l'école, et j'avais grand'peur d'être grondé,° d'autant que M.   scolded
Hamel nous avait dit qu'il nous interrogerait sur les participes, et je n'en savais pas le premier mot. Un moment, l'idée me vint de manquer la classe et de prendre ma course à travers champs.

Le temps était si chaud, si clair!

On entendait les merles° siffler à la lisière° du bois, et dans   blackbirds, edge
le pré Rippert, derrière la scierie,° les Prussiens qui faisaient   sawmill
l'exercice.[2] Tout cela me tentait bien plus que la règle des participes;[3] mais j'eus la force de résister, et je courus bien vite vers l'école.

En passant devant la mairie, je vis qu'il y avait du monde arrêté près du petit grillage aux affiches.[4] Depuis deux ans, c'est de là que nous sont venues toutes les mauvaises nouvelles, les batailles perdues, les réquisitions, les ordres de la commandature;°   commanding officer
et je pensai sans m'arrêter:

"Qu'est-ce qu'il y a encore?"

Alors comme je traversais la place en courant, le forgeron°   blacksmith
Wachter, qui était là avec son apprenti° en train de lire l'affiche,   apprentice
me cria:

"Ne te dépêche pas tant,° petit; tu y arriveras toujours assez   so much
tôt à ton école!"

Je crus qu'il se moquait de moi, et j'entrai tout essoufflé° dans   out of breath

---

1 First published in the newspaper *L'Evénement* on May 13, 1872.
Republished in *Les contes du lundi* (1873)
2 The Prussian soldiers were running through their daily military exercises.
3 These are the rules governing agreement in participles with no auxiliary verb, participles with **avoir** and **être**.
4 Orders and news were posted in a public area.

la petite cour de M. Hamel.

D'ordinaire, au commencement de la classe, il se faisait un grand tapage° qu'on entendait jusque dans la rue, les pupitres uproar ouverts, fermés, les leçons qu'on répétait très-haut tous ensemble en se bouchant les oreilles pour mieux apprendre, et la grosse règle du maître qui tapait sur les tables:

"Un peu de silence!"

Je comptais sur tout ce train° pour gagner mon banc° sans commotion, bench être vu; mais justement, ce jour-là tout était tranquille, comme un matin de dimanche. Par la fenêtre ouverte, je voyais mes camarades déjà rangés à leurs places, et M. Hamel, qui passait et repassait avec la terrible règle en fer sous le bras. Il fallut ouvrir la porte et entrer au milieu de ce grand calme. Vous pensez, si j'étais rouge et si j'avais peur!

Eh bien, non. M. Hamel me regarda sans colère et me dit très doucement:

"Va vite à ta place, mon petit Franz; nous allions commencer sans toi."

J'enjambai° le banc et je m'assis tout de suite à mon pupitre. stepped over Alors seulement, un peu remis de ma frayeur,° je remarquai que fright notre maître avait sa belle redingote° verte, son jabot° plissé fin frock coat, lace collar et la calotte° de soie noire brodée qu'il ne mettait que les jours skullcap d'inspection[5] ou de distribution de prix.[6] Du reste, toute la classe avait quelque chose d'extraordinaire et de solennel. Mais ce qui me surprit le plus, ce fut de voir au fond de la salle, sur les bancs qui restaient vides d'habitude, des gens du village assis et silencieux comme nous, le vieux Hauser avec son tricorne,° l'ancien maire, three-cornered hat l'ancien facteur,° et puis d'autres personnes encore. Tout ce postman monde-là paraissait triste; et Hauser avait apporté un vieil abécédaire° mangé aux bords qu'il tenait grand ouvert sur ses primer genoux, avec ses grosses lunettes posées en travers des pages.

Pendant que je m'étonnais de tout cela, M. Hamel était

---

5 All teachers were subject to occasional observation in the classroom and evaluation of the their performance by a representative from **l'Éducation Nationale.**

6 The distribution of academic prizes was at the end of the school year

monté dans sa chaire,[7] et de la même voix douce et grave dont il m'avait reçu, il nous dit:

"Mes enfants, c'est la dernière fois que je vous fais la classe. L'ordre est venu de Berlin[8] de ne plus enseigner que l'allemand dans les écoles de l'Alsace et de la Lorraine... [9] Le nouveau maître° arrive demain. Aujourd'hui, c'est votre dernière leçon de français. Je vous prie d'être bien attentifs." *v. j-v "un peu de silence svp"*

Ces quelques paroles me bouleversèrent. Ah! les misérables, voilà ce qu'ils avaient affiché à la mairie.

Ma dernière leçon de français!...

Et moi qui savais 'à peine° écrire! Je n'apprendrais donc jamais! Il faudrait donc en rester là!... Comme 'je m'en voulais° maintenant du temps perdu, des classes manquées à 'courir les nids° ou à faire des glissades sur la Saar![10] Mes livres que tout à l'heure encore je trouvais si ennuyeux, si lourds à porter, ma grammaire, mon histoire sainte[11] me semblaient à présent de vieux amis qui me feraient beaucoup de peine à quitter. C'est comme M. Hamel. L'idée qu'il allait partir, que je ne le verrais plus, me faisait oublier les punitions, les coups de règle.

Pauvre homme!

C'est en l'honneur de cette dernière classe qu'il avait mis ses beaux habits de dimanche, et maintenant je comprenais pourquoi ces vieux du village étaient venus s'asseoir au bout de la salle. Cela semblait dire qu'ils regrettaient de ne pas y être venus plus souvent, à cette école. C'était aussi comme une façon de remercier notre maître de ses quarante ans de bons services, et de rendre leurs devoirs à la patrie qui 's'en allait... °

teacher

barely

I was mad at myself

to look for birds' nests

was going away

---

7 **La chaire** was the platform at the front of the classroom, on which the teacher's desk sat.

8 The capital of Prussia and then, in 1871, the new German Empire.

9 When defeated by Prussia, France had to cede Alsace and part of Lorraine, as stipulated in the treaty of Frankfurt (May 10, 1871). At that point, the official language of these regions, and the language of schools, was changed to German.

10 **La Saar** is a river that originates in the Vosges mountains in Alsace-Lorraine and flows into Germany.

11 **Histoire sainte: le catéchisme historique.** Laws requiring secular education in public primary schools applied in France (1882). However, Alsace remained exempt, since it was part of Germany when the laws were passed.

J'en étais là de mes réflexions, quand j'entendis appeler mon nom. C'était mon tour de réciter.[12] Que n'aurais-je pas donné pour pouvoir dire tout au long cette fameuse règle des participes, bien haut, bien clair, sans une faute; mais je m'embrouillai° aux   got mixed up
premiers mots, et je restai debout à me balancer dans mon banc, le cœur gros, sans oser° lever la tête. J'entendais M. Hamel qui   daring
me parlait:

"Je ne te gronderai pas, mon petit Franz, tu dois être assez puni... voilà ce que c'est. Tous les jours on se dit: Bah! J'ai bien le temps. J'apprendrai demain. Et puis tu vois ce qui arrive... Ah! ç'a été le grand malheur de notre Alsace de toujours remettre son instruction° à demain. Maintenant ces gens-là sont en droit   education
de nous dire: Comment! Vous prétendiez être Français, et vous ne savez ni parler ni écrire votre langue![13]... Dans tout ça, mon pauvre Franz, ce n'est pas encore toi le plus coupable. Nous avons tous notre bonne part de reproches à nous faire.

"Vos parents n'ont pas assez tenu à vous voir instruits. Ils aimaient mieux vous envoyer travailler à la terre ou aux filatures[14] pour avoir quelques sous° de plus. Moi-même n'ai-je rien à me   coins
reprocher? Est-ce que je ne vous ai pas souvent fait arroser° mon   water
jardin au lieu de travailler? Et quand je voulais aller pêcher des truites,° est-ce que je me gênais° pour vous donner congé?°"   trout, was bothered, to give permission to leave

Alors d'une chose à l'autre, M. Hamel se mit à nous parler de la langue française, disant que c'était la plus belle langue du monde, la plus claire, la plus solide: qu'il fallait la garder entre nous et ne jamais l'oublier, parce que, quand un peuple tombe esclave, tant qu'il tient bien sa langue, c'est comme s'il tenait la clef de sa prison... Puis il prit une grammaire et nous lut notre leçon. J'étais étonné de voir comme je comprenais. Tout ce qu'il disait me semblait facile, facile. Je crois aussi que je n'avais jamais si bien écouté, et que lui non plus n'avait jamais mis autant de patience à ses explications. On aurait dit qu'avant de s'en aller le

12 Children commonly learned their lessons by rote and were called on to recite them in class.

13 **Votre langue** refers to French, the national language and the one used in school. Alsatians typically learned French at school as a second language, their first language being Alsatian, a German dialect.

14 **Aux filatures**... *in the textile mills.* The textile industry figured importantly in the economy of Alsace in the 19th century.

pauvre homme voulait nous donner tout son savoir, nous le faire entrer dans la tête d'un seul coup.

La leçon finie, on passa à l'écriture. Pour ce jour-là, M. Hamel nous avait préparé des exemples tout neufs, sur lesquels était écrit en belle ronde: *France, Alsace, France, Alsace.* Cela faisait comme des petits drapeaux qui flottaient tout autour de la classe pendus 'à la tringle° de nos pupitres. Il fallait voir comme [perfectly straight] chacun s'appliquait, et quel silence! On n'entendait rien que le grincement des plumes sur le papier. Un moment des hannetons° [maybugs] entrèrent; mais personne n'y fit attention, pas même les tout petits[15] qui s'appliquaient à tracer leurs *batons*,[16] avec un cœur, une conscience, comme si cela encore était du français... Sur la toiture de l'école, des pigeons roucoulaient° tout bas, et je me [cooed] disais en les écoutant:

"Est-ce qu'on ne va pas les obliger à chanter en allemand, eux aussi?"

De temps en temps, quand je levais les yeux de dessus ma page, je voyais M. Hamel immobile dans sa chaire et fixant les objets autour de lui, comme s'il avait voulu emporter dans son regard toute sa petite maison d'école... Pensez! depuis quarante ans, il était là à la même place, avec sa cour en face de lui et sa classe toute pareille.° Seulement les bancs, les pupitres s'étaient [the same] polis, frottés par l'usage; les noyers° de la cour avaient grandi, et le [walnut trees] houblon[17] qu'il avait planté lui-même enguirlandait maintenant les fenêtres jusqu'au toit. Quel crève-cœur° ça devait être pour ce [heartbreak] pauvre homme de quitter toutes ces choses, et d'entendre sa sœur qui allait, venait, dans la chambre au-dessus, en train de fermer leurs malles!° car ils devaient partir le lendemain, s'en aller du [trunks] pays pour toujours.

Tout de même il eut le courage de nous faire la classe jusqu'au bout. Après l'écriture, nous eûmes la leçon d'histoire; ensuite les petits chantèrent tous ensemble le BA BE BI BO BU.[18] Là-bas au

---

15 In a one-room school, a single teacher worked with all the children, who sat grouped according to age.

16 **Les batons...** practicing upstrokes and downstrokes to prepare for learning to write the letters of the alphabet.

17 **Le houblon** is hops, used in the production of beer.

18 French reading primers contained lists of syllables, which children read aloud together in sing-song chorus.

fond de la salle, le vieux Hauser avait mis ses lunettes, et, tenant son abécédaire à deux mains, il épelait les lettres avec eux. On voyait qu'il s'appliquait lui aussi; sa voix tremblait d'émotion, et c'était si drôle de l'entendre, que nous avions envie de rire et de pleurer. Ah! je m'en souviendrai de cette dernière classe...

Tout à coup l'horloge de l'église sonna midi, puis l'Angelus.[19] Au même moment, les trompettes des Prussiens qui revenaient de l'exercice éclatèrent sous nos fenêtres... M. Hamel se leva, tout pâle, dans sa chaire. Jamais il ne m'avait paru si grand.

"Mes amis, dit-il, mes amis, je... je..."

Mais quelque chose l'étouffait. Il ne pouvait pas achever sa phrase.

Alors il se tourna vers le tableau, prit un morceau de craie, et, en appuyant de toutes ses forces, il écrivit aussi gros qu'il put:

"VIVE LA FRANCE!"

Puis il resta là, la tête appuyée au mur, et, sans parler, avec sa main il nous faisait signe:

"C'est fini... allez-vous-en."

---

19 **L'Angélus**... a prayer celebrating the Incarnation of Christ, the Angelus is repeated morning, noon, and evening.

Emile Zola (1840-1902)

BORN IN PARIS ON April 2, 1840, Emile Zola spent much of his youth in Provence where he developed a friendship with artist Paul Cézanne. However, some years after the death of his father, Zola and his mother relocated to Paris. Having failed his baccalaureate exam, the future father of the naturalist movement renounced his studies and earned a meager living as a member of the working class. His experience with this class subsequently led to the realistic portrayal of the bourgeois characters that would populate his works.

It was while working as a clerk for the Librairie Hachette that Zola was able to pursue the career he was destined to have. By the standards of the time, it could be said that Zola was quite the rebel of French literary circles. Often, he earned either the scorn or the reprimand of colleagues, friends, and the law for the shocking and seemingly immoral content of his publications.

Heavily influenced by the scientific writings and experimentation of physiologist Claude Bernard, Zola applied the precision and exactitude of the scientific world to his own art. His works are analyses of the instinctive reactions of organisms (or characters) exposed to forces (such as heredity and race) and environmental changes (historical or socio-economic) over which they have no control. From 1871 until 1893, Zola penned twenty volumes where he examined the effects of such forces and changes on various members of a fictitious Second Empire family, *Les Rougon-Macquart*. This brutally realistic depiction of the lives of workers, militarists and country folk among others, brought Zola great success and fame.

In addition to individual success, Zola produced a remarkable collection of short stories in collaboration with great writers of his time, including Guy de Maupassant. *Les Soirées de Médan*, appeared in 1880 and included "L'Attaque du Moulin."

Finally, Emile Zola is also well known for his 1898 defense of a Jewish army captain, Alfred Dreyfus, who was targeted and charged with treason as a result of anti-Semitism. In *"J'accuse "*published in the newspaper *L'Aurore*, Zola accused French military officers and government officials of conspiring against Dreyfus. Upon being sentenced to prison, Zola fled to England. He returned to France after public opinion had shifted. Emile Zola died in 1902 from asphyxiation due to a faulty chimney flue.

L'Attaque du moulin[1]

I

LE MOULIN DU PÈRE Merlier, par cette belle soirée d'été, était en grande fête. Dans la cour, on avait mis trois tables, placées bout à bout, et qui attendaient les convives.° Tout **guests** le pays savait qu'on devait fiancer, ce jour-là, la fille Merlier, Françoise, avec Dominique, un garçon qu'on accusait de fainéantise,° mais que les femmes, à trois lieues 'à la ronde,° regardaient **laziness, around** avec des yeux luisants,° tant il 'avait bon air.° **gleaming, was handsome**

Ce moulin du père Merlier était une vraie gaieté. Il se trouvait juste au milieu de Rocreuse, à l'endroit où la grand-route fait un coude.° Le village n'a qu'une rue, deux files de masures,° une file **curve, hovels** à chaque bord de la route; mais là, au coude, des prés s'élargissent, de grands arbres, qui suivent le cours de 'la Morelle,° couvrent le **name of a river** fond de la vallée d'ombrages[2] magnifiques. Il n'y a pas, dans toute la Lorraine[3], un coin de nature plus adorable. A droite et à gauche, des bois épais, des 'futaies séculaires° montent des pentes douces, **cluster of trees** emplissent l'horizon d'une mer de verdure; tandis que, vers le midi, la plaine s'étend, d'une fertilité merveilleuse, déroulant° à **unwinding** l'infini des pièces de terre coupées de haies° vives. **hedges**

Mais ce qui fait surtout le charme de Rocreuse, c'est la fraîcheur° de ce trou de verdure, aux journées les plus chaudes de **coolness** juillet et d'août. La Morelle descend des bois de Gagny, et il semble qu'elle prenne le froid des feuillages° sous lesquels elle **foliage**

---

1 This story takes place during the Franco-Prussian war (1870) at the mill of the Merlier family.

2 **Ombrages** *shady spots*. "Ombre" means shade, shadow or darkness.

3 **Lorraine**... province in the northeastern part of France. France lost this province to the Prussians during the Franco-Prussian war but it was given back to France according to the Treaty of Versailles (1919). Although there is a river "Moselle" in Lorraine, the names of the villages, forests and rivers were invented by the author.

coule° pendant des lieues; elle apporte les bruits murmurants,   flows
l'ombre glacée et recueillie° des forêts. Et elle n'est point la seule   gathered
fraîcheur: toutes sortes d'eaux courantes chantent sous les bois;
à chaque pas, des sources jaillissent;° on sent, lorsqu' on suit les   spring up
'étroits sentiers,° comme des lacs souterrains qui percent sous   narrow paths
la mousse et profitent des moindres fentes,° au pied des arbres,   cracks
entre les roches, pour s'épancher° en fontaines cristallines. Les   pour out
voix chuchotantes de ces ruisseaux° s'élèvent si nombreuses et si   streams
hautes, qu'elles couvrent le chant des bouvreuils.° On se croirait   bullfiches
dans quelque parc enchanté, avec des cascades tombant de toutes
parts.

En bas, les prairies sont trempées.° Des marronniers° gigan-   soaked, chestnut trees
tesques font des ombres noires. Au bord des prés, de longs ri-
deaux de peupliers alignent leurs tentures bruissantes.[4] Il y a deux
avenues d'énormes platanes° qui montent, à travers champs, vers   plane trees
l'ancien château de Gagny, aujourd'hui en ruines. Dans cette
terre continuellement arrosée,° les herbes grandissent démesuré-   dew covered
ment. C'est comme un fond de parterre entre les deux coteaux
boisés,° mais de parterre naturel, dont les prairies sont les pe-   wooded
louses, et dont les arbres géants dessinent les colossales corbeilles.[5]

Quand le soleil, à midi, tombe d'aplomb,[6] les ombres
bleuissent, les herbes allumées dorment dans la chaleur, tandis
qu'un frisson° glacé passe sous les feuillages.   shiver

Et c'était là que le moulin du père Merlier égayait de son tic-
tac un coin de verdures folles. La bâtisse,° faite de plâtre et de   building
planches, semblait vieille comme le monde. Elle trempait à moitié dans la Morelle, qui arrondit à cet endroit un clair bassin. Une
écluse° était ménagée, la chute tombait de quelques mètres sur   gate
la roue du moulin, qui craquait en tournant, avec la toux° asth-   cough
matique d'une fidèle servante vieillie dans la maison. Quand on
conseillait au père Merlier de la changer, il hochait° la tête en   would shake
disant qu'une jeune roue serait plus paresseuse et ne connaîtrait

---

4 **Au bord...** *Along the meadows, large curtains of poplar trees line up their
rustling tapestries.* ("tenture" can also be a funeral drape "une tenture de
deuil").
5 **C'est comme...** It's like a garden between two wooded slopes, a natural
garden where the meadows are like lawns and where giant trees are laid out
like colossal flower beds.
6 **Quand le soleil...** *As the midday sun beats down...*

pas si bien le travail; et il raccommodait° l'ancienne avec tout ce qui lui tombait sous la main, des 'douves de tonneau,° des ferrures rouillées, du zinc, du plomb.[7] La roue en paraissait plus gaie, avec son profil devenu étrange, tout empanachée° d'herbes et de mousses. Lorsque l'eau la battait de son flot° d'argent, elle se couvrait de perles, on voyait passer son étrange carcasse sous une parure° éclatante de colliers de nacre.°

    would repair
    dovetails
    plumed
    wave
    necklace, mother-of-pearl

La partie du moulin qui trempait ainsi dans la Morelle avait l'air d'une arche barbare, échouée° là. Une bonne moitié du logis était bâtie sur des pieux.° L'eau entrait sous le plancher, il y avait des trous, bien connus dans le pays pour les 'anguilles et les écrevisses° énormes qu'on y prenait. En dessous de la chute, le bassin était limpide comme un miroir, et lorsque la roue ne le troublait pas de son écume,° on apercevait des bandes de gros poissons qui nageaient avec des lenteurs d'escadre.° Un escalier rompu° descendait à la rivière, près d'un pieu où était 'amarrée une barque.° Une galerie de bois passait au-dessus de la roue. Des fenêtres s'ouvraient, percées irrégulièrement. C'était un pêle-mêle d'encoignures,° de petites murailles, de constructions ajoutées après coup, de poutres° et de toitures qui donnaient au moulin un aspect d'ancienne citadelle démantelée. Mais des lierres° avaient poussé, toutes sortes de plantes grimpantes° bouchaient les crevasses trop grandes et mettaient un manteau vert à la vieille demeure. Les demoiselles qui passaient dessinaient sur leurs albums le moulin du père Merlier.

    abandoned
    posts
    eels and crayfish
    foam
    squadron
    broken
    a boat was tied
    corners
    beams
    ivy
    climbing

Du côté de la route, la maison était plus solide. Un portail en pierre s'ouvrait sur la grande cour, que bordaient à droite et à gauche des hangars° et des écuries.° Près d'un puits,° un orme° immense couvrait de son ombre la moitié de la cour. Au fond, la maison alignait les quatre fenêtres de son premier étage, surmonté d'un colombier.° La seule coquetterie du père Merlier était de faire badigeonner° cette façade tous les dix ans. Elle venait justement d'être blanchie, et elle éblouissait° le village, lorsque le soleil l'allumait, au milieu du jour.

    sheds, stables, well, elm tree
    pigeon coop
    whitewash
    dazzled

Depuis vingt ans, le père Merlier était maire° de Rocreuse. On l'estimait pour la fortune qu'il avait su faire. On lui donnait quelque chose comme quatre-vingt mille francs, amassés sou à

    mayor

---

7 **des douves de tonneau**... *dovetails, rusty hinges, zinc or lead.*

sou. Quand il avait épousé Madeleine Guillard, qui lui apportait
en dot° le moulin, il ne possédait guère° que ses deux bras. Mais   dowry, hardly
Madeleine ne s'était jamais repentie de son choix, tant il avait
su mener gaillardement les affaires du ménage. Aujourd'hui, la
femme était défunte, il restait veuf° avec sa fille Françoise. Sans   widower
doute, il aurait pu se reposer, laisser la roue du moulin dormir
dans la mousse; mais il se serait trop ennuyé, et la maison lui aurait semblé morte. Il travaillait toujours, pour le plaisir. Le père
Merlier était alors un grand vieillard, à longue figure silencieuse,
qui ne riait jamais, mais qui était tout de même très gai en dedans.
On l'avait choisi pour maire, à cause de son argent, et aussi pour
le bel air qu'il savait prendre, lorsqu'il faisait un mariage.

Françoise Merlier venait d'avoir dix-huit ans. Elle ne passait
pas pour une des belles filles du pays, parce qu'elle était chétive.°   skinny
Jusqu'à quinze ans, elle avait même été laide. On ne pouvait pas
comprendre, à Rocreuse, comment la fille du père et de la mère
Merlier, tous deux si bien plantés, poussait mal et d'un air de
regret. Mais à quinze ans, tout en restant délicate, elle prit une
petite figure, la plus jolie du monde. Elle avait des cheveux noirs,
des yeux noirs, et elle était toute rose avec ça; une bouche qui
riait toujours, des trous dans les joues,° un front° clair où il y   cheeks, forehead
avait comme une couronne° de soleil. Quoique chétive pour le   crown
pays, elle n'était pas maigre, loin de là; on voulait dire simplement qu'elle n'aurait pas pu lever un sac de blé;° mais elle deve-   wheat
nait toute potelée° avec l'âge, elle devait finir par être ronde et   plump
friande° comme une caille.° Seulement, les longs silences de son   delicate, quail
père l'avaient rendue raisonnable très jeune. Si elle riait toujours,
c'était pour faire plaisir aux autres. Au fond, elle était sérieuse.

Naturellement, tout le pays la courtisait, plus encore pour 'ses
écus° que pour sa gentillesse. Et elle avait fini par faire un choix,   her money
qui venait de scandaliser la contrée. De l'autre côté de la Morelle,
vivait un grand garçon, que l'on nommait Dominique Penquer.
Il n'était pas de Rocreuse. Dix ans auparavant, il était arrivé de
Belgique, pour hériter d'un oncle, qui possédait un petit bien,°   property
sur la lisière° même de la forêt de Gagny, juste en face du moulin,   edge
'à quelques portées de fusil.° Il venait pour vendre ce bien, disait-   a few gunshots away
il, et retourner chez lui. Mais le pays le charma, paraît-il, car il
n'en bougea plus. On le vit cultiver son bout de champ, récolter

quelques légumes dont il vivait. Il pêchait, il chassait; plusieurs fois, les gardes 'faillirent le prendre° et lui dresser des procès-ver- almost took him in baux. Cette existence libre, dont les paysans ne s'expliquaient pas bien les ressources, avait fini par lui donner un mauvais renom. On le traitait vaguement de braconnier.° En tout cas, il était pa- poacher resseux, car on le trouvait souvent endormi dans l'herbe, à des heures où il aurait dû travailler. La masure qu'il habitait, sous les derniers arbres de la forêt, ne semblait pas non plus la demeure d'un honnête garçon. Il aurait eu un commerce avec les loups des ruines de Gagny, que cela n'aurait point surpris les vieilles femmes.[8]

Pourtant, les jeunes filles, parfois, se hasardaient à le défendre, car il était superbe, cet homme louche,° souple et grand comme dubious un peuplier,° très blanc de peau, avec une barbe et des che- poplar tree veux blonds qui semblaient de l'or au soleil. Or, un beau matin, Françoise avait déclaré au père Merlier qu'elle aimait Dominique et que jamais elle ne consentirait à épouser un autre garçon.

On pense quel 'coup de massue° le père Merlier reçut ce jour- blow là! Il ne dit rien, selon son habitude. Il avait son visage réfléchi; seulement, sa gaieté intérieure ne luisait° plus dans ses yeux. On shone 'se bouda° pendant une semaine. Françoise, elle aussi, était toute didn't speak grave. Ce qui tourmentait le père Merlier, c'était de savoir com- ment ce gredin° de braconnier avait bien pu ensorceler sa fille. scoundrel Jamais Dominique n'était venu au moulin. Le meunier guetta° et watched il aperçut le galant, de l'autre côté de la Morelle, couché dans l'herbe et feignant° de dormir. Françoise, de sa chambre, pouvait pretending le voir. La chose était claire, ils avaient dû s'aimer, en 'se faisant les doux yeux° par-dessus la roue du moulin. making eyes at each other

Cependant, huit autres jours 's'écoulèrent.° Françoise deve- nait de plus en plus grave. Le père Merlier ne disait toujours rien. Puis, un soir, silencieusement, il amena lui-même Dominique. Françoise, justement, mettait la table. Elle ne parut pas étonnée, elle se contenta d'ajouter un couvert;° seulement les petits trous place setting de ses joues venaient de 'se creuser° de nouveau, et son rire avait to crease reparu. Le matin, le père Merlier était allé trouver Dominique dans sa masure, sur la lisière du bois. Là, les deux hommes

8 **Il aurait...** *if he had been doing business with the wolves on the outskirts of Gagny that would not have surprised the old women.*

avaient causé pendant trois heures, les portes et les fenêtres fermées. Jamais personne n'a su ce qu'ils avaient pu se dire. Ce qu'il
y a de certain, c'est que le père Merlier en sortant traitait déjà
Dominique comme son fils. Sans doute, le vieillard avait trouvé
le garçon qu'il était allé chercher, un brave garçon, dans ce paresseux qui se couchait sur l'herbe pour se faire aimer des filles.

Tout Rocreuse clabauda.° Les femmes, sur les portes, 'ne   gossiped
tarissaient° pas au sujet de la folie du père Merlier, qui introdui-   didn't stop talking
sait ainsi chez lui un garnement. Il laissa dire. Peut-être s'était-il
souvenu de son propre mariage. Lui non plus ne possédait pas
un sou vaillant, lorsqu'il avait épousé Madeleine et son moulin; cela pourtant ne l'avait point empêché de faire un bon mari.
D'ailleurs, Dominique 'coupa court aux cancans,° en se mettant si   put an end to gossip
rudement à la besogne,° que 'le pays° en fut émerveillé. Justement   task, the villagers
le garçon du moulin 'était tombé au sort,° et jamais Dominique   had been drafted
ne voulut qu'on en engageât° un autre. Il porta les sacs, condui-   hire
sit la charrette,° se battit avec la vieille roue, quand elle 'se faisait   plow
prier° pour tourner, tout cela d'un tel cœur, qu'on venait le voir   needed coaxing
par plaisir. Le père Merlier avait son rire silencieux. Il était très
fier d'avoir deviné ce garçon. Il n'y a rien comme l'amour pour
donner du courage aux jeunes gens.

Au milieu de toute cette grosse besogne, Françoise et
Dominique s'adoraient. Ils ne se parlaient guère, mais ils se regardaient avec une douceur souriante. Jusque-là, le père Merlier
n'avait pas dit un seul mot au sujet du mariage; et tous deux res-
pectaient ce silence, attendant la volonté du vieillard. Enfin, un
jour, vers le milieu de juillet, il avait fait mettre trois tables dans
la cour, sous le grand orme, en invitant ses amis de Rocreuse à
venir le soir boire un coup° avec lui. Quand la cour fut pleine et   drink
que tout le monde eut le verre en main, le père Merlier leva le sien
très haut en disant:

"C'est pour avoir le plaisir de vous annoncer que Françoise
épousera ce gaillard-là dans un mois, le jour de la Saint-Louis."[9]

Alors, on trinqua° bruyamment. Tout le monde riait. Mais le   clinked glasses
père Merlier, haussant° la voix, dit encore: raising

---

9 **Le jour de la Saint-Louis** is August 25, a religious feast day which
commemorates one of the kings of France who is also a saint, Louis IX
(1214-1270).

"Dominique, embrasse ta promise. 'Ça se doit."°   as you should

Et ils s'embrassèrent, très rouges, pendant que 'l'assistance°   guests
riait plus fort. Ce fut une vraie fête. On vida un petit tonneau.°   keg
Puis, quand il n'y eut là que les amis intimes, on causa° d'une   chatted
façon calme. La nuit était tombée, une nuit étoilée et très claire.

Dominique et Françoise, assis sur un banc, l'un près de l'autre,
ne disaient rien. Un vieux paysan parlait de la guerre que l'empereur avait déclarée à la Prusse. Tous les gars du village étaient déjà
partis. 'La veille,° des troupes avaient encore passé.   the night before

On allait 'se cogner° dur.   to fight

"Bah!" dit le père Merlier avec l'égoïsme d'un homme heureux,
"Dominique est étranger, il ne partira pas... Et si les Prussiens venaient, il serait là pour défendre sa femme."

[handwritten margin note: Ironic that he leaves, fleeing soldiers & his the only one!]

Cette idée que les Prussiens pouvaient venir parut une bonne
plaisanterie. On allait 'leur flanquer une raclée soignée,° et ce se-   to beat them soundly
rait vite fini. "Je les ai déjà vus, je les ai déjà vus," répéta d'une voix
sourde° le vieux paysan.   deafening

Il y eut un silence. Puis, on trinqua une fois encore. Françoise
et Dominique n'avaient rien entendu; ils s'étaient pris doucement la main, derrière le banc, sans qu'on pût les voir, et cela leur
semblait si bon, qu'ils restaient là, les yeux perdus au fond des
ténèbres.°   shadows

Quelle nuit tiède° et superbe! Le village s'endormait aux   balmy
deux bords de la route blanche, dans une tranquillité d'enfant.
On n'entendait plus, de loin en loin, que le chant de quelque coq
éveillé trop tôt.

Des grands bois voisins, descendaient de longues haleines°   breaths
qui passaient sur les toitures° comme des caresses. Les prairies,   rooftops
avec leurs ombrages noirs, prenaient une majesté mystérieuse
et recueillie, tandis que toutes les sources, toutes les eaux courantes qui jaillissaient dans l'ombre, semblaient être la respiration fraîche et rythmée de la campagne endormie. Par instants,
la vieille roue du moulin, ensommeillée, paraissait rêver comme
ces vieux chiens de garde qui aboient en ronflant[10]; elle avait des
craquements, elle causait toute seule, bercée° par la chute de la   cradled
Morelle, dont la nappe° rendait le son musical et continu d'un   sheet of water
'tuyau d'orgues.° Jamais une paix plus large n'était descendue sur   pipe organ

---

10 **Qui aboient...** *that bark while snoring.*

un coin plus heureux de nature.

II

Un mois plus tard, jour pour jour, juste là veille de la Saint-Louis,
Rocreuse était dans l'épouvante.° Les Prussiens avaient battu   fearful state
l'empereur[11] et s'avançaient à marches forcées vers le village.
Depuis une semaine, des gens qui passaient sur la route annon-
çaient les Prussiens: "Ils sont à Lormière, ils sont à Novelles"; et,
à entendre dire qu'ils se rapprochaient si vite, Rocreuse, chaque
matin, croyait les voir descendre par les bois de Gagny. Ils ne ve-
naient point cependant, cela 'effrayait davantage.° Bien sûr qu'ils   was more frightening
tomberaient sur le village pendant la nuit et qu'ils égorgeraient°   would cut the throats of
tout le monde.

La nuit précédente, un peu avant le jour, il y avait eu une
alerte. Les habitants s'étaient réveillés, en entendant un grand
bruit d'hommes sur la route. Les femmes déjà se jetaient à genoux et faisaient des signes de croix[12], lorsqu'on avait reconnu
des pantalons rouges, en entrouvrant prudemment les fenêtres.
C'était un détachement français. Le capitaine avait tout de suite
demandé le maire du pays, et il était resté au moulin, après avoir
causé avec le père Merlier.

Le soleil se levait gaiement, ce jour-là. Il ferait chaud, à midi.
Sur les bois, une clarté blonde flottait, tandis que dans les fonds,
au-dessus des prairies, montaient des vapeurs blanches. Le village
propre et joli, s'éveillait° dans la fraîcheur, et la campagne, avec   awoke
sa rivière et ses fontaines, avait des grâces 'mouillées de bouquet.°   misted with perfume
Mais cette belle journée ne faisait rire personne. On venait de voir
le capitaine tourner autour du moulin, regarder les maisons voisines, passer de l'autre côté de la Morelle, et de là, étudier le pays
avec une lorgnette; le père Merlier, qui l'accompagnait, semblait
donner des explications. Puis, le capitaine avait posté des soldats
derrière des murs, derrière des arbres, dans des trous. Le gros du
détachement campait dans la cour du moulin. On allait donc se
battre! Et quand le père Merlier revint, on l'interrogea. Il fit un

---

11 **l'empereur**... Napoléon III or Charles-Louis Napoléon Bonaparte
(1808-1873), nephew of Napoléon Bonaparte.
12 **se jettaient**... *threw themselves to their knees [while] making the sign of
the cross.*

long signe de tête, sans parler. Oui, on allait se battre.

Françoise et Dominique étaient là, dans la cour, qui le regardaient. Il finit par ôter° sa pipe de la bouche, et dit cette simple phrase: "Ah! mes pauvres petits, ce n'est pas demain que je vous marierai!" *removing*

Dominique, les lèvres serrées, avec un pli de colère au front, se haussait parfois[13], restait les yeux fixés sur les bois de Gagny, comme s'il eût voulu voir arriver les Prussiens. Françoise, très pâle, sérieuse, allait et venait, fournissant aux soldats ce dont ils avaient besoin. Ils faisaient la soupe dans un coin de la cour, et plaisantaient, en attendant de manger.

Cependant, le capitaine paraissait ravi. Il avait visité les chambres et la grande salle du moulin donnant sur la rivière. Maintenant, assis près du puits, il causait avec le père Merlier.

"Vous avez là une vraie forteresse," disait-il. "Nous tiendrons° bien jusqu'à ce soir... Les bandits sont en retard. Ils devraient être ici." *will hold out*

Le meunier restait grave. Il voyait son moulin flamber comme une torche. Mais il ne se plaignait° pas, jugeant cela inutile. Il ouvrit seulement la bouche, pour dire: *protested*

"Vous devriez faire cacher la barque derrière la roue. Il y a là un trou où elle tient... Peut-être qu'elle pourra servir."

Le capitaine donna un ordre. Ce capitaine était un bel homme d'une quarantaine d'années, grand et de figure aimable. La vue de Françoise et de Dominique semblait le réjouir. Il s'occupait d'eux, comme s'il avait oublié la lutte° prochaine. Il suivait Françoise des yeux, et son air disait clairement qu'il la trouvait charmante. Puis, se tournant vers Dominique: *struggle*

"Vous n'êtes donc pas à l'armée, mon garçon?" lui demanda-t-il brusquement.

"Je suis étranger," répondit le jeune homme.

Le capitaine parut 'goûter médiocrement° cette raison. Il cligna° les yeux et sourit. Françoise était plus agréable à fréquenter que le canon. Alors, en le voyant sourire, Dominique ajouta: *to find insufficient* / *winked*

"Je suis étranger, mais je loge une balle dans une pomme, à cinq cents mètres... Tenez, mon fusil° de chasse est là, derrière *shotgun*

---

1 3 **les lèvres...** *lips pursed with a furrowed brow stood up on his toes* (to look out over the woods...)

vous."

"Il pourra vous servir," répliqua simplement le capitaine.

Françoise s'était approchée, un peu tremblante. Et, sans 'se soucier du° monde qui était là, Dominique prit et serra dans les siennes les deux mains qu'elle lui tendait, comme pour se mettre sous sa protection. Le capitaine avait souri de nouveau, mais il n'ajouta pas une parole. Il demeurait assis, son épée° entre les jambes, les yeux perdus, paraissant rêver.

Il était déjà dix heures. La chaleur devenait très forte. Un lourd silence se faisait. Dans la cour, à l'ombre des hangars, les soldats s'étaient mis à manger la soupe. Aucun bruit ne venait du village, dont les habitants avaient tous barricadé leurs maisons, portes et fenêtres. Un chien, resté seul sur la route, hurlait.° Des bois et des prairies voisines, pâmés par la chaleur, sortait une voix lointaine, prolongée, faite de tous les souffles épars.[14] Un coucou chanta. Puis, le silence s'élargit encore.

Et, dans cet air endormi, brusquement, un 'coup de feu éclata.° Le capitaine se leva vivement, les soldats lâchèrent° leurs assiettes de soupe, encore à moitié pleines. En quelques secondes, tous furent à leur poste de combat; de bas en haut, le moulin se trouvait occupé. Cependant, le capitaine, qui s'était porté sur la route, n'avait rien vu; à droite, à gauche, la route s'étendait,° vide et toute blanche. Un deuxième coup de feu se fit entendre, et toujours rien, pas une ombre. Mais, en se retournant, il aperçut du côté de Gagny, entre deux arbres, un flocon de fumée qui s'envolait, pareil à un fil de la Vierge.[15] Le bois restait profond et doux.

"Les gredins se sont jetés dans la forêt," murmura-t-il. "Ils nous savent ici."

Alors, la fusillade° continua, de plus en plus nourrie, entre les soldats français, postés autour du moulin, et les Prussiens, cachés derrière les arbres. Les balles sifflaient° au-dessus de la Morelle, sans causer de pertes ni d'un côté ni de l'autre. Les coups étaient irréguliers, partaient de chaque buisson;° et l'on n'apercevait toujours que les petites fumées, balancées mollement° par le vent. Cela dura près de deux heures. L'officier chantonnait° d'un air

caring about

sword

was howling

shot rang out, let go of

spread out

gunfire

whistled

bush

lethargically

was humming

---

14 **Des bois...** *From the woods and neighboring meadows bathed in a steamy haze, came a far-off and continuous voice produced by scattered breaths.*

15 **un flocon...** *like a gossamer, a puff of smoke floated up into the air.*

indifférent. Françoise et Dominique, qui étaient restés dans la cour, se haussaient et regardaient par-dessus une muraille basse. Ils s'intéressaient surtout à un petit soldat, posté au bord de la Morelle, derrière la carcasse d'un vieux bateau; il était à plat ventre, guettait, lâchait son coup de feu, puis se laissait glisser dans un fossé,[16] un peu en arrière, pour recharger son fusil; et ses mouvements étaient si drôles, si rusés, si souples, qu'on se laissait aller à sourire en le voyant. Il dut apercevoir quelque tête de Prussien, car il se leva vivement et épaula;° mais, 'avant qu'il eût tiré,° il jeta un cri, tourna sur lui-même et roula dans le fossé, où ses jambes eurent un instant le roidissement° convulsif des pattes° d'un poulet qu'on égorge. Le petit soldat venait de recevoir une balle en pleine poitrine. C'était le premier mort. Instinctivement, Françoise avait saisi la main de Dominique et la lui serrait,° dans une crispation° nerveuse.

aimed

before he could shoot

trembling, legs

squeezed

twitch

"Ne restez pas là," dit le capitaine. "Les balles viennent jusqu'ici."

En effet, un petit 'coup sec ° s'était fait entendre dans le vieil orme, et un bout de branche tombait en se balançant. Mais les deux jeunes gens ne bougèrent pas, cloués° par l'anxiété du spectacle. A la lisière du bois, un Prussien était brusquement sorti de derrière un arbre comme d'une coulisse,° battant l'air de ses bras et tombant à la renverse. Et rien ne bougea plus, les deux morts semblaient dormir au grand soleil, on ne voyait toujours personne dans la campagne alourdie.° Le pétillement° de la fusillade lui-même cessa. Seule, la Morelle chuchotait avec son bruit clair.

quick shot

frozen

wing (of a stage)

oppressive, crackling

Le père Merlier regarda le capitaine d'un air de surprise, comme pour lui demander si c'était fini.

"Voilà le grand coup," murmura celui-ci. "Méfiez-vous. Ne restez pas là."

Il n'avait pas achevé qu'une décharge effroyable° eut lieu. Le grand orme fut comme fauché,° une volée de feuilles tournoya. Les Prussiens avaient heureusement tiré trop haut. Dominique entraîna, emporta presque Françoise, tandis que le père Merlier les suivait en criant: "Mettez-vous dans le petit caveau,° les murs sont solides." Mais

frightening

torn apart

cellar

---

16 **Il était…** *he'd be flat on his stomach, lying in wait, shooting, rolling into a ditch.*

ils ne l'écoutèrent pas, ils entrèrent dans la grande salle, où une dizaine de soldats attendaient en silence, les volets° fermés, 'guet-tant par des fentes.° Le capitaine était resté seul dans la cour, accroupi° derrière la petite muraille, pendant que des décharges furieuses continuaient. Au-dehors, les soldats qu'il avait postés ne cédaient le terrain que pied à pied. Pourtant, ils rentraient un à un en rampant,° quand l'ennemi les avait délogés de leurs ca-chettes.° Leur consigne° était de gagner du temps, de ne point se montrer, pour que les Prussiens ne pussent savoir quelles forces ils avaient devant eux. Une heure encore s'écoula. Et, comme un sergent arrivait, disant qu'il n'y avait plus dehors que deux ou trois hommes, l'officier tira sa montre, en murmurant:

"Deux heures et demie... Allons, il faut tenir quatre heures."

Il fit fermer le grand portail de la cour, et tout fut préparé pour une résistance énergique. Comme les Prussiens se trou-vaient de l'autre côté de la Morelle, un assaut immédiat n'était pas à craindre. Il y avait bien un pont à deux kilomètres, mais ils ignoraient sans doute son existence, et il était peu croyable qu'ils tenteraient de 'passer à gué° la rivière. L'officier fit donc simplement surveiller la route. Tout l'effort allait porter du côté de la campagne.

La fusillade de nouveau avait cessé. Le moulin semblait mort sous le grand soleil. Pas un volet n'était ouvert, aucun bruit ne sortait de l'intérieur.

Peu à peu, cependant, les Prussiens se montraient à la lisière du bois de Gagny. Ils allongeaient la tête, s'enhardissaient.° Dans le moulin, plusieurs soldats épaulaient° déjà; mais le capitaine cria:

"Non, non, attendez... Laissez-les s'approcher."

Ils y mirent beaucoup de prudence, regardant le moulin d'un air méfiant. Cette vieille demeure, silencieuse et morne, avec ses rideaux de lierre, les inquiétait. Pourtant, ils avançaient. Quand ils furent une cinquantaine dans la prairie, en face, l'officier dit un seul mot: "Allez!"

Un déchirement° se fit entendre, des coups isolés suivirent. Françoise, agitée d'un tremblement, avait porté malgré elle les mains à ses oreilles. Dominique, derrière les soldats, regardait; et, quand la fumée se fut un peu dissipée, il aperçut trois Prussiens étendus sur le dos au milieu du pré. Les autres s'étaient jetés der-

[marginal glosses:]
shutters
looking through the openings; crouched
crawling
hiding places, orders
to wade across
becoming more bold
were aiming their rifles
ripping

rière les saules° et les peupliers. Et le siège commença. — willows

Pendant plus d'une heure, le moulin fut criblé° de balles. Elles — riddled
en fouettaient° les vieux murs comme une grêle.° Lorsqu'elles — whipped about, hail-
frappaient sur de la pierre, on les entendait s'écraser et retom- — storm
ber à l'eau. Dans le bois, elles s'enfonçaient avec un bruit sourd.
Parfois, un craquement annonçait que la roue venait d'être
touchée. Les soldats, à l'intérieur, ménageaient leurs coups, ne
tiraient que lorsqu'ils pouvaient viser. De temps à autre, le capitaine consultait sa montre. Et, comme une balle fendait un volet
et allait se loger dans le plafond:

"Quatre heures," murmura-t-il. "Nous ne tiendrons jamais."

Peu à peu, en effet, cette fusillade terrible ébranlait° le vieux — shook
moulin. Un volet tomba à l'eau, 'troué comme une dentelle,° et — pierced like lace
il fallut le remplacer par un matelas.° Le père Merlier, à chaque — mattress
instant, s'exposait pour 'constater les avaries° de sa pauvre roue, — survey the damage
dont les craquements lui allaient au cœur. Elle était bien finie
cette fois; jamais il ne pourrait la raccommoder. Dominique
avait supplié Françoise de se retirer, mais elle voulait rester avec
lui; elle s'était assise derrière une grande armoire de chêne,° qui — oak
la protégeait. Une balle pourtant arriva dans l'armoire, dont les
flancs rendirent un son grave. Alors, Dominique se plaça devant
Françoise. Il n'avait pas encore tiré, il tenait son fusil à la main, ne
pouvant approcher des fenêtres dont les soldats tenaient toute la
largeur. A chaque décharge, le plancher tressaillait.

"Attention! Attention!" cria tout d'un coup le capitaine.

Il venait de voir sortir du bois toute une masse sombre.
Aussitôt s'ouvrit un formidable feu de peloton.° Ce fut comme — group
une trombe° qui passa sur le moulin. Un autre volet partit, et par — torrent
l'ouverture béante° de la fenêtre, les balles entrèrent. Deux sol- — gaping
dats roulèrent sur le carreau.° L'un ne remua° plus; on le poussa — tile floor, moved
contre le mur, parce qu'il encombrait.° — was in the way

L'autre se tordit° en demandant qu'on l'achevât;° mais on ne — was writhing, finish off
l'écoutait point, les balles entraient toujours, chacun se garait et
tâchait de trouver une 'meurtrière pour riposter.° Un troisième — opening for returning
soldat fut blessé;° celui-là ne dit pas une parole, il se laissa cou- — fire; wounded
ler au bord d'une table, avec des yeux fixes et hagards. En face
de ces morts, Françoise, prise d'horreur, avait repoussé machinalement sa chaise, pour s'asseoir à terre, contre le mur; elle se

croyait là plus petite et moins en danger. Cependant, on était allé
prendre tous les matelas de la maison, on avait rebouché à moitié
la fenêtre. La salle s'emplissait de débris, d'armes rompues, de
meubles éventrés.°   destroyed

"Cinq heures," dit le capitaine. "Tenez bon... Ils vont chercher
à passer l'eau."

A ce moment, Françoise poussa un cri. Une balle, qui avait ri-
coché, venait de lui effleurer° le front. Quelques gouttes° de sang   grazed, drops
parurent. Dominique la regarda; puis, s'approchant de la fenêtre,
il lâcha° son premier coup de feu, et il ne s'arrêta plus. Il chargeait,   let go
tirait, sans s'occuper de ce qui se passait près de lui; de temps à
autre seulement, il jetait un coup d'œil sur Françoise. D'ailleurs,
il ne se pressait pas, visait avec soin. Les Prussiens, longeant les
peupliers, tentaient le passage de la Morelle, comme le capitaine
l'avait prévu; mais, dès qu'un d'entre eux se hasardait, il tombait
frappé à la tête par une balle de Dominique. Le capitaine, qui
suivait ce jeu, était émerveillé. Il complimenta le jeune homme,
en lui disant qu'il serait heureux d'avoir beaucoup de tireurs° de   marksmen
sa force. Dominique ne l'entendait pas. Une balle lui entama°   struck
l'épaule, une autre lui contusionna le bras. Et il tirait toujours.

Il y eut deux nouveaux morts. Les matelas, déchiquetés,° ne   torn apart
bouchaient° plus les fenêtres. Une dernière décharge semblait   plugged up
devoir emporter le moulin. La position n'était plus tenable.
Cependant, l'officier répétait:

"Tenez bon... Encore une demi-heure."

Maintenant, il comptait les minutes. Il avait promis à ses
chefs d'arrêter l'ennemi là jusqu'au soir, et il n'aurait pas reculé
d'une semelle° avant l'heure qu'il avait fixée pour la retraite. Il   one step
gardait son air aimable, souriait à Françoise, afin de la rassurer.
Lui-même venait de ramasser° le fusil d'un soldat mort et faisait   to pick up
le coup de feu.

Il n'y avait plus que quatre soldats dans la salle. Les Prussiens
se montraient en masse sur l'autre bord de la Morelle, et il était
évident qu'ils allaient passer la rivière d'un moment à l'autre.
Quelques minutes s'écoulèrent encore. Le capitaine s'entêtait,
ne voulait pas donner l'ordre de la retraite, lorsqu'un sergent
accourut, en disant:

"Ils sont sur la route, ils vont nous prendre par-derrière."

Les Prussiens devaient avoir trouvé le pont. Le capitaine tira°   took out
sa montre.

"Encore cinq minutes," dit-il. "Ils ne seront pas ici avant cinq
minutes."

Puis, à six heures précises, il consentit enfin à faire sortir ses
hommes par une petite porte qui donnait sur une ruelle. De là,
ils se jetèrent dans un fossé, ils gagnèrent la forêt de Sauval. Le
capitaine avait, avant de partir, salué très poliment le père Merlier,
en s'excusant. Et il avait même ajouté:

"Amusez-les... Nous reviendrons."

Cependant, Dominique était resté seul dans la salle. Il tirait
toujours, n'entendant rien, ne comprenant rien. Il n'éprouvait°   felt
que le besoin de défendre Françoise. Les soldats étaient partis,
sans qu'il s'en doutât le moins du monde.[17] Il visait et tuait son
homme à chaque coup. Brusquement, il y eut un grand bruit. Les
Prussiens, par-derrière, venaient d'envahir la cour. Il lâcha un dernier coup, et ils tombèrent sur lui, comme son fusil fumait encore.

Quatre hommes le tenaient. D'autres vociféraient autour de
lui, dans une langue effroyable. Ils 'faillirent l'égorger° tout de   almost cut his throat
suite. Françoise s'était jetée en avant, suppliante. Mais un offi-
cier entra et se fit remettre le prisonnier. Après quelques phrases
qu'il échangea en allemand avec les soldats, il se tourna vers
Dominique et lui dit rudement, en très bon français:

"Vous serez fusillé dans deux heures."

III

C'était une règle posée par l'état-major allemand: tout Français
n'appartenant pas à l'armée régulière et pris les armes à la main
devait être fusillé.[18] Les compagnies franches[19] elles-mêmes
n'étaient pas reconnues comme belligérantes. En faisant ainsi de
terribles exemples sur les paysans qui défendaient leurs foyers, les
Allemands voulaient empêcher la levée en masse, 'qu'ils redou-
taient.°   which they feared

---

17   **sans qu'il...** *without his being aware of the slightest thing in the world.*
18   **tout Français...** *any Frenchman not belonging to the regular army and
who took up arms was to be shot.*
19   **Les compagnies franches...** groups of volunteer soldiers; organized but
not part of the regular French army.

L'officier, un homme grand et sec, d'une cinquantaine d'an-
nées, 'fit subir° à Dominique un bref interrogatoire. Bien qu'il   subjected
parlât le français très purement, il avait une raideur° toute prus-   stiffness
sienne.

"Vous êtes de ce pays!"

"Non, je suis belge."

"Pourquoi avez-vous pris les armes?... Tout ceci ne doit pas
vous regarder."°   concern

Dominique ne répondit pas. A ce moment, l'officier aperçut
Françoise debout et très pâle, qui écoutait; sur son front blanc, sa
légère blessure mettait une barre rouge. Il regarda les jeunes gens
l'un après l'autre, parut comprendre, et se contenta d'ajouter:
"Vous ne niez° pas avoir tiré!"   deny

"J'ai tiré tant que j'ai pu," répondit tranquillement Dominique.

Cet aveu° était inutile, car il était noir de poudre, couvert de   admission
sueur,° taché de quelques gouttes de sang qui avaient coulé de   sweat
l'éraflure° de son épaule.   superficial wound

"C'est bien," répéta l'officier. "Vous serez fusillé dans deux
heures."

Françoise ne cria pas. Elle joignit les mains et les éleva dans un
geste de muet désespoir. L'officier remarqua ce geste. Deux soldats avaient emmené Dominique dans une pièce voisine, où ils devaient le garder à vue. La jeune fille était tombée sur une chaise, les
jambes brisées; elle ne pouvait pleurer, elle étouffait.° Cependant,   was suffocating
l'officier l'examinait toujours. Il finit par lui adresser la parole:
"Ce garçon est votre frère!" demanda-t-il.

Elle dit non de la tête. Il resta raide,° sans un sourire. Puis, au   stiff
bout d'un silence:

"Il habite le pays depuis longtemps!"

Elle dit oui, d'un nouveau signe.

"Alors il doit très bien connaître les bois voisins!"

Cette fois, elle parla.

"Oui, monsieur," dit-elle en le regardant avec quelque surprise.

Il n'ajouta rien et tourna sur ses talons, en demandant qu'on
lui amenât le maire du village. Mais Françoise s'était levée, une
légère rougeur au visage, croyant avoir saisi 'le but° de ses ques-   the intention
tions et reprise d'espoir. Ce fut elle-même qui courut pour trou-
ver son père.

Le père Merlier, dès que les coups de feu avaient cessé, était vivement descendu par la galerie de bois, pour visiter sa roue. Il adorait sa fille, il avait une solide amitié pour Dominique, son futur gendre;° mais sa roue tenait aussi une large place dans son cœur. Puisque les deux petits, comme il les appelait, étaient sortis sains et saufs de la bagarre,° il songeait à 'son autre tendresse,° qui avait singulièrement souffert, celle-là. Et, penché° sur la grande carcasse de bois, il en étudiait les blessures d'un air navré.° Cinq palettes étaient en miettes, la charpente° centrale était criblée.²⁰ Il fourrait° les doigts dans les trous des balles, pour en mesurer la profondeur; il réfléchissait à la façon dont il pourrait réparer toutes ces avaries. Françoise le trouva qui bouchait déjà des fentes avec des débris et de la mousse.

son-in-law

fight, = the wheel

leaning

distressed

frame

inserted

"Père," dit-elle, "ils vous demandent."

Et elle pleura enfin, en lui contant ce qu'elle venait d'entendre. Le père Merlier hocha la tête. On ne fusillait pas les gens comme ça. Il fallait voir. Et il rentra dans le moulin, de son air silencieux et paisible. Quand l'officier lui eut demandé des vivres° pour ses hommes, il répondit que les gens de Rocreuse n'étaient pas habitués à être brutalisés, et qu'on n'obtiendrait rien d'eux si l'on employait la violence. Il se chargeait de tout, mais à la condition qu'on le laissât agir° seul. L'officier parut se fâcher d'abord de ce ton tranquille; puis, il céda,° devant les paroles brèves et nettes du vieillard. Même il le rappela, pour lui demander:

provisions

to act

gave in

"Ces bois-là, en face, comment les nommez-vous!"

"Les bois de Sauval."

"Et quelle est leur étendue!°"

area

Le meunier° le regarda fixement.

miller

"Je ne sais pas," répondit-il.

Et il s'éloigna. Une heure plus tard, la contribution de guerre en vivres et en argent, réclamée par l'officier, était dans la cour du moulin. La nuit venait, Françoise suivait avec anxiété les mouvements des soldats. Elle ne s'éloignait pas de la pièce dans laquelle était enfermé Dominique. Vers sept heures, elle eut une émotion poignante; elle vit l'officier entrer chez le prisonnier, et, pendant un quart d'heure, elle entendit leurs voix qui s'éle-

---

20 **Cinq palettes...** *Five paddles were in pieces [and] the main frame was riddled with bullets.*

vaient. Un instant, l'officier reparut sur le seuil° pour donner un   threshold
ordre en allemand, qu'elle ne comprit pas; mais, lorsque douze
hommes furent venus se ranger dans la cour, le fusil au bras, un
tremblement la saisit, elle se sentit mourir. C'en était donc fait;
l'exécution allait avoir lieu. Les douze hommes restèrent là dix
minutes, la voix de Dominique continuait à s'élever sur un ton
de refus violent. Enfin, l'officier sortit, en fermant brutalement
la porte et en disant:

"C'est bien, réfléchissez... Je vous donne jusqu'à demain matin." Et, d'un geste, il fit rompre° les rangs aux douze hommes.   dismissed
Françoise restait hébétée.° Le père Merlier, qui avait continué   dazed
de fumer sa pipe, en regardant le peloton d'un air simplement
curieux, vint la prendre par le bras, avec une douceur paternelle.
Il l'emmena dans sa chambre.

"Tiens-toi tranquille," lui dit-il, "tâche de dormir... Demain,
il fera jour, et nous verrons."

En se retirant, il l'enferma par prudence. Il avait pour prin-
cipe que les femmes ne sont bonnes à rien, et qu'elles gâtent°   ruin
tout, lorsqu'elles s'occupent d'une affaire sérieuse. Cependant,
Françoise ne se coucha pas. Elle demeura longtemps assise sur
son lit, écoutant les rumeurs° de la maison. Les soldats allemands,   noises
campés dans la cour, chantaient et riaient; ils durent manger et
boire jusqu'à onze heures, car le tapage° ne cessa pas un instant.   racket
Dans le moulin même, des 'pas lourds° résonnaient de temps à   heavy footsteps
autre, sans doute des sentinelles qu'on relevait. Mais, ce qui l'in-
téressait surtout, c'étaient les bruits qu'elle pouvait saisir dans la
pièce qui se trouvait sous sa chambre. Plusieurs fois elle se coucha par terre, elle appliqua son oreille contre le plancher. Cette
pièce était justement celle où l'on avait enfermé Dominique. Il
devait marcher du mur à la fenêtre, car elle entendit longtemps la
cadence régulière de sa promenade; puis, il se fit un grand silence,
il s'était sans doute assis. D'ailleurs, les rumeurs cessaient, tout
s'endormait. Quand la maison lui parut s'assoupir,° elle ouvrit sa   to doze off
fenêtre le plus doucement possible, elle s'accouda.°   leaned on her elbows

Au-dehors, la nuit avait une sérénité tiède. Le mince croissant de la lune, qui se couchait derrière les bois de Sauval, éclai-
rait la campagne d'une 'lueur de veilleuse.° L'ombre allongée des   watchful light
grands arbres barrait° de noir les prairies, tandis que l'herbe, aux   cast shadowy lines

endroits découverts, prenait une douceur de velours verdâtre. Mais Françoise ne s'arrêtait guère au charme mystérieux de la nuit. Elle étudiait la campagne, cherchant les sentinelles que les Allemands avaient dû poster de ce côté. Elle voyait parfaitement leurs ombres s'échelonner° le long de la Morelle. Une seule° se trouvait devant le moulin, de l'autre côté de la rivière, près d'un saule dont les branches trempaient dans l'eau. Françoise la° distinguait parfaitement. C'était un grand garçon qui se tenait immobile, la face tournée vers le ciel, de l'air rêveur d'un berger.° spread out, sentinel
= the sentinel

shepherd

Alors, quand elle eut ainsi inspecté les lieux avec soin, elle revint s'asseoir sur son lit. Elle y resta une heure, profondément absorbée. Puis elle écouta de nouveau: la maison n'avait plus un souffle. Elle retourna à la fenêtre, jeta un coup d'œil; mais sans doute une des cornes° de la lune qui apparaissait encore derrière les arbres lui parut gênante,° car elle se remit à attendre. Enfin, l'heure lui sembla venue. La nuit était toute noire, elle n'apercevait plus la sentinelle en face, la campagne s'étalait° comme une 'mare d'encre.° Elle tendit l'oreille un instant et se décida. Il y avait là, passant près de la fenêtre, une 'échelle de fer,° des barres scellées° dans le mur, qui montait de la roue au grenier,° et qui servait autrefois aux meuniers pour visiter certains rouages;° puis, le mécanisme avait été modifié, depuis longtemps l'échelle disparaissait sous les lierres épais qui couvraient ce côté du moulin. tips of the crescent
bothersome

stretched out
pool of ink
iron ladder
sealed, loft
gear wheels

Françoise, bravement, enjamba la balustrade de sa fenêtre, saisit une des barres de fer et se trouva dans le vide. Elle commença à descendre. Ses jupons l'embarrassaient[21] beaucoup. Brusquement, une pierre se détacha de la muraille et tomba dans la Morelle avec un rejaillissement° sonore. Elle s'était arrêtée, glacée d'un frisson. Mais elle comprit que la chute d'eau, de son ronflement° continu, couvrait à distance tous les bruits qu'elle pouvait faire, et elle descendit alors plus hardiment, tâtant° le lierre° du pied, s'assurant des échelons. Lorsqu'elle fut à la hauteur de la chambre qui servait de prison à Dominique, elle s'arrêta. Une difficulté imprévue° faillit lui faire perdre tout son courage: la fenêtre de la pièce du bas n'était pas régulièrement percée° audessous de la fenêtre de sa chambre, elle s'écartait° de l'échelle, et lorsqu'elle allongea° la main, elle ne rencontra que la muraille. splash

humming
touching, ivy

unexpected
positioned
moved away
extended

---

21 **Ses jupons**... *Her petticoat hindered her movement.*

Lui faudrait-il donc remonter, sans pousser son projet jusqu'au bout? Ses bras se lassaient, le murmure de la Morelle, au-dessous d'elle, commençait à lui donner des vertiges. Alors, elle arracha° pulled out du mur de petits fragments de plâtre et les lança dans la fenêtre de Dominique. Il n'entendait pas, peut-être dormait-il. Elle émietta° dug into encore la muraille, elle s'écorchait° les doigts. Et elle était à bout skinned de force, elle se sentait tomber à la renverse, lorsque Dominique ouvrit enfin doucement.

"C'est moi," murmura-t-elle. "Prends-moi vite, je tombe."

C'était la première fois qu'elle le tutoyait. Il la saisit, en se penchant, et l'apporta dans la chambre. Là, elle eut une crise de larmes, étouffant ses sanglots, pour qu'on ne l'entendît pas. Puis, par un effort suprême, elle se calma.

"Vous êtes gardé!" demanda-t-elle à voix basse.

Dominique, encore stupéfait° de la voir ainsi, fit un simple dumbfounded signe, en montrant sa porte. De l'autre côté, on entendait un ronflement; la sentinelle, cédant au sommeil, avait dû se coucher par terre, contre la porte, en se disant que, de cette façon, le prisonnier ne pouvait bouger.

"Il faut fuir,°" reprit-elle vivement. "Je suis venue pour vous flee supplier de fuir et pour vous dire adieu."

Mais lui ne paraissait pas l'entendre. Il répétait:

"Comment, c'est vous, c'est vous... Oh! que vous m'avez fait peur! Vous pouviez vous tuer."

Il lui prit les mains, il les baisa.

"Que je vous aime, Françoise!... vous êtes aussi courageuse que bonne. Je n'avais qu'une crainte, c'était de mourir sans vous avoir revue... Mais vous êtes là, et maintenant ils peuvent me fusiller. Quand j'aurai passé un quart d'heure avec vous, je serai prêt."

Peu à peu, il l'avait attirée à lui, et elle appuyait° sa tête sur leaned son épaule. Le danger les rapprochait. Ils oubliaient tout dans cette étreinte.° embrace

"Ah! Françoise," reprit Dominique d'une voix caressante, "c'est aujourd'hui la Saint-Louis, le jour si longtemps attendu de notre mariage. Rien n'a pu nous séparer, puisque nous voilà tous les deux seuls, fidèles au rendez-vous... N'est-ce pas! c'est à cette heure le matin des noces.°" marriage

"Oui, oui," répéta-t-elle, "le matin des noces."

Ils échangèrent un baiser en frissonnant. Mais, tout d'un coup, elle se dégagea, la terrible réalité 'se dressait° devant elle.   arose

"Il faut fuir, il faut fuir," bégaya°-t-elle. "Ne perdons pas une   stammered
minute."

Et comme il tendait les bras dans l'ombre pour la reprendre, elle le tutoya de nouveau:

"Oh! je t'en prie, écoute-moi... Si tu meurs, je mourrai. Dans une heure, il fera jour. Je veux que tu partes tout de suite."

Alors, rapidement, elle expliqua son plan. L'échelle de fer descendait jusqu'à la roue; là, il pourrait s'aider des palettes et entrer dans la barque qui se trouvait dans un enfoncement.° Il   nook
lui serait facile ensuite de gagner l'autre bord de la rivière et de s'échapper.

"Mais il doit y avoir des sentinelles!" dit-il.

"Une seule, en face, au pied du premier saule."

"Et si elle° m'aperçoit, si elle veut crier!"   = the sentinel

Françoise frissonna. Elle lui mit dans la main un couteau°   knife
qu'elle avait descendu. Il y eut un silence.

"Et votre père, et vous?" reprit Dominique. "Mais non, je ne puis fuir... Quand je ne serai plus là, ces soldats vous massacreront peut-être... Vous ne les connaissez pas. Ils m'ont proposé de me faire grâce, si je consentais à les guider dans la forêt de Sauval. Lorsqu'ils ne me trouveront plus, ils sont capables de tout."

La jeune fille ne s'arrêta pas à discuter. Elle répondit simplement à toutes les raisons qu'il donnait:

"Par amour pour moi, fuyez.°... Si vous m'aimez, Dominique,   run
ne restez pas ici une minute de plus."

Puis, elle promit de remonter dans sa chambre. On ne saurait pas qu'elle l'avait aidé. Elle finit par le prendre dans ses bras, par l'embrasser, pour le convaincre, avec un élan° de passion extraor-   surge
dinaire. Lui, était vaincu. Il ne posa plus qu'une question.

"Jurez-moi que votre père connaît votre démarche° et qu'il   plan
me conseille la fuite!"

"C'est mon père qui m'a envoyée," répondit hardiment Françoise.

Elle mentait.° Dans ce moment, elle n'avait qu'un besoin   was lying
immense, le savoir en sûreté, échapper à cette abominable pensée

que le soleil allait être le signal de sa mort. Quand il serait loin,
tous les malheurs pouvaient fondre° sur elle; cela lui paraîtrait   fall
doux, du moment où il vivrait. L'égoïsme de sa tendresse le voulait vivant, avant toutes choses.

"C'est bien," dit Dominique, "je ferai comme il vous plaira."

Alors, ils ne parlèrent plus. Dominique alla rouvrir la fenêtre.
Mais, brusquement, un bruit les glaça. La porte fut ébranlée, et
ils crurent qu'on l'ouvrait. Evidemment, 'une ronde° avait enten-   a soldier
du leurs voix. Et tous deux debout, serrés l'un contre l'autre, attendaient dans une angoisse indicible.° La porte fut de nouveau   unspeakabkle
secouée;° mais elle ne s'ouvrit pas. Ils eurent chacun un soupir°   rattled, breath
étouffé; ils venaient de comprendre, ce devait être le soldat couché en travers du seuil, qui s'était retourné. En effet, le silence se
fit, les ronflements recommencèrent.

Dominique voulut absolument que Françoise remontât
d'abord chez elle. Il la prit dans ses bras, il lui dit un muet adieu.
Puis, il l'aida à saisir l'échelle et se cramponna° à son tour. Mais   held on
il refusa de descendre un seul échelon avant de la savoir dans sa
chambre. Quand Françoise fut rentrée, elle laissa tomber d'une
voix légère comme un souffle:

"Au revoir, je t'aime!"

Elle resta accoudée,° elle tâcha° de suivre Dominique. La nuit   leaning on her elbows,
était toujours très noire. Elle chercha la sentinelle et ne l'aperçut   tried
pas; seul, le saule faisait une tache° pâle, au milieu des ténèbres.   mark
Pendant un instant, elle entendit le frôlement° du corps de   rustling
Dominique le long du lierre. Ensuite la roue craqua, et il y eut un
léger clapotement° qui lui annonça que le jeune homme venait   lapping
de trouver la barque. Une minute plus tard, en effet, elle dis-
tingua la silhouette sombre de la barque sur la nappe grise de la
Morelle. Alors, une angoisse terrible la reprit à la gorge. A chaque
instant, elle croyait entendre le cri d'alarme de la sentinelle; les
moindres bruits, épars dans l'ombre, lui semblaient des pas pré-
cipités de soldats, des froissements° d'armes, des bruits de fusils   stamping
qu'on armait. Pourtant, les secondes s'écoulaient, la campagne
gardait sa paix souveraine. Dominique devait aborder à l'autre
rive. Françoise ne voyait plus rien. Le silence était majestueux.
Et elle entendit un piétinement,° un cri rauque,° la chute sourde   stamping, hoarse
d'un corps. Puis, le silence se fit plus profond. Alors, comme si

elle eût senti la mort passer, elle resta toute froide, en face de l'épaisse nuit.

IV

Dès le petit jour, des éclats de voix ébranlèrent le moulin. Le père Merlier était venu ouvrir la porte de Françoise. Elle descendit dans la cour, pâle et très calme. Mais là, elle ne put réprimer un frisson, en face du cadavre d'un soldat Prussien, qui était allongé près du puits, sur un manteau étalé.

Autour du corps, des soldats gesticulaient, criaient sur un ton de fureur. Plusieurs d'entre eux montraient les poings° au village. Cependant, l'officier venait de faire appeler le père Merlier, comme maire de la commune. — *fists*

"Voici," lui dit-il d'une voix étranglée par la colère, "un de nos hommes que l'on a trouvé assassiné sur le bord de la rivière... Il nous faut un exemple éclatant, et je compte que vous allez nous aider à découvrir le meurtrier."

"Tout ce que vous voudrez," répondit le meunier avec son flegme.° "Seulement, ce ne sera pas commode.°" — *composure, practical*

L'officier s'était baissé pour écarter 'un pan° du manteau, qui cachait la figure du mort. Alors apparut une horrible blessure.° La sentinelle avait été frappée à la gorge, et l'arme était restée dans la plaie.° C'était un couteau de cuisine à manche noir. — *a piece* — *wound* — *wound*

"Regardez ce couteau," dit l'officier au père Merlier, "peut-être nous aidera-t-il dans nos recherches."

Le vieillard avait eu un tressaillement.° Mais il se remit aussitôt, il répondit, sans qu'un muscle de sa face bougeât: — *shiver*

"Tout le monde a des couteaux pareils, dans nos campagnes... Peut-être que votre homme s'ennuyait de se battre et qu'il 'se sera fait son affaire lui-même.° Ça se voit." — *may have killed himself*

"Taisez-vous!" cria furieusement l'officier. "Je ne sais ce qui me retient de mettre le feu aux quatre coins du village."

La colère heureusement l'empêchait de remarquer la profonde altération du visage de Françoise. Elle avait dû s'asseoir sur le banc de pierre, près du puits. Malgré elle, ses regards ne quittaient plus ce cadavre, étendu à terre, presque à ses pieds.

C'était un grand et beau garçon, qui ressemblait à Dominique, avec des cheveux blonds et des yeux bleus. Cette ressemblance lui retournait le cœur. Elle pensait que le mort avait peut-être laissé là-bas, en Allemagne, quelque amoureuse qui allait pleurer. Et elle reconnaissait son couteau dans la gorge du mort. Elle l'avait tué.[22]

Cependant, l'officier parlait de frapper Rocreuse de mesures terribles, lorsque des soldats accoururent. On venait de s'apercevoir seulement de l'évasion de Dominique. Cela causa une agitation extrême. L'officier se rendit sur les lieux, regarda par la fenêtre laissée ouverte, comprit tout, et revint exaspéré.

Le père Merlier parut très contrarié de la fuite de Dominique. "L'imbécile!" murmura-t-il, "il gâte tout."

Françoise, qui l'entendit, fut prise d'angoisse. Son père, d'ailleurs, ne soupçonnait pas sa complicité. Il hocha la tête, en lui disant à demi-voix:

"A présent, nous voilà propres!°"   *in a fine mess*

"C'est ce gredin!° c'est ce gredin!" criait l'officier. "Il aura   *scoundrel* gagné les bois... Mais il faut qu'on nous le retrouve, ou le village payera pour lui."

Et, s'adressant au meunier:

"Voyons, vous devez savoir où il se cache!"

Le père Merlier eut son rire silencieux, en montrant la large étendue des 'coteaux boisés.°   *wooded hillsides*

"Comment voulez-vous trouver un homme là-dedans!" dit-il.

"Oh! il doit y avoir des trous que vous connaissez. Je vais vous donner dix hommes. Vous les guiderez."

"Je veux bien. Seulement, il nous faudra huit jours pour battre tous les bois des environs."

La tranquillité du vieillard enrageait l'officier. Il comprenait en effet le ridicule de cette battue.° Ce fut alors qu'il aperçut sur   *hunt* le banc Françoise pâle et tremblante. L'attitude anxieuse de la jeune fille le frappa. Il se tut un instant, examinant tour à tour le meunier et Françoise.

"Est-ce que cet homme," finit-il par demander brutalement au vieillard, "n'est pas l'amant de votre fille!"

Le père Merlier devint livide, et l'on put croire qu'il allait se jeter sur l'officier pour l'étrangler. Il 'se raidit,° il ne répondit pas.   *stiffened* Françoise avait mis son visage entre ses mains.

---

22 **tué**... Françoise feels responsible for the death of the sentry.

"Oui, c'est cela," continua le Prussien, "vous ou votre fille l'avez aidé à fuir. Vous êtes son complice... Une dernière fois, voulez-vous nous le livrer!°"   to deliver

Le meunier ne répondit pas. Il s'était détourné, regardant au loin d'un air indifférent, comme si l'officier ne s'adressait pas à lui. Cela mit le comble à la colère de ce dernier.[23]

"Eh bien!" déclara-t-il, "vous allez être fusillé à sa place."

Et il commanda une fois encore le peloton d'exécution. Le père Merlier garda son flegme. Il eut à peine un léger haussement d'épaules, tout ce drame lui semblait d'un goût médiocre. Sans doute il ne croyait pas qu'on fusillât un homme si aisément. Puis, quand le peloton fut là, il dit avec gravité:

"Alors, c'est sérieux!... Je veux bien. S'il vous en faut un absolument, moi autant qu'un autre."

Mais Françoise s'était levée, affolée, bégayant:°   stammering

"Grâce, monsieur, ne faites pas du mal à mon père. Tuez-moi à sa place... C'est moi qui ai aidé Dominique à fuir. Moi seule suis coupable.°"   responsible

"Tais-toi, fillette," s'écria le père Merlier. "Pourquoi mens-tu!... Elle a passé la nuit enfermée dans sa chambre, monsieur. Elle ment, je vous assure."

"Non, je ne mens pas," reprit ardemment la jeune fille. "Je suis descendue par la fenêtre, j'ai poussé Dominique à s'enfuir... C'est la vérité, la seule vérité..."

Le vieillard était devenu très pâle. Il voyait bien dans ses yeux qu'elle ne mentait pas, et cette histoire l'épouvantait. Ah! ces enfants, avec leurs cœurs, comme ils gâtaient tout! Alors, il se fâcha.

"Elle est folle, ne l'écoutez pas. Elle vous raconte des histoires stupides... Allons, finissons-en."

Elle voulut protester encore. Elle s'agenouilla, elle joignit les mains. L'officier, tranquillement, assistait à cette lutte douloureuse.

"Mon Dieu!" finit-il par dire, "je prends votre père, parce que je ne tiens plus l'autre... Tâchez de retrouver l'autre, et votre père sera libre."

Un moment, elle le regarda, les yeux agrandis par l'atrocité

---

23 **ce dernier**... The continued silence and calm of Père Merlier makes the officer grow more angry.

de cette proposition. "C'est horrible," murmura-t-elle. "Où voulez-vous que je retrouve Dominique, à cette heure! Il est parti, je ne sais plus."

"Enfin, choisissez. Lui ou votre père."

"Oh! mon Dieu! est-ce que je puis choisir? 'Mais je saurais° ^{even if I knew} où est Dominique, que je ne pourrais pas choisir!... C'est mon cœur que vous coupez... J'aimerais mieux mourir tout de suite. Oui, ce serait plus tôt fait. Tuez-moi, je vous en prie, tuez-moi..."

Cette scène de désespoir et de larmes finissait par impatienter l'officier. Il s'écria:

"En voilà assez! Je veux être bon, je consens à vous donner deux heures... Si, dans deux heures, votre amoureux n'est pas là, votre père payera pour lui."

Et il fit conduire le père Merlier dans la chambre qui avait servi de prison à Dominique. Le vieux demanda du tabac et se mit à fumer. Sur son visage impassible on ne lisait aucune émotion. Seulement, quand il fut seul, tout en fumant, il pleura deux grosses larmes qui coulèrent lentement sur ses joues. Sa pauvre et chère enfant, comme elle souffrait!

Françoise était restée au milieu de la cour. Des soldats prussiens passaient en riant. Certains lui jetaient des mots, des plaisanteries qu'elle ne comprenait pas. Elle regardait la porte par laquelle son père venait de disparaître. Et d'un geste lent, elle portait la main à son front, comme pour l'empêcher d'éclater.

L'officier tourna sur ses talons, en répétant:

"Vous avez deux heures. Tâchez de les utiliser."

Elle avait deux heures. Cette phrase bourdonnait° dans sa tête. ^{buzzed} Alors, machinalement, elle sortit de la cour, elle marcha devant elle. Où aller! Que faire! Elle n'essayait même pas de 'prendre un parti,° parce qu'elle sentait bien l'inutilité de ses efforts. ^{to try}

Pourtant, elle aurait voulu voir Dominique. Ils se seraient entendus tous les deux, ils auraient peut-être trouvé 'un expédient.° Et, au milieu de la confusion de ses pensées, elle descendit ^{a solution} au bord de la Morelle, qu'elle traversa en dessous de l'écluse, à un endroit où il y avait de grosses pierres. Ses pieds la conduisirent sous le premier saule, au coin de la prairie. Comme elle se baissait, elle aperçut une 'mare de sang° qui la fit pâlir. C'était bien là. Et ^{pool of blood} elle suivit les traces de Dominique dans l'herbe foulée;° il avait ^{trampled}

dû courir, on voyait une ligne de grands pas coupant la prairie de biais. Puis, au-delà, elle perdit ces traces. Mais, dans un pré voisin, elle crut les retrouver. Cela la conduisit à la lisière de la forêt, où toute indication 's'effaçait.° disappeared

Françoise s'enfonça quand même sous les arbres. Cela la soulageait° d'être seule. Elle s'assit un instant. Puis, en songeant que l'heure s'écoulait, elle se remit debout. Depuis combien de temps avait-elle quitté le moulin? Cinq minutes? Une demi-heure? Elle n'avait plus conscience du temps. Peut-être Dominique était-il allé se cacher dans un taillis° qu'elle connaissait, et où ils avaient, une après-midi, mangé des noisettes ensemble. Elle se rendit au taillis, le visita. Un merle° seul s'envola, en sifflant sa phrase douce et triste. Alors, elle pensa qu'il s'était réfugié dans un creux° de roches, où il 'se mettait parfois à l'affût;° mais le creux de roches était vide. A quoi bon le chercher! elle ne le trouverait pas; et peu à peu le désir de le découvrir la passionnait, elle marchait plus vite. L'idée qu'il avait dû monter dans un arbre lui vint brusquement. Elle avança dès lors, les yeux levés, et pour qu'il la sût près de lui, elle l'appelait tous les quinze à vingt pas. Des coucous répondaient, un souffle qui passait dans les branches lui faisait croire qu'il était là et qu'il descendait. Une fois même, elle s'imagina le voir; elle s'arrêta, étranglée, avec l'envie de fuir. Qu'allait-elle lui dire? Venait-elle donc pour l'emmener et le faire fusiller? Oh! non, elle ne parlerait point de ces choses. Elle lui crierait de se sauver, de ne pas rester dans les environs. Puis, la pensée de son père qui l'attendait lui causa une douleur aiguë.° Elle tomba sur le gazon, en pleurant, en répétant tout haut:

comforted

coppice (thicket)

blackbird
hollow
would sometimes lie
in wait

sharp

"Mon Dieu! mon Dieu! pourquoi suis-je là!"

Elle était folle d'être venue. Et comme prise de peur, elle courut, elle chercha à sortir de la forêt. Trois fois, elle se trompa, et elle croyait qu'elle ne retrouverait plus le moulin, lorsqu'elle déboucha° dans une prairie, juste en face de Rocreuse. Dès qu'elle aperçut le village, elle s'arrêta. Est-ce qu'elle allait rentrer seule! ended up

Elle restait debout, quand une voix l'appela doucement:

"Françoise! Françoise!"

Et elle vit Dominique qui levait la tête, au bord d'un fossé. Juste Dieu! elle l'avait trouvé! Le ciel voulait donc sa mort! Elle retint un cri, elle se laissa glisser dans le fossé.

"Tu me cherchais!" demanda-t-il.

"Oui," répondit-elle, la tête bourdonnante, ne sachant ce qu'elle disait.

"Ah! que se passe-t-il!"

Elle baissa les yeux, elle balbutia:°   stammered

"Mais, rien, j'étais inquiète, je désirais te voir."

Alors, tranquillisé, il lui expliqua qu'il n'avait pas voulu 's'éloigner.° Il craignait pour eux. Ces gredins de Prussiens étaient   to go far away
très capables de se venger sur les femmes et sur les vieillards. Enfin, tout allait bien, et il ajouta en riant:

"La noce sera pour dans huit jours, voilà tout."

Puis, comme elle restait bouleversée,° il redevint grave.   overwhelmed

"Mais, qu'as-tu! Tu me caches quelque chose."

"Non, je te jure. J'ai couru pour venir."

Il l'embrassa, en disant que c'était imprudent pour elle et pour lui de causer davantage; et il voulut remonter le fossé, afin de rentrer dans la forêt. Elle le retint. Elle tremblait.

"Ecoute, tu ferais peut-être bien tout de même de rester là... Personne ne te cherche, tu ne crains rien."

"Françoise, tu me caches quelque chose," répéta-t-il.

De nouveau, elle jura qu'elle ne lui cachait rien. Seulement, elle aimait mieux le savoir près d'elle. Et elle bégaya encore d'autres raisons. Elle lui parut si singulière, que maintenant lui-même aurait refusé de s'éloigner. D'ailleurs, il croyait au retour des Français. On avait vu des troupes du côté de Sauval.

"Ah! qu'ils se pressent, qu'ils soient ici le plus tôt possible!" murmura-t-elle avec ferveur.

A ce moment, onze heures sonnèrent au clocher° de Rocreuse.   bell
Les coups arrivaient, clairs et distincts. Elle se leva, effarée;° il y   frightened
avait deux heures qu'elle avait quitté le moulin.

"Ecoute," dit-elle rapidement, "si nous avons besoin de toi, je monterai dans ma chambre et 'j'agiterai mon mouchoir.°"   will wave my hand-
                                                                                                      kerchief
Et elle partit en courant, pendant que Dominique, très in-
quiet, s'allongeait au bord du fossé, pour surveiller le moulin. Comme elle allait rentrer dans Rocreuse, Françoise rencontra un vieux mendiant,° le père Bontemps, qui connaissait tout le pays.   beggar
Il la salua, il venait de voir le meunier au milieu des Prussiens; puis, en faisant des signes de croix et en marmottant° des mots   mumbling

entrecoupés, il continua sa route.

"Les deux heures sont passées," dit l'officier quand Françoise parut.

Le père Merlier était là, assis sur le banc, près du puits. Il fumait toujours. La jeune fille, de nouveau, supplia, pleura, s'agenouilla. Elle voulait gagner du temps. L'espoir de voir revenir les Français avait grandi en elle, et tandis qu'elle se lamentait, elle croyait entendre au loin les pas cadencés d'une armée. Oh! s'ils avaient paru, s'ils les avaient tous délivrés!

"Ecoutez, monsieur, une heure, encore une heure... vous pouvez bien nous accorder° une heure!" to grant

Mais l'officier restait inflexible. Il ordonna même à deux hommes de 's'emparer d'elle° et de l'emmener, pour qu'on procédât à l'exécution du vieux tranquillement. Alors, un combat affreux se passa dans le cœur de Françoise. Elle ne pouvait laisser ainsi assassiner son père. Non, non, elle mourrait plutôt avec Dominique; et elle s'élançait vers sa chambre, lorsque Dominique lui-même entra dans la cour. to seize her

L'officier et les soldats poussèrent un cri de triomphe. Mais lui, comme s'il n'y avait eu là que Françoise, s'avança vers elle, tranquille, un peu sévère.

"C'est mal," dit-il. "Pourquoi ne m'avez-vous pas ramené! Il a fallu que le père Bontemps me contât° les choses... Enfin, me voilà." tell

V

Il était trois heures. De grands nuages noirs avaient lentement empli° le ciel, la queue° de quelque orage voisin. Ce ciel jaune, ces 'haillons cuivrés° changeaient la vallée de Rocreuse, si gaie au soleil, en un coupe-gorge° plein d'une ombre louche. filled, tail
coppery rags
unsafe place

L'officier prussien s'était contenté de faire enfermer Dominique, sans se prononcer sur le sort° qu'il lui réservait. Depuis midi, Françoise agonisait dans une angoisse abominable. Elle ne voulait pas quitter la cour, malgré les instances de son père. fate

Elle attendait les Français. Mais les heures s'écoulaient, la nuit allait venir, et elle souffrait d'autant plus, que tout ce temps gagné ne paraissait pas devoir changer l'affreux dénouement.

Cependant, vers trois heures, les Prussiens firent leurs préparatifs de départ. Depuis un instant, l'officier s'était, comme la veille, enfermé avec Dominique. Françoise avait compris que la vie du jeune homme se décidait. Alors, elle joignit les mains, elle pria. Le père Merlier, à côté d'elle, gardait son attitude muette et rigide de vieux paysan, qui ne lutte pas contre la fatalité des faits.

"Oh! mon Dieu! Oh! mon Dieu!" balbutiait Françoise, "ils vont le tuer..."

Le meunier l'attira près de lui et la prit sur ses genoux comme un enfant.

A ce moment, l'officier sortait, tandis que, derrière lui, deux hommes amenaient Dominique.

"Jamais, jamais!" criait ce dernier. "Je suis prêt à mourir."

"Réfléchissez bien," reprit l'officier. "Ce service que vous me refusez, un autre nous le rendra. Je vous offre la vie, je suis généreux... Il s'agit simplement de nous conduire à Montredon, à travers bois. Il doit y avoir des sentiers."

Dominique ne répondait plus.

"Alors, vous vous entêtez!"°   *are being stubborn*

"Tuez-moi, et finissons-en," répondit-il.

Françoise, les mains jointes, le suppliait de loin. Elle oubliait tout, elle lui aurait conseillé une lâcheté.° Mais le père Merlier lui   *cowardice* saisit les mains, pour que les Prussiens ne vissent pas son geste de femme affolée.

"Il a raison," murmura-t-il, "il vaut mieux mourir."

Le peloton d'exécution était là. L'officier attendait une faiblesse de Dominique. Il comptait toujours le décider. Il y eut un silence. Au loin, on entendait de violents coups de tonnerre.°   *thunder* Une chaleur lourde écrasait la campagne. Et ce fut dans ce silence qu'un cri retentit:

"Les Français! Les Français!"

C'étaient eux, en effet. Sur la route de Sauval, à la lisière du bois, on distinguait la ligne des pantalons rouges. Ce fut, dans le moulin, une agitation extraordinaire. Les soldats prussiens couraient, avec des exclamations gutturales. D'ailleurs, pas un coup de feu n'avait encore été tiré.

"Les Français! Les Français!" cria Françoise en battant des mains.

Elle était comme folle. Elle venait de s'échapper de l'étreinte°   *grasp* de son père, et elle riait, les bras en l'air. Enfin, ils arrivaient donc, et ils arrivaient à temps, puisque Dominique était encore là, debout!

Un feu de peloton terrible, qui éclata comme 'un coup de foudre° à ses oreilles, la fit se retourner. L'officier venait de murmurer:

"Avant tout, réglons cette affaire."[24]

Et, poussant lui-même Dominique contre le mur d'un hangar, il avait commandé le feu. Quand Françoise se tourna, Dominique était par terre, la poitrine trouée de douze balles.

Elle ne pleura pas, elle resta stupide.° Ses yeux devinrent fixes, et elle alla s'asseoir sous le hangar, à quelques pas du corps. Elle le regardait, elle avait par moments un geste vague et enfantin de la main. Les Prussiens s'étaient emparés du père Merlier comme d'un otage.[25]

Ce fut un beau combat. Rapidement, l'officier avait posté ses hommes, comprenant qu'il ne pouvait battre en retraite, sans se faire écraser. Autant valait-il vendre chèrement sa vie. Maintenant, c'étaient les Prussiens qui défendaient le moulin, et les Français qui l'attaquaient. La fusillade commença avec une violence inouïe.° Pendant une demi-heure, elle ne cessa pas. Puis, un éclat sourd se fit entendre, et un boulet cassa une maîtresse branche de l'orme séculaire.[26] Les Français avaient du canon.

Une batterie, dressée juste au-dessus du fossé, dans lequel s'était caché Dominique, balayait la grande rue de Rocreuse. La lutte, désormais, ne pouvait être longue.

Ah! le pauvre moulin! Des boulets le perçaient de part en part. Une moitié de la toiture fut enlevée. Deux murs s'écroulèrent.° Mais c'était surtout du côté de la Morelle que le désastre devint lamentable. Les lierres, arrachés des murailles ébranlées, pendaient comme des guenilles;° la rivière emportait des débris de toutes sortes, et l'on voyait, par une brèche,° la chambre de Françoise, avec son lit, dont les rideaux blancs étaient soigneusement tirés.

Coup sur coup, la vieille roue reçut deux boulets, et elle eut

Margin glosses: thunderbolt; stunned; unbelievable; crumbled; rags; gap

---

24 **Avant tout**... *Before anything else, let's take care of this matter.*
25 **Les Prussiens**... *The Prussians had taken Père Merlier hostage.*
26 **un boulet**... *a cannonball broke a main branch of the age old oak tree.*

un gémissement suprême: les palettes furent charriées° dans le [carried along] courant, la carcasse s'écrasa. C'était l'âme° du gai moulin qui [soul] venait de s'exhaler.

Puis, les Français donnèrent l'assaut. Il y eut un furieux combat à l''arme blanche.° Sous le ciel couleur de rouille,° le coupe- [blade, rust] gorge de la vallée s'emplissait de morts. Les larges prairies semblaient farouches,° avec leurs grands arbres isolés, leurs rideaux [wild] de peupliers qui les tachaient d'ombre. A droite et à gauche, les forêts étaient comme les murailles d'un cirque qui enfermaient les combattants, tandis que les sources, les fontaines et les eaux courantes prenaient des bruits de sanglots, dans la panique de la campagne.

Sous le hangar, Françoise n'avait pas bougé, accroupie en face du corps de Dominique. Le père Merlier venait d'être tué raide par une balle perdue. Alors, comme les Prussiens étaient exterminés et que le moulin brûlait, le capitaine français entra le premier dans la cour. Depuis le commencement de la campagne, c'était l'unique succès qu'il remportait. Aussi, tout enflammé,° [beaming] grandissant sa haute taille, riait-il de son air aimable de beau cavalier. Et, apercevant Françoise imbécile° entre les cadavres de [speechless] son mari et de son père, au milieu des ruines fumantes du moulin, il la salua galamment de son épée, en criant:

"Victoire! Victoire!"

Guy de Maupassant (1850-1893)

On August 5, 1850 in Normandy, Henri-René-Albert Guy de Maupassant, one of the most prolific writers of all time, was born to well-to-do parents who eventually separated. Under the watchful and somewhat overprotective eye of his mother, Maupassant was educated by the parish priest until age 13, by teachers until his expulsion from school, and finally by long-time family friend, Gustave Flaubert.

Maupassant briefly attended law school, but left prematurely to join the army when the Franco-Prussian war began in 1870. After completing his service, during which time he witnessed the brutality and humiliation that occupation and war bring, Maupassant worked as a government clerk from 1872 until 1880. From the horrors of war to the mundane routines of the working class, Maupassant had acquired ample life experiences to create some of the most pitiful, endearing and sometimes repulsive characters in French literature. Therefore in 1880, he abandoned his government career and devoted himself to writing. Having been introduced by Flaubert to many gifted writers of the time, Maupassant found himself in an environment conducive to his creative endeavors. That same year, he became one of Emile Zola's guests at the latter's home in Médan outside of Paris. Here, under the direction of Zola, Maupassant and several other talented writers of the time contributed war themed short stories to the collection *Les Soirées de Médan*. Maupassant's contribution, "Boule de Suif" was an immediate success and led to the production of almost three hundred short stories during a ten year period.

Although Maupassant wrote several novels and some poetry, he is best known as a master of short fiction and of the surprise ending that often punctuates his works. His careful attention to language is no doubt the result of Flaubert's influence. However, his detached and objective treatment of clerks, prostitutes, and soldiers attempting to carry on despite conditions over which they have no control is likely the product of his own life experiences and the influence of the naturalist Zola. Perhaps because of his deteriorating mental and physical health due to syphilis later in his life, Maupassant penned works dealing with the fantastic and the morose as in "Le Horla." After a suicide attempt in 1892, Guy de Maupassant was admitted to an asylum where he died on July 6, 1893)

Un Fils[1]

À René Maizeroy[2]

ILS SE PROMENAIENT, LES deux vieux amis, dans le jardin tout fleuri où le gai printemps remuait de la vie.

L'un était sénateur,[3] et l'autre de l'Académie française,[4] graves tous deux, pleins de raisonnements très logiques mais solennels, gens de marque et de réputation.

Ils parlotèrent° d'abord de politique, échangeant des pensées, non pas sur des Idées, mais sur des hommes: les personnalités, en cette matière, primant toujours la Raison. Puis ils soulevèrent quelques souvenirs; puis ils se turent, continuant à marcher côte à côte, tout amollis° par la tiédeur de l'air.

Une grande corbeille de ravenelles° exhalait des souffles sucrés et délicats; un tas de fleurs de toute race et de toute nuance jetaient leurs odeurs dans la brise, tandis qu'un faux-ébénier,° vêtu de grappes° jaunes, éparpillait° au vent sa fine poussière, une fumée

chatted

softened

wild radishes

tree with yellow flowers

bunches, scattered

---

1 First published in the newspaper *Gil Blas* on April 19, 1882 under the title "Père inconnu." The itinerary of the narrator in this story corresponds exactly to that taken by Maupassant in the summers of 1879 and 1882 during two trips to Brittany.

2 René Maizeroy is the pseudonym of Baron René Toussaint (1856-1918), a prominent journalist and novelist, and a good friend of Maupassant.

3 The Third Republic had a bicameral parliamentary system consisting of **la Chambre des Députés** and **le Sénat**. The former were elected every four years through general elections; sénateurs, on the other hand, were elected by **le Collège Départemental**, consisting of municipal and departemental elected officials, for a term of nine years. **Sénateurs** were therefore less directly accountable to the general public. That and their long term imply a certain elite status within the legislative branch.

4 **L'Académie Française** was founded in 1635, by Cardinal Richelieu. Richelieu saw the establishment of an Academy as a means to stabilize the French language, and in so doing, use a national language to unite the people around their king. The forty members, called "Immortels," enjoy a high level of prestige.

d'or qui sentait le miel et qui portait, pareille aux poudres cares-
santes des parfumeurs, sa semence° embaumée à travers l'espace.   seed

Le sénateur s'arrêta, huma° le nuage fécondant qui flottait,   inhaled
considéra l'arbre amoureux resplendissant comme un soleil et
dont les germes° s'envolaient. Et il dit: "Quand on songe° que ces   seeds, thinks
imperceptibles atomes qui sentent bon, vont créer des existences
à des centaines de lieues d'ici, vont faire tressaillir° les fibres et les   tremble
sèves° d'arbres femelles et produire des êtres à racines, naissant   sap
d'un germe, comme nous, mortels comme nous, et qui seront
remplacés par d'autres êtres de même essence, comme nous toujours!"

Puis, planté devant l'ébénier radieux dont les parfums vivi-
fiants se détachaient à tous les frissons° de l'air, M. le sénateur   shivers
ajouta: "Ah! mon gaillard,° s'il te fallait faire le compte de tes en-   chap
fants, tu serais bigrement° embarrassé. En voilà un qui les exécute   jolly well
facilement et qui les lâche° sans remords, et qui ne s'en inquiète   releases
guère."

L'académicien ajouta: "Nous en faisons autant, mon ami."

Le sénateur reprit: "Oui, je ne le nie° pas, nous les lâchons   deny
quelquefois, mais nous le savons au moins, et cela constitue notre
supériorité."

Mais l'autre secoua la tête: "Non, ce n'est pas là ce que je veux
dire: voyez-vous, mon cher, il 'n'est guère° d'homme qui ne pos-   scarcely
sède des enfants ignorés,° ces enfants dits *de père inconnu*, qu'il a   unknown
faits, comme cet arbre reproduit, presque inconsciemment.

"S'il fallait établir le compte des femmes que nous avons eues,
nous serions, n'est-ce pas, aussi embarrassés⁵ que cet ébénier que
vous interpelliez le serait pour numéroter ses descendants.

"De dix-huit à quarante ans enfin, en faisant entrer en ligne
les rencontres passagères, les contacts d'une heure,⁶ on peut bien
admettre que nous avons eu des... rapports intimes avec deux ou
trois cents femmes.

"Eh bien, mon ami, dans ce nombre êtes-vous sûr que vous

---

5 **Embarassés** here means both *embarrassed* and *burdened*.
6 **Les contacts d'une heure**... *encounters with prostitutes.* Prostitution was
legal and heavily regulated in late nineteenth-century Paris. Prostitutes
had to register to practice, and were forced to undergo periodic medical
examinations to check for venereal disease. Syphillis, which killed
Maupassant, was a medical scourge of the period.

n'en ayez pas fécondé au moins une et que vous ne possédiez
point sur le pavé,° ou 'au bagne,° un chenapan° de fils qui vole
et assassine les honnêtes gens, c'est-à-dire nous; ou bien une fille
dans quelque mauvais lieu;° ou peut-être, si elle a eu la chance
d'être abandonnée par sa mère, cuisinière en quelque famille.

 "Songez en outre que presque toutes les femmes que nous
appelons *publiques*° possèdent un ou deux enfants dont elles
ignorent le père, enfants attrapés dans le hasard de leurs étreintes°
à dix ou vingt francs. Dans tout métier on fait la part des profits
et pertes. Ces rejetons-là⁷ constituent les "pertes" de leur profession. Quels sont les générateurs?—Vous,—moi,—nous tous, les
hommes dits '*comme il faut*!° Ce sont les résultats de nos joyeux
dîners d'amis, de nos soirs de gaieté, de ces heures où notre chair
contente nous pousse aux accouplements 'd'aventure.°

 "Les voleurs, les rôdeurs,° tous les misérables, enfin, sont nos
enfants. Et cela vaut encore mieux pour nous que si nous étions
les leurs, car ils reproduisent aussi, ces gredins-là!°

 "Tenez, j'ai, pour ma part, sur la conscience une très vilaine
histoire que je veux vous dire. C'est pour moi un remords in-
cessant, plus que cela, c'est un doute continuel, une inapaisable
incertitude qui, parfois, me torture horriblement.

ક⤳

 "A l'âge de vingt-cinq ans j'avais entrepris avec un de mes amis,
aujourd'hui conseiller d'État,⁸ un voyage en Bretagne, à pied.⁹

 "Après quinze ou vingt jours de marche forcenée, après avoir
visité les Côtes-du-Nord et une partie du Finistère,¹⁰ nous arri-

Glosses (right margin):
- pavement, at hard labor,
- scoundrel
- environment
- prostitutes
- embrace
- proper
- by chance
- prowlers
- knaves

---

7 **Ces rejetons-là** were children born of these "professional" unions, or with
prostitutes
8 **Conseiller d'État** was a position that involved providing legal advice to
the national government.
9 The itinerary described in this story corresponds to that taken by
Maupassant in the summers of 1879 and 1882 during two trips to Brittany.
10 **Les Côtes du Nord** and **le Finistère**...two *départements* in Brittany. **Le
Finistère** is at the end of the Breton peninsula, and its name means **la fin
de la terre**. Le Finistere represented the most untamed reaches of what was
widely considered an uncivilized part of France. The towns named in this
story are all located in Cornouaille, the southern peninsula of Brittany, long
the most traditional area of Brittany.

vions à Douarnenez;[11] de là, en une étape, on gagna la sauvage pointe du Raz[12] par la baie des Trépassés,[13] et on coucha dans un village quelconque dont le nom finissait en *of*;[14] mais, le matin venu, une fatigue étrange retint au lit mon camarade. Je dis au lit par habitude, car notre couche se composait simplement de deux bottes de paille.

"Impossible d'être malade en ce lieu. Je le forçai donc à se lever, et nous parvînmes à Audierne[15] vers quatre ou cinq heures du soir.

"Le lendemain, il allait un peu mieux; on repartit; mais, en route, il fut pris de malaises intolérables, et c'est à grand-peine que nous pûmes atteindre Pont-Labbé.[16]

"Là, au moins, nous avions une auberge. Mon ami se coucha, et le médecin, qu'on fit venir de Quimper,[17] constata une forte fièvre, sans en déterminer la nature.

"Connaissez-vous Pont-Labbé? - Non. - Eh bien, c'est la ville la plus bretonne de toute cette Bretagne bretonnante qui va de la pointe du Raz au Morbihan,[18] de cette contrée qui contient l'essence des moeurs, des légendes, des coutumes bretonnes. Encore aujourd'hui, ce coin de pays n'a presque pas changé. Je dis: *encore aujourd'hui*, car j'y retourne à présent tous les ans, hélas!

---

11   **Douarnenez** is a fishing port in Cornouaille, in Brittany.

12   **La Pointe du Raz** is a treacherous granite point with capricious and dangerous waters at the westernmost point of **Le Finistère** and France.

13   **La Baie des Trépassés** *Bay of the Dead* is about 20 miles beyond Douarnenez near **la Pointe du Raz**. It was long thought to derive its name from the drowned bodies that washed up on its shores from shipwrecks.

14   -of.. is a word ending typical in Breton. In the nineteenth century, Breton was more widely spoken than French in Brittany. Breton, a celtic language, is incomprehensible to French speakers.

15   **Audiernea** is fishing village on an estuary, out on the Cornouaille peninsula, near **la Pointe du Raz**.

16   **Pont-Labbé** is the capital of the Bigouden district of Brittany, so named for the tall, almost tubular, lace coiffe (headpiece) traditionally worn by women.

17   **Quimper** (Kemper in Breton) is the capital of the Cornouaille region of Brittany.

18   The narrator is describing historic borders of the Cornouaille region, which was originally a kingdom, then later the duchy of medieval Brittany. It stretched from Landernau to Morlaix in the north, and south from Quimperlé to end of Brittany west of Quimper, in the south.

"Un vieux château baigne le pied de ses tours dans un grand étang° triste, triste, avec des vols d'oiseaux sauvages. Une rivière sort de là que les caboteurs° peuvent remonter jusqu'à la ville. Et dans les rues étroites aux maisons antiques, les hommes portent le grand chapeau, le gilet brodé et les quatre vestes superposées: la première, grande comme la main, couvrant au plus les omoplates,° et la dernière s'arrêtant juste au-dessus du fond de culotte.

    pond
    boats

    shoulder blades

"Les filles, grandes, belles, fraîches, ont la poitrine écrasée dans un gilet de drap qui forme cuirasse, les étreint,° ne laissant même pas deviner leur gorge puissante et martyrisée; et elles sont coiffées d une étrange façon: sur les tempes,° deux plaques brodées en couleur encadrent° le visage, serrent les cheveux qui tombent en nappe derrière la tête, puis remontent se tasser au sommet du crâne sous un singulier bonnet, tissu souvent d'or ou d'argent.[19]

    binds

    temples
    frame

"La servante de notre auberge avait dix-huit ans au plus, des yeux tout bleus, d'un bleu pâle que perçaient les deux petits points noirs de la pupille; et ses dents courtes, serrées, qu'elle montrait sans cesse en riant, semblaient faites pour broyer° du granit.

    grind

"Elle ne savait pas un mot de français, ne parlant que le breton, comme la plupart de ses compatriotes.

"Or, mon ami n'allait guère mieux, et, bien qu'aucune maladie ne se déclarât, le médecin lui défendait de partir encore, ordonnant un repos complet. Je passais donc les journées près de lui, et sans cesse la petite bonne entrait, apportant, soit mon dîner, soit de la tisane.

"Je la lutinais° un peu, ce qui semblait l'amuser, mais nous ne causions pas, naturellement, puisque nous ne nous comprenions point.

    fondled

"Or, une nuit, comme j'étais resté fort tard auprès du malade, je croisai, en regagnant ma chambre, la fillette qui rentrait dans la sienne. C'était juste en face de ma porte ouverte; alors brusquement, sans réfléchir à ce que je faisais, plutôt 'par plaisanterie° qu'autrement, je la saisis à pleine taille, et, avant qu'elle fût revenue de sa stupeur, je l'avais jetée et enfermée chez moi. Elle me regardait, effarée, affolée, épouvantée,° n'osant pas crier de peur d'un scandale, d'être chassée sans doute par ses maîtres d'abord,

    as a joke

    horrified

---

19 The *coiffe* is a lace cap, whose design differed in the various regions of Brittany.

et peut-être par son père ensuite.

"J'avais fait cela en riant: mais, dès qu'elle fut chez moi, le désir de la posséder m'envahit. Ce fut une lutte° longue et silencieuse, une lutte corps à corps, à la façon des athlètes, avec les bras tendus, crispés, tordus, la respiration essoufflée, la peau mouillée de sueur.° Oh! elle se débattit vaillamment: et parfois nous heurtions° un meuble, une cloison,° une chaise: alors, toujours enlacés, nous restions immobiles plusieurs secondes dans la crainte que le bruit n'eût éveillé quelqu'un; puis nous recommencions notre acharnée° bataille, moi l'attaquant, elle résistant.

"Épuisée enfin, elle tomba: et je la pris° brutalement, par terre, sur le pavé.°

"Sitôt relevée, elle courut à la porte, tira les verrous° et s'enfuit.

"Je la rencontrai à peine les jours suivants. Elle ne me laissait point l'approcher. Puis, comme mon camarade était guéri° et que nous devions reprendre notre voyage, je la vis entrer, la veille de mon départ, à minuit, nu-pieds, en chemise, dans ma chambre où je venais de me retirer.

"Elle se jeta dans mes bras, m'étreignit° passionnément, puis, jusqu'au jour, m'embrassa, me caressa, pleurant, sanglotant, me donnant enfin toutes les assurances de tendresse et de désespoir qu'une femme nous peut donner quand elle ne sait pas un mot de notre langue.

"Huit jours après, j'avais oublié cette aventure commune et fréquente quand on voyage, les servantes d'auberge étant généralement destinées à distraire ainsi les voyageurs.

"Et je fus trente ans sans y songer et sans revenir à Pont-Labbé.

"Or, en 1876, j'y retournai par hasard au cours d'une excursion en Bretagne, entreprise pour documenter un livre et pour me bien pénétrer des paysages.

"Rien ne me sembla changé. Le château mouillait toujours ses murs grisâtres° dans l'étang à l'entrée de la petite ville: et l'auberge était la même quoique réparée, remise à neuf, avec un air plus moderne. En entrant, je fus reçu par deux jeunes Bretonnes de dix-huit ans, fraîches et gentilles, encuirassées° dans leur étroit gilet de drap, casquées d'argent avec les grandes plaques brodées sur les oreilles.

"Il était environ six heures du soir. Je me mis à table pour dîner et, comme le patron s'empressait lui-même à me servir, la fatalité sans doute me fit dire: 'Avez-vous connu les anciens maîtres de cette maison? J'ai passé ici une dizaine de jours il y a trente ans maintenant. Je vous parle de loin.'

"Il répondit: 'C'étaient mes parents, monsieur.'"

"Alors je lui racontai en quelle occasion je m'étais arrêté, comment j'avais été retenu par l'indisposition d'un camarade. Il ne me laissa pas achever.

"'Oh! je me rappelle parfaitement. J'avais alors quinze ou seize ans. Vous couchiez dans la chambre du fond et votre ami dans celle dont j'ai fait la mienne, sur la rue.

"C'est alors seulement que le souvenir très vif de la petite bonne me revint. Je demandai: 'Vous rappelez-vous une gentille petite servante qu'avait alors votre père, et qui possédait, si ma mémoire ne me trompe, de jolis yeux bleus et des dents fraîches?'

"Il reprit: 'Oui, monsieur; elle est morte en couches° quelque temps après.' — childbirth

"Et, tendant la main vers la cour où un homme maigre et boiteux° remuait du fumier,° il ajouta: 'Voilà son fils.' — limping, manure

"Je me mis à rire. 'Il n'est pas beau et ne ressemble guère à sa mère. Il tient du père sans doute.'

"L'aubergiste reprit: 'Ça se peut bien; mais on n'a jamais su à qui c'était. Elle est morte sans le dire et personne ici ne lui connaissait de galant.° Ç'a été un fameux° étonnement quand on a appris qu'elle était enceinte. Personne ne voulait le croire.' — suitor, great

"J'eus une sorte de frisson° désagréable, un de ces effleurements° pénibles qui nous touchent le coeur, comme l'approche d'un lourd chagrin. Et je regardai l'homme dans la cour. Il venait maintenant de 'puiser de l'eau° pour les chevaux et portait ses deux seaux en boitant,° avec un effort douloureux de la jambe plus courte. Il était déguenillé,° hideusement sale, avec de longs cheveux jaunes tellement mêlés qu'ils lui tombaient comme des cordes sur les joues. — shiver / brushes / to draw water / limping / ragged

"L'aubergiste ajouta: 'Il ne vaut pas grand-chose, ç'a été gardé par charité dans la maison. Peut-être qu'il aurait mieux tourné si on l'avait élevé comme tout le monde. Mais que voulez-vous, monsieur? Pas de père, pas de mère, pas d'argent! Mes parents ont eu pitié de l'enfant, mais ce n'était pas à eux, vous comprenez.

"Je ne dis rien.

"Et je couchai dans mon ancienne chambre; et toute la nuit je pensai à cet affreux 'valet d'écurie° en me répétant: 'Si c'était mon fils, pourtant? Aurais-je donc pu tuer cette fille et procréer cet être?' C'était possible, enfin!   stable boy

"Je résolus de parler à cet homme et de connaître exactement la date de sa naissance. Une différence de deux mois devait m'arracher° mes doutes.   clear

"Je le fis venir le lendemain. Mais il ne parlait pas le français non plus. Il avait l'air de ne rien comprendre, d'ailleurs, ignorant absolument son âge qu'une des bonnes lui demanda de ma part. Et il se tenait d'un air idiot devant moi, roulant son chapeau dans ses pattes° noueuses et dégoûtantes, riant stupidement, avec   paws = hands quelque chose du rire ancien de la mère dans le coin des lèvres et dans le coin des yeux.

"Mais le patron survenant alla chercher 'l'acte de naissance°   birth certificate du misérable. Il était entré dans la vie huit mois et vingt-six jours après mon passage à Pont-Labbé, car je me rappelais parfaitement être arrivé à Lorient²⁰ le 15 août. L'acte portait la mention: 'Père inconnu.' La mère s'était appelée Jeanne Kerradec.²¹

"Alors mon coeur se mit à battre à coups pressés. Je ne pouvais plus parler tant je me sentais suffoqué: et je regardais cette brute dont les grands cheveux jaunes semblaient un fumier plus sordide que celui des bêtes; et le gueux,° gêné° par mon regard,   beggar, bothered cessait de rire, détournait la tête, cherchait à s'en aller.

"Tout le jour j'errai le long de la petite rivière, en réfléchissant douloureusement. Mais à quoi bon réfléchir? Rien ne pouvait me fixer. Pendant des heures et des heures je pesais toutes les raisons bonnes ou mauvaises pour ou contre mes chances de paternité, m'énervant en des suppositions inextricables, pour revenir sans cesse à la même horrible incertitude, puis à la conviction plus atroce encore que cet homme était mon fils.

"Je ne pus dîner et je me retirai dans ma chambre. Je fus longtemps sans parvenir à dormir; puis le sommeil vint, un sommeil

---

20 **Lorient** is an important fishing port situated on the southern coast of Brittany.

21 **Kerradec**...A typically Breton name. "ker," means *house* or **chez** in Breton. The ending –**ec,** foreign to French, is common in Breton.

hanté de visions insupportables. Je voyais ce goujat° qui me riait   boor
au nez, m'appelait 'papa'; puis il se changeait en chien et me mor-
dait les mollets,° et, j'avais beau me sauver, il me suivait toujours,   calves
et, au lieu d'aboyer, il parlait, m'injuriait;° puis il comparaissait   insulted
devant mes collègues de l'Académie réunis pour décider si j'étais
bien son père; et l'un d'eux s'écriait: 'C'est indubitable! Regardez
donc comme il lui ressemble.' Et en effet je m'apercevais que ce
monstre me ressemblait. Et je me réveillai avec cette idée plantée
dans le crâne° et avec le désir fou de revoir l'homme pour décider   head
si, oui ou non, nous avions des traits communs.

    "Je le joignis comme il allait à la messe (c'était un dimanche)
et je lui donnai cent sous en le dévisageant° anxieusement. Il se   staring
remit à rire d'une ignoble façon, prit l'argent, puis, gêné de nouveau par mon oeil, il s'enfuit après avoir bredouillé[22] un mot à
peu prés inarticulé, qui voulait dire 'merci,' sans doute.

    "La journée se passa pour moi dans les mêmes angoisses que
la veille. Vers le soir, je fis venir l'hôtelier, et avec beaucoup de
précautions, d'habiletés, de finesses, je lui dis que je m'intéressais
à ce pauvre être si abandonné de tous et privé de tout, et que je
voulais faire quelque chose pour lui.

    "Mais l'homme répliqua: 'Oh! n'y songez pas, monsieur, il ne
vaut rien, vous n'en aurez que du désagrément. Moi, je l'emploie
à vider l'écurie,° et c'est tout ce qu'il peut faire. Pour ça je le nour-   stable
ris et il couche avec les chevaux. Il ne lui en faut pas plus. 'Si vous
avez une vieille culotte, donnez-la-lui, mais elle sera en pièces
dans huit jours.'

    "Je n'insistai pas, me réservant d'aviser.° Le gueux rentra le   to offer advice
soir horriblement ivre, faillit mettre le feu à la maison, assomma
un cheval à coups de pioche,° et, en fin de compte, s'endormit   pick-axe
dans la boue° sous la pluie, grâce à mes largesses.   mud

    "On me pria le lendemain de ne plus lui donner d'argent.
L'eau-de-vie° le rendait furieux, et, dès qu'il avait deux sous en   brandy
poche, il les buvait. L'aubergiste ajouta: 'Lui donner de l'argent,
c'est vouloir sa mort.' Cet homme n'en avait jamais eu, absolument jamais, sauf quelques centimes jetés par les voyageurs, et il
ne connaissait pas d'autre destination à ce métal° que le cabaret.   money

    "Alors je passai des heures dans ma chambre, avec un livre

---

22 **Bredouiller** is *to speak quickly, indistinctly*

ouvert que je semblais lire, mais ne faisant autre chose que de
regarder cette brute, mon fils! mon fils! en tâchant de découvrir
s'il avait quelque chose de moi. A force de chercher je crus reconnaître des lignes semblables dans le front et à la naissance du nez,
et je fus bientôt convaincu d'une ressemblance que dissimulaient
l'habillement différent et la crinière hideuse de l'homme.

"Mais je ne pouvais demeurer° plus longtemps sans devenir   remain
suspect, et je partis, le coeur broyé,° après avoir laissé à l'auber-   crushed
giste quelque argent pour adoucir° l'existence de son valet.   soften

"Or, depuis six ans, je vis avec cette pensée, cette horrible
incertitude, ce doute abominable. Et, chaque année, une force
invincible me ramène à Pont-Labbé. Chaque année je me
condamne à ce supplice de voir cette brute patauger° dans son   to wade
fumier, de m'imaginer qu'il me ressemble, de chercher, toujours
en vain, à lui être secourable.° Et chaque année je reviens ici, plus   helpful
indécis, plus torturé, plus anxieux.

"J'ai essayé de le faire instruire. Il est idiot sans ressource.°   aid

"J'ai essayé de lui rendre la vie moins pénible. Il est irrémédia-
blement ivrogne et emploie à boire tout l'argent qu'on lui donne
et il sait fort bien vendre ses habits neufs pour se procurer de
l'eau-de-vie.

"J'ai essayé d'apitoyer° sur lui son patron pour qu'il le mé-   to move to pity
nageât, en offrant toujours de l'argent. L'aubergiste, étonné à
la fin, m'a répondu fort sagement: 'Tout ce que vous ferez pour
lui, monsieur, ne servira qu'à le perdre. Il faut le tenir comme un
prisonnier. Sitôt qu'il a du temps ou du bien-être, il devient malfaisant. Si vous voulez faire du bien, ça ne manque pas, allez, les
enfants abandonnés, mais choisissez-en un qui réponde à votre
peine.'

"Que dire à cela?

"Et si je laissais percer un soupçon des doutes qui me tor-
turent, ce crétin, certes, deviendrait malin° pour m'exploiter, me   sly
compromettre, me perdre, il me crierait 'papa,' comme dans mon
rêve.

"Et je me dis que j'ai tué la mère et perdu cet être atrophié,
larve d'écurie, éclose et poussée dans le fumier, cet homme qui,
élevé comme d'autres, aurait été pareil aux autres.

"Et vous ne vous figurez pas la sensation étrange, confuse et intolérable que j'éprouve en face de lui en songeant que cela est sorti de moi, qu'il tient à moi par ce lien intime qui lie le fils au père, que, grâce aux terribles lois de l'hérédité, il est moi par mille choses, par son sang et par sa chair, et qu'il a jusqu'aux mêmes germes de maladies, aux mêmes ferments de passions.

"Et j'ai sans cesse un inapaisable° et douloureux besoin de le voir; et sa vue me fait horriblement souffrir; et de ma fenêtre, là-bas, je le regarde pendant des heures remuer° et charrier° les ordures des bêtes, en me répétant: 'C'est mon fils.'

"Et je sens, parfois, d'intolérables envies de l'embrasser. Je n'ai même jamais touché sa main sordide."

L'académicien se tut. Et son compagnon, l'homme politique, murmura: "Oui, vraiment nous devrions bien nous occuper un peu plus des enfants qui n'ont pas de père."

Et un souffle de vent traversant le grand arbre jaune secoua ses grappes,° enveloppa d'une nuée odorante et fine les deux vieillards qui la respirèrent à longs traits.

Et le sénateur ajouta: "C'est bon vraiment d'avoir vingt-cinq ans, et même de faire des enfants comme ça."

Margin glosses: unappeasable · to stir, to lug · bunches

La Mère Sauvage[1]

JE 'N'ÉTAIS POINT° REVENU à Virelogne[2] depuis quinze   not once
ans. J'y retournai chasser, à l'automne, chez mon ami Serval,
qui avait enfin fait reconstruire son château, détruit par les
Prussiens.[3]

J'aimais ce pays infiniment. Il est des coins du monde délicieux qui ont pour les yeux un charme sensuel. On les aime d'un
amour physique. Nous gardons, nous autres que séduit la terre,
des souvenirs tendres pour certaines sources, certains bois, certains étangs, certaines collines, vus souvent et qui nous ont at-
tendris à la façon des événements heureux. Quelquefois même la
pensée retourne vers un coin de forêt, ou un bout de berge,° ou   river bank
un verger° poudré de fleurs, aperçus une seule fois, par un jour gai,   orchard
et restés en notre coeur comme ces images de femmes rencon-
trées dans la rue, un matin de printemps, avec une toilette claire
et transparente, et qui nous laissent dans l'âme et dans la chair
un désir inapaisé, inoubliable, la sensation du bonheur coudoyé.°   mixed together

A Virelogne, j'aimais toute la campagne, semée° de petits bois   sown
et traversée par des ruisseaux° qui couraient dans le sol comme   streams
des veines, portant le sang à la terre. On pêchait là-dedans des
écrevisses,° des truites° et des anguilles°! Bonheur divin! On pou-   crayfish, trout, eels
vait se baigner par places, et on trouvait souvent des bécassines°   snipe
dans les hautes herbes qui poussaient sur les bords de ces minces
cours d'eau.

J'allais, léger comme une chèvre, regardant mes deux chiens

---

1 First appeared in *Le Gaulois* on March 3, 1884, then published in *Miss
Harriet* (1884). Traditionally, the mother of a family was referred to in this
way; in this case, the mother of the Sauvage family.
2 The place names in this story are fictitious.
3 During the Franco-Prussian War in 1870-1871.

fourrager° devant moi. Serval, à cent mètres sur ma droite, bat-   forage
tait un champ de luzerne.° Je tournai les buissons qui forment la   alfalfa
limite du bois des Saudres, et j'aperçus une chaumière° en ruines.   thatched cottage

Tout à coup, je me la rappelai telle que je l'avais vue pour la
dernière fois, en 1869, propre, vêtue de vignes, avec des poules°   hens
devant la porte. Quoi de plus triste qu'une maison morte, avec
son squelette debout, délabré,° sinistre?   delapidated

Je me rappelai aussi qu'une bonne femme m'avait fait boire
un verre de vin là-dedans, un jour de grande fatigue, et que
Serval m'avait dit alors l'histoire des habitants. Le père, vieux
braconnier,[4] avait été tué par les gendarmes. Le fils, que j'avais vu
autrefois, était un grand garçon sec qui passait également pour
un féroce destructeur de gibier.° On les appelait les Sauvage.   wild game

Etait-ce un nom ou un sobriquet?°   nickname
Je hélai° Serval. Il s'en vint de son long pas d'échassier.°   hailed, wader
Je lui demandai:
"Que sont devenus les gens de là?"
Et il me conta cette aventure.

II

Lorsque la guerre fut déclarée, le fils Sauvage, qui avait alors
trente-trois ans, s'engagea, laissant la mère seule au logis.° On 'ne   home
la plaignait pas trop,° la vieille, parce qu'elle avait de l'argent, on   didn't feel too sorry
le savait.

Elle resta donc toute seule dans cette maison isolée si loin
du village, sur la lisière° du bois. Elle n'avait pas peur, du reste,   edge
étant de la même race[5] que ses hommes, une rude vieille, haute[6]
et maigre, qui ne riait pas souvent et avec qui on ne plaisantait
point. Les femmes des champs 'ne rient guère° d'ailleurs. C'est   rarely
affaire aux hommes, cela! Elles ont l'âme triste et bornée,° ayant   limited
une vie morne et sans éclaircie.° Le paysan apprend un peu de   bright spot

---

4 Since the **Ancien régime**, hunting in certain forests was reserved for the
aristocracy; M. Sauvage, hunting illegally on these lands was therefore a
braconnier or a poacher.

5 **Race** does not correspond perfectly to English *race*. In French, *race* has
a broader application: it means "people," as in a group with a common race,
ethnicity, cultural roots, ancestry, or geographic origins.

6 **Grande** is normally used to refer to people, rather than *haute*.

gaieté bruyante au cabaret, mais sa compagne reste sérieuse avec une physionomie constamment sévère. Les muscles de leur face n'ont point appris les mouvements du rire.

La mère Sauvage continua son existence ordinaire dans sa chaumière, qui fut bientôt couverte par les neiges. Elle s'en venait au village, une fois par semaine, chercher du pain et un peu de viande; puis elle retournait dans sa masure.° Comme on parlait des loups,° elle sortait le fusil° au dos, le fusil du fils, rouillé,° avec la crosse° usée par le frottement° de la main; et elle était curieuse à voir, la grande Sauvage, un peu courbée, allant à lentes enjambées° par la neige, le canon de l'arme dépassant la coiffe noire qui lui serrait la tête et emprisonnait ses cheveux blancs, que personne n'avait jamais vus. *[delapidated house / wolves, rifle, rusty / butt, rubbing / strides]*

Un jour les Prussiens arrivèrent. On les distribua aux habitants, selon la fortune et les ressources de chacun.[7] La vieille, qu'on savait riche, en eut quatre.

C'étaient quatre gros garçons à la chair blonde, à la barbe blonde, aux yeux bleus, demeurés gras malgré les fatigues qu'ils avaient endurées déjà, et bons enfants, bien qu'en pays conquis. Seuls chez cette femme âgée, ils se montrèrent pleins de prévenances° pour elle, lui épargnant,° autant qu'ils le pouvaient, des fatigues et des dépenses. On les voyait tous les quatre faire leur toilette autour du puits, le matin, en manches de chemise, mouillant à grande eau, dans le jour cru° des neiges, leur chair blanche et rose d'hommes du Nord, tandis que la mère Sauvage allait et venait, préparant la soupe. Puis on les voyait nettoyer la cuisine, frotter les carreaux,° 'casser du bois,° éplucher les pommes de terre, laver le linge, accomplir toutes les besognes° de la maison, comme quatre bons fils autour de leur mère. *[kindness, sparing / raw / tile floor, cut firewood / chores]*

Mais elle pensait sans cesse au sien, la vieille, à son grand maigre au nez crochu, aux yeux bruns, à la forte moustache qui faisait sur sa lèvre un bourrelet° de poils noirs. Elle demandait chaque jour, à chacun des soldats installés à son foyer: "Savez-vous où est parti le régiment français, vingt-troisième de marche? Mon garçon est dedans." Ils répondaient: "Non, bas su, bas savoir tu tout. "Et, comprenant sa peine et ses inquiétudes, eux *[strip]*

---

7 During the Franco-Prussian War, residents of occupied villages were forced to quarter Prussian soldiers in their homes.

qui avaient des mères là-bas, ils lui rendaient mille petits soins.
Elle les aimait bien, d'ailleurs, ses quatre ennemis; car les paysans n'ont guère les haines patriotiques; cela n'appartient qu'aux
classes supérieures. Les humbles, ceux qui paient le plus parce
qu'ils sont pauvres et que toute charge nouvelle les accable,° ceux   weighs them down
qu'on tue par masses, qui forment la vraie chair à canon, parce
qu'ils sont le nombre, ceux qui souffrent enfin le plus cruelle-
ment des atroces misères de la guerre, parce qu'ils sont les plus
faibles et les moins résistants, ne comprennent guère ces ardeurs
belliqueuses, ce point d'honneur excitable et ces prétendues
combinaisons politiques qui épuisent en six mois deux nations,
la victorieuse comme la vaincue.

On disait dans le pays, en parlant des Allemands de la mère
Sauvage: "En v'là quatre qu'ont trouvé leur gîte."[8]

Or, un matin, comme la vieille femme était seule au logis,
elle aperçut au loin dans la plaine un homme qui venait vers sa
demeure.° Bientôt elle le reconnut, c'était le piéton chargé de   home
distribuer les lettres. Il lui remit un papier plié et elle tira de son
étui° les lunettes dont elle se servait pour coudre; puis elle lut: case
"Madame Sauvage, la présente est pour vous porter une triste
nouvelle. Votre garçon Victor a été tué hier par un boulet,° qui   cannonball
l'a censément° coupé en deux parts. J'étais tout près, vu que nous   virtually
nous trouvions côte à côte dans la compagnie et qu'il me parlait
de vous pour vous prévenir au jour même s'il lui arrivait malheur.

"J'ai pris dans sa poche sa montre pour vous la reporter quand
la guerre sera finie.

"Je vous salue amicalement.

"Césaire Rivot,

"Soldat de 2e classe au 23e de marche."

La lettre était datée de trois semaines.

Elle ne pleurait point. Elle demeurait immobile, tellement
saisie, hébétée,° qu'elle ne souffrait même pas encore. Elle pen-   dazed
sait: "V'là Victor qu'est tué, maintenant."[9] Puis peu à peu les
larmes montèrent à ses yeux, et la douleur envahit son cœur.
Les idées lui venaient une à une, affreuses, torturantes. Elle ne
l'embrasserait plus, son enfant, son grand, plus jamais! Les gen-

---

8 **En v'lá…** *those four have found a good home.*
9 In standard French, **Voilà Victor qui est tué maintenant.**

darmes avaient tué le père, les Prussiens avaient tué le fils...Il avait été coupé en deux par un boulet. Et il lui semblait qu'elle voyait la chose, la chose horrible: la tête tombant, les yeux ouverts, tandis qu'il mâchait° le coin de sa grosse moustache, comme il faisait aux heures de colère.

    chewed

Qu'est-ce qu'on avait fait de son corps, après? Si seulement on lui avait rendu son enfant, comme on lui avait rendu son mari, avec sa balle au milieu du front?

Mais elle entendit un bruit de voix. C'étaient les Prussiens qui revenaient du village. Elle cacha bien vite la lettre dans sa poche et elle les reçut tranquillement avec sa figure ordinaire, ayant eu le temps de bien essuyer ses yeux.

Ils riaient tous les quatre, enchantés, car ils rapportaient un beau lapin, volé sans doute, et ils faisaient signe à la vieille qu'on allait manger quelque chose de bon.

Elle se mit tout de suite à la besogne° pour préparer le déjeuner; mais, quand il fallut tuer le lapin, 'le coeur lui manqua.° Ce n'était pas le premier pourtant! Un des soldats l'assomma d'un coup de poing derrière les oreilles. Une fois la bête morte, elle fit sortir le corps rouge de la peau; mais la vue du sang qu'elle maniait, qui lui couvrait les mains, du sang tiède qu'elle sentait se refroidir et se coaguler, la faisait trembler de la tête aux pieds; et elle voyait toujours son grand coupé en deux, et tout rouge aussi, comme cet animal encore palpitant.

    task

    her heart was not in it

Elle se mit à table avec ses Prussiens, mais elle ne put manger, pas même une bouchée. Ils dévorèrent le lapin sans s'occuper d'elle. Elle les regardait de côté, sans parler, 'mûrissant une idée,° et le visage tellement impassible qu'ils ne s'aperçurent de rien.

    hatching a plan

Tout à coup, elle demanda: Je ne sais seulement point vos noms, et v'là un mois que nous sommes ensemble." Ils comprirent, non sans peine, ce qu'elle voulait, et dirent leurs noms. Cela ne lui suffisait pas; elle se les fit écrire sur un papier, avec l'adresse de leurs familles, et, reposant ses lunettes sur son grand nez, elle considéra cette écriture inconnue, puis elle plia la feuille et la mit dans sa poche, par-dessus la lettre qui lui disait la mort de son fils.

Quand le repas fut fini, elle dit aux hommes:

"J'vas travailler pour vous."

Et elle se mit à monter du foin° dans le grenier où ils cou-   hay
chaient.

Ils s'étonnèrent de cette besogne; elle leur expliqua qu'ils
auraient moins froid; et ils l'aidèrent. Ils entassaient les bottes
jusqu'au toit de paille;° et ils se firent ainsi une sorte de grande   straw
chambre avec quatre murs de fourrage, chaude et parfumée, où
ils dormiraient à merveille.

Au dîner, un d'eux s'inquiéta de voir que la mère Sauvage ne
mangeait point encore. Elle affirma qu'elle avait des crampes. Puis
elle alluma un bon feu pour se chauffer, et les quatre Allemands
montèrent dans leur logis par l'échelle qui leur servait tous les
soirs.

Dès que la trappe° fut refermée, la vieille enleva l'échelle, puis   trapdoor
rouvrit sans bruit la porte du dehors, et elle retourna chercher
des bottes de paille dont elle emplit sa cuisine. Elle allait nu pieds,
dans la neige, si doucement qu'on n'entendait rien. De temps en
temps elle écoutait les ronflements sonores et inégaux des quatre
soldats endormis.

Quand elle jugea suffisants ses préparatifs, elle jeta dans le
foyer une des bottes, et, lorsqu'elle fut enflammée, elle l'éparpilla°   scattered
sur les autres, puis elle ressortit et regarda.

Une clarté violente illumina en quelques secondes tout l'intérieur de la chaumière, puis ce fut un brasier° effroyable, un gigan-   inferno
tesque four ardent, dont la lueur jaillissait° par l'étroite fenêtre et   surged
jetait sur la neige un éclatant rayon.

Puis un grand cri partit du sommet de la maison, puis ce fut
une clameur de hurlements humains, d'appels déchirants d'angoisse et d'épouvante. Puis, la trappe s'étant écroulée° à l'inté-   collapsed
rieur, un tourbillon de feu s'élança dans le grenier, perça le toit de
paille, monta dans le ciel comme une immense flamme de torche;
et toute la chaumière flamba.

On n'entendait plus rien dedans que le crépitement° de l'in-   crackling
cendie, le craquement des murs, l'écroulement des poutres.° Le   beams
toit tout à coup s'effondra,° et la carcasse ardente de la demeure   collapsed
lança dans l'air, au milieu d'un nuage de fumée, un grand pa-
nache° d'étincelles.   cloud

La campagne, blanche, éclairée par le feu, luisait comme une
nappe d'argent teintée de rouge.

Une cloche, au loin, se mit à sonner.

La vieille Sauvage restait debout, devant son logis détruit, armée de son fusil, celui du fils, de crainte qu'un des hommes n'échappât.

Quand elle vit que c'était fini, elle jeta son arme dans le brasier. Une détonation retentit.

Des gens arrivaient, des paysans, des Prussiens.

On trouva la femme assise sur un tronc d'arbre, tranquille et satisfaite.

Un officier allemand, qui parlait le français comme un fils de France, lui demanda:

"Où sont vos soldats?"

Elle tendit son bras maigre vers l'amas° rouge de l'incendie qui s'éteignait,° et elle répondit d'une voix forte:

                pile
                was going out

"Là-dedans!"

On se pressait autour d'elle. Le Prussien demanda:

"Comment le feu a-t-il pris?"

Elle prononça:

"C'est moi qui l'ai mis."

On ne la croyait pas, on pensait que le désastre l'avait soudain rendue folle. Alors, comme tout le monde l'entourait et l'écoutait, elle dit la chose d'un bout à l'autre, depuis l'arrivée de la lettre jusqu'au dernier cri des hommes flambés avec sa maison. Elle n'oublia pas un détail de ce qu'elle avait ressenti ni de ce qu'elle avait fait.

Quand elle eut fini, elle tira de sa poche deux papiers, et, pour les distinguer aux dernières lueurs du feu, elle ajusta encore ses lunettes, puis elle prononça, montrant l'un: "Ça, c'est la mort de Victor." Montrant l'autre, elle ajouta, en désignant les ruines rouges d'un coup de tête: "Ça, c'est leurs noms pour qu'on écrive chez eux." Elle tendit tranquillement la feuille blanche à l'officier, qui la tenait par les épaules, et elle reprit:

"Vous écrirez comment c'est arrivé, et vous direz à leurs parents que c'est moi qui a[10] fait ça. Victoire Simon, la Sauvage! N'oubliez pas."

L'officier criait des ordres en allemand. On la saisit, on la jeta contre les murs encore chauds de son logis. Puis douze hommes

---

10 In standard French **c'est moi qui l'ai fait.**

se rangèrent vivement en face d'elle, à vingt mètres. Elle ne bougea point. Elle avait compris; elle attendait.

Un ordre retentit, qu'une longue détonation suivit aussitôt. Un coup attardé partit tout seul, après les autres.

La vieille ne tomba point. Elle s'affaissa° comme si on lui eût fauché° les jambes.

collapsed
cut down

L'officier prussien s'approcha. Elle était presque coupée en deux, et dans sa main crispée elle tenait sa lettre baignée de sang.

Mon ami Serval ajouta:

"C'est par représailles que les Allemands ont détruit le château du pays, qui m'appartenait."

Moi, je pensais aux mères des quatre doux garçons brûlés làdedans; et à l'héroïsme atroce de cette autre mère, fusillée contre ce mur.

Et je ramassai une petite pierre, encore noircie par le feu.

Mademoiselle Perle

I

QUELLE SINGULIÈRE° IDÉE J'AI eue, vraiment, ce soir- *remarkable*
là, de choisir pour reine Mlle Perle. Je vais tous les ans
faire les Rois[1] chez mon vieil ami Chantal. Mon père,
dont il était le plus intime camarade, m'y conduisit quand j'étais
enfant. J'ai continué, et je continuerai sans doute tant que je vi-
vrai, et tant qu'il y aura un Chantal en ce monde.

Les Chantal, d'ailleurs, ont une existence singulière; ils
vivent à Paris comme s'ils habitaient Grasse, Yvetot ou Pont-à-
Mousson.° *out in the country*

Ils possèdent, auprès de l'Observatoire, une maison dans un
petit jardin. Ils sont chez eux, là, comme en province. De Paris,
du vrai Paris, ils ne connaissent rien, ils ne soupçonnent° rien; ils *have no idea*
sont si loin! si loin! Parfois, cependant, ils y font un voyage, un
long voyage. Mme Chantal va, 'aux grandes provisions,° comme *to the market*
on dit dans la famille. Voici comment on va aux grandes provisions.

Mlle Perle, qui a les clefs des armoires de cuisine (car les armoires au linge sont administrées par la maîtresse° elle-même), *= Mme Chantal*
Mlle Perle prévient° que le sucre touche à sa fin, que les conserves *warns*
sont épuisées,° qu'il ne reste plus grand-chose au fond du sac à *all gone*
café.

Ainsi mise en garde contre la famine, Mme Chantal passe
l'inspection des restes, en prenant des notes sur un calepin.° Puis, *notebook*
quand elle a inscrit beaucoup de chiffres, elle se livre d'abord à de
longs calculs et ensuite à de longues discussions avec Mlle Perle.
On finit cependant par se mettre d'accord et par fixer les quanti-

---

1 **Faire les...** The French commemorate the visit of the three kings to the
infant Jesus by sharing a special cake in which a porcelain figurine is hidden.
He who receives the figurine in his slice of cake is the king and he chooses a
queen.

tés de chaque chose dont on se pourvoira° pour trois mois: sucre,   will need
riz, pruneaux, café, confitures, boites de petits pois, de haricots,
de homard,° poissons salés ou fumés, etc.   lobster

Après quoi, on arrête le jour des achats et on s'en va, en fiacre °   carriage
dans un, fiacre 'à galerie,° chez un épicier considérable° qui habite   with a top, important
au-delà des ponts, dans les quartiers neufs. Mme Chantal et Mlle
Perle font ce voyage ensemble, mystérieusement, et reviennent
à l'heure du dîner, exténuées,° bien qu'émues encore, et, 'caho-   exhausted
tées dans le coupé,° dont le toit est couvert de paquets et de sacs,   jostled in the car
comme une voiture de déménagement.

Pour les Chantal, toute la partie de Paris située de l'autre coté
de la Seine constitue les quartiers neufs, quartiers habités par une
population singulière, bruyante, peu honorable, qui passe les
jours en dissipations,° les nuits en fêtes, et qui jette l'argent par   unruliness
les fenêtres. De temps en temps cependant, on mène les jeunes
filles au théâtre, à l'Opéra-Comique ou au Français, quand la
pièce est recommandée par le journal que lit M. Chantal.

Les jeunes filles ont aujourd'hui dix-neuf et dix-sept ans; ce
sont deux belles filles, grandes et fraîches, très bien élevées, trop
bien élevées, si bien élevées qu'elles passent inaperçues comme
deux jolies poupées.° Jamais l'idée ne me viendrait de faire atten-   dolls
tion ou de faire la cour aux demoiselles Chantal; c'est 'à peine° si   rarely
on ose leur parler, tant on les sent immaculées; on a presque peur
d'être inconvenant° en les saluant.   improper

Quant au père, c'est un charmant homme, très instruit, très
ouvert, très cordial, mais qui aime avant tout le repos, le calme,
la tranquillité, et qui a fortement contribué à momifier ainsi sa
famille pour vivre à son gré, dans une stagnante immobilité. Il lit
beaucoup, 'cause volontiers,° et s'attendrit° facilement. L'absence   chats willingly, is moved
de contacts, de 'coudoiements et de heurts° a rendu très sensible   rubbing elbows and
et délicat son épiderme, son épiderme moral. La moindre chose   contacts
l'émeut,° l'agite et le fait souffrir.   moves

Les Chantal ont des relations cependant, mais des relations
restreintes, choisies avec soin dans le voisinage. Ils échangent
aussi deux ou trois visites par an avec des parents qui habitent
au loin.

Quant à moi, je vais dîner chez eux le 15 août² et le jour des

---

2 **Le 15 août** is the feast of the Assumption commemorating when the

Rois. Cela fait partie de mes devoirs comme la communion de Pâques pour les catholiques.[3]

Le 15 août, on invite quelques amis, mais aux Rois, je suis le seul convive° étranger.   guest

II

Donc, cette année, comme les autres années, j'ai été dîner chez les Chantal pour fêter l'Épiphanie.

Selon la coutume, j'embrassai M. Chantal, Mme Chantal et Mlle Perle, et je fis un grand salut à Mlles Louise et Pauline. On m'interrogea sur mille choses, sur les événements du boulevard, sur la politique, sur ce qu'on pensait dans le public des affaires du Tonkin,[4] et sur nos représentants. Mme Chantal, une grosse dame, dont toutes les idées me font l'effet d'être carrées à la fa-çon des pierres de taille,[5] avait coutume d'émettre cette phrase comme conclusion à toute discussion politique:

"Tout cela est de la mauvaise graine pour plus tard."[6] Pourquoi me suis-je toujours imaginé que les idées de Mme Chantal sont carrées? Je n'en sais rien; mais tout ce qu'elle dit prend cette forme dans mon esprit: un carré, un gros carré avec quatre angles symétriques. Il y a d'autres personnes dont les idées me semblent toujours rondes et roulantes comme des cerceaux.°   hoops Dès qu'elles ont commencé une phrase sur quelque chose, ça roule, ça va, ça sort par dix, vingt, cinquante idées rondes, des grandes et des petites que je vois courir l'une derrière l'autre, jusqu'au bout de l'horizon. D'autres personnes aussi ont des idées pointues... Enfin, cela importe peu. On se mit à table comme toujours, et le dîner s'acheva sans qu'on eût dit rien à retenir. Au dessert, on apporta le gâteau des Rois. Or, chaque année, M. Chantal était roi. Etait-ce l'effet d'un hasard continu ou d'une

---

Virgin Mary, mother of Christ, was lifted up to heaven.

3 **La Communion de Pâques:** Catholics must perform their "Easter duty," i.e. going to communion at least once per year on Easter Sunday.

4 **Tonkin** is a northern region of former French Indochina (now Vietnam). Under Napoléan III, France established a protectorate there in the 19th century.

5 **Carrés...** *squared off like freestone (masonry blocks).*

6 **Tout cela...** *that won't produce good results*

convention familiale, je n'en sais rien, mais il trouvait infailliblement la fève° dans sa part de pâtisserie, et il proclamait reine   figurine
Mme Chantal. 'Aussi, fus-je° stupéfait en sentant dans une bou-   thus, I was
chée de brioche quelque chose de très dur qui 'faillit me casser°   almost broke
une dent. J'ôtai doucement cet objet de ma bouche et j'aperçus
une petite poupée de porcelaine, pas plus grosse qu'un haricot.
La surprise me fit dire:

    "Ah!"

  On me regarda, et Chantal s'écria en battant des mains:

    "C'est Gaston. C'est Gaston. Vive le roi! vive le roi!" Tout
le monde reprit en chœur: "Vive le roi!" Et je rougis jusqu'aux
oreilles, comme on rougit souvent, sans raison, dans les situations un peu sottes. Je demeurais les yeux baissés, tenant entre
deux doigts ce grain de faïence,° m'efforçant de rire et ne sachant   porcelain
que faire ni que dire, lorsque Chantal reprit:

    "Maintenant, il faut choisir une reine.'

  Alors je fus atterré. En une seconde, mille pensées, mille suppositions me traversèrent l'esprit. Voulait-on me faire désigner
une des demoiselles Chantal? Etait-ce là un moyen de me faire
dire celle que je préférais? Etait-ce une douce, légère, insensible
poussée des parents vers un mariage possible? L'idée de mariage
rôde° sans cesse dans toutes les maisons à grandes filles et prend   lurks
toutes les formes, tous les déguisements, tous les moyens. Une
peur atroce de me compromettre m'envahit, et aussi une extrême
timidité, devant l'attitude si obstinément correcte et fermée
de Mlles Louise et Pauline. Élire° l'une d'elles au détriment de   choosing
l'autre me sembla aussi difficile que de choisir entre deux gouttes
d'eau[7]; et puis, la crainte de m'aventurer dans une histoire où je
serais conduit au mariage malgré moi, tout doucement, par des
procédés aussi discrets, aussi inaperçus et aussi calmes que cette
royauté insignifiante, me troublait horriblement.

  Mais tout à coup, j'eus une inspiration, et je tendis à Mlle
Perle la poupée symbolique. Tout le monde fut d'abord surpris,
puis on apprécia sans doute ma délicatesse et ma discrétion, car
on applaudit avec furie. On criait.

    "Vive la reine! vive la reine!"

  Quant à elle, la pauvre vieille fille, elle avait perdu toute

---

7 **Choisir...** *choosing between two drops of water*

contenance;° elle tremblait, effarée, et balbutiait:

    "Mais non... mais non... mais non... pas moi... Je vous en prie... pas moi... Je vous en prie..."

    Alors, pour la première fois de ma vie, je regardai Mlle Perle, et je me demandai ce qu'elle était.

    J'étais habitué à la voir dans cette maison, comme on voit les vieux fauteuils de tapisserie sur lesquels on s'assied depuis son enfance 'sans y avoir jamais pris garde.° Un jour, on ne sait pourquoi, parce qu'un rayon de soleil tombe sur le siège, on se dit tout à coup: 'Tiens mais il est fort curieux, ce meuble'; et on découvre que le bois a été travaillé par un artiste, et que l'étoffe° est remarquable. Jamais je n'avais pris garde à Mlle Perle.

    Elle faisait partie de la famille Chantal, voilà tout; mais comment? A quel titre? C'était une grande personne maigre qui s'efforçait de rester inaperçue, mais qui n'était pas insignifiante. On la traitait amicalement, mieux qu'une 'femme de charge,° moins bien qu'une parente. Je saisissais tout à coup, maintenant, une quantité de nuances dont je ne m'étais point soucié jusqu'ici! Mme Chantal disait: 'Perle.' Les jeunes filles: 'Mlle Perle', et Chantal ne l'appelait que 'Mademoiselle', d'un air plus révérend peut-être.

    Je me mis à la regarder. Quel âge avait-elle? Quarante ans? Oui, quarante ans. Elle n'était pas vieille, cette fille, elle se vieillissait. Je fus soudain frappé par cette remarque. Elle se coiffait, s'habillait, se parait° ridiculement, et, malgré tout, elle n'était point ridicule, tant elle portait en elle de grâce simple, naturelle, de grâce voilée, cachée avec soin. Quelle drôle de créature, vraiment! Comment ne l'avais-je jamais mieux observée? Elle se coiffait d'une façon grotesque, avec de petits frisons° vieillots° tout à fait farces; et, sous cette chevelure à la Vierge conservée,[8] on voyait un grand front calme, coupé par deux rides profondes, deux rides de longues tristesses, puis deux yeux bleus, larges et doux, si timides, si craintifs, si humbles, deux beaux yeux restés si naïfs, pleins d'étonnement de fillette, de sensations jeunes et aussi de chagrins qui avaient passé dedans, en les attendrissant, sans les troubler.

---

8 **Cette chevelure...** *hairdo similar to those in old paintings of the Virgin Mary.*

Marginal glosses: composure · without ever having noticed · fabric · housekeeper · wore jewelry · curls, old-fashioned

Tout le visage était fin et discret, un de ces visages qui se sont éteints sans avoir été usés, ou fanés par les fatigues ou les grandes émotions de la vie.[9]

Quelle jolie bouche! et quelles jolies dents! Mais on eût dit qu'elle n'osait pas sourire!

Et, brusquement, je la comparai à Mme Chantal! Certes, Mlle Perle était mieux, cent fois mieux, plus fine, plus noble, plus fière.

J'étais stupéfait de mes observations. On versait du champagne. Je tendis mon verre à la reine, en portant sa santé avec un compliment bien tourné. Elle eut envie, je m'en aperçus, de se cacher la figure dans sa serviette; puis comme elle trempait ses lèvres dans le vin clair, tout le monde cria:

"La reine boit! la reine boit!"

Elle devint alors toute rouge et s'étrangla. On riait; mais je vis bien qu'on l'aimait beaucoup dans la maison.

III

Dès que le dîner fut fini, Chantal me prit par le bras. C'était l'heure de son cigare, heure sacrée. Quand il était seul, il allait le fumer dans la rue; quand il avait quelqu'un à dîner, on montait au billard, et il jouait en fumant. Ce soir-là, on avait même fait du feu dans le billard, à cause des Rois; et mon vieil ami prit sa queue, une queue très fine qu'il frotta° de blanc avec grand soin,   rubbed
puis il dit:

"A toi, mon garçon!"

Car il me tutoyait, bien que j'eusse vingt-cinq ans, mais il m'avait vu tout enfant.

Je commençai donc la partie°; je fis quelques carambolages;[10]   game
j'en manquai quelques autres; mais comme la pensée de Mlle Perle me rôdait dans la tète, je demandai tout à coup:

"Dites donc, monsieur Chantal, est-ce que Mlle Perle est votre parente?"

Il cessa de jouer, très étonné, et me regarda.

---

9 **Qui se...** *that have faded before having been worn out, withered by life's strains and great emotional experiences.*

10 **Carambolages,** in billiards, is a shot where one ball hits two others.

"Comment, tu ne sais pas? tu ne connais pas l'histoire de Mlle Perle?"

"Mais non."

"Ton père ne te l'a jamais racontée?"

"Mais non."

"Tiens, tiens, que c'est drôle! ah! par exemple, que c'est drôle! Oh! mais, c'est toute une aventure!"

Il se tut, puis reprit:

"Et si tu savais comme c'est singulier que tu me demandes ça aujourd'hui, un jour des Rois."

"Pourquoi?"

"Ah! pourquoi! Ecoute. Voilà de cela quarante et un ans, quarante et un ans aujourd'hui même, jour de l'Epiphanie. Nous habitions alors Roüy-le-Tors, sur les remparts; mais il faut d'abord t'expliquer la maison pour que tu comprennes bien. Roüy est bâti sur une côte, ou plutôt sur un mamelon° qui domine un   knoll grand pays de prairies. Nous avions là une maison avec un beau jardin suspendu, soutenu en l'air par les vieux murs de défense. Donc la maison était dans la ville, dans la rue, tandis que le jardin dominait la plaine. Il y avait aussi une porte de sortie de ce jardin sur la campagne, au bout d'un escalier secret qui descendait dans l'épaisseur des murs, comme on en trouve dans les romans. Une route passait devant cette porte qui était munie d'une grosse cloche,° car les paysans, pour éviter le grand tour, apportaient par   bell là leurs provisions.

Tu vois bien les lieux, n'est-ce pas? Or, cette année-là, aux Rois, il neigeait depuis une semaine. On eût dit la fin du monde. Quand nous allions aux remparts regarder la plaine, ça nous faisait froid dans l'âme, cet immense pays blanc, tout blanc, glacé, et qui luisait comme du vernis.[11] On eût dit que le bon Dieu avait empaqueté la terre pour l'envoyer 'au grenier des vieux mondes.°   to the next world Je t'assure que c'était bien triste.

Nous demeurions en famille à ce moment-là, et nombreux, très nombreux: mon père, ma mère, mon oncle et ma tante, mes deux frères et mes quatre cousines; c'étaient de jolies fillettes; j'ai épousé la dernière.° De tout ce monde-là, nous ne sommes plus   youngest que trois survivants: ma femme, moi et ma belle-sœur qui habite

---

11 **Luisait...** *shone like varnish.*

Marseille. Sacristi, comme ça s'égrène,° une famille! ça me fait   falls apart
trembler quand j'y pense! Moi, j'avais quinze ans, puisque j'en
ai cinquante-six.

   Donc, nous allions fêter les Rois, et nous étions très gais, très
gais! Tout le monde attendait le dîner dans le salon, quand mon
frère aîné, Jacques, se mit à dire:

   'Il y a un chien qui hurle° dans la plaine depuis dix minutes, ça   is howling
doit être une pauvre bête perdue.'

   Il n'avait pas fini de parler, que la cloche du jardin tinta. Elle
avait un gros son de cloche d'église qui faisait penser aux morts.
Tout le monde en frissonna. Mon père appela le domestique et
lui dit d'aller voir. On attendit en grand silence; nous pensions
à la neige qui couvrait toute la terre. Quand l'homme revint, il
affirma qu'il n'avait rien vu. Le chien hurlait toujours, sans cesse,
et sa voix ne changeait point de place.

   On se mit à table; mais nous étions un peu émus, surtout
les jeunes. Ça alla bien jusqu'au rôti, puis voilà que la cloche se
remet à sonner, trois fois de suite, trois grands coups, longs, qui
ont vibré jusqu'au bout de nos doigts et qui nous ont coupé le
souffle, tout net. Nous restions à nous regarder, la fourchette en
l'air, écoutant toujours, et saisis d'une espèce° de peur surnatu-   sort
relle.

   Ma mère enfin parla:

   'C'est étonnant qu'on ait attendu si longtemps pour revenir;
n'allez pas seul, Baptiste; un de ces messieurs va vous accompagner.'

   Mon oncle François se leva. C'était une espèce d'hercule,
très fier de sa force et qui ne craignait rien au monde. Mon père
lui dit:

   'Prends un fusil. On ne sait pas ce que ça peut être.'

   Mais mon oncle ne prit qu'une canne et sortit aussitôt avec
le domestique.

   Nous autres, nous demeurâmes frémissants de terreur et
d'angoisse, sans manger, sans parler. Mon père essaya de nous
rassurer:

   'Vous allez voir,' dit-il, 'que ce sera quelque mendiant° ou   beggar
quelque passant perdu dans la neige. Après avoir sonné une première fois, voyant qu'on n'ouvrait pas tout de suite, il a tenté° de   tried

retrouver son chemin, puis, n'ayant pu y parvenir,[12] il est revenu
à notre porte.'

L'absence de mon oncle nous parut durer une heure. Il revint
enfin, furieux, jurant:

'Rien, nom de nom, c'est un farceur! Rien que ce maudit
chien qui hurle à cent mètres des murs. Si j'avais pris un fusil, je
l'aurais tué pour le faire taire.'

On se remit à dîner, mais tout le monde demeurait anxieux;
on sentait bien que ce n'était pas fini, qu'il allait se passer quelque
chose, que la cloche, tout à l'heure, sonnerait encore.

Et elle sonna, juste au moment où l'on coupait le gâteau des
Rois. Tous les hommes se levèrent ensemble. Mon oncle François,
qui avait bu du champagne, affirma qu'il allait le massacrer avec
tant de fureur, que ma mère et ma tante se jetèrent sur lui pour
l'empêcher. Mon père, bien que très calme et un peu impotent°   disabled
(il traînait la jambe depuis qu'il se l'était cassée en tombant de
cheval), déclara à son tour qu'il voulait savoir ce que c'était, et
qu'il irait. Mes frères, âgés de dix-huit et de vingt ans, coururent
chercher leurs fusils; et comme on ne faisait guère attention à
moi, je m'emparai° d'une carabine de jardin[13] et je me disposai   armed myself
aussi à accompagner l'expédition.

Elle partit aussitôt. Mon père et mon oncle marchaient devant, avec Baptiste, qui portait une lanterne. Mes frères Jacques
et Paul suivaient, et je venais derrière, malgré les supplications de
ma mère, qui demeurait avec sa sœur et mes cousines 'sur le seuil°   on the doorstep
de la maison.

La neige s'était remise à tomber depuis une heure; et les
arbres en étaient chargés. Les sapins pliaient sous ce lourd vête-
ment livide, pareils à des pyramides blanches, à d'énormes pains
de sucre; et on apercevait à peine, à travers le rideau gris des
flocons° menus et pressés, les arbustes° plus légers, tout pâles   snowflakes, shrubs
dans l'ombre. Elle tombait si épaisse, la neige, qu'on y voyait tout
juste à dix pas. Mais la lanterne jetait une grande clarté devant
nous. Quand on commença à descendre par l'escalier tournant
creusé° dans la muraille, j'eus peur, vraiment. Il me sembla qu'on   carved

---

12   **N'ayant pu...** *unable to find his way.*
13   **Comme on...** *as hardly anyone was paying attention to me, I armed
myself with a small rifle.*

marchait derrière moi; qu'on allait me saisir par les épaules et m'emporter; et j'eus envie de retourner; mais comme il fallait retraverser tout le jardin, je n'osai pas. J'entendis qu'on ouvrait la porte sur la plaine; puis mon oncle se mit à jurer:

'Nom d'un nom, il est reparti! Si j'aperçois seulement son ombre, je ne le rate pas, ce c[ochon]-là.'°   pig (bastard)

C'était sinistre de voir la plaine, ou, plutôt, de la sentir devant soi, car on ne la voyait pas; on ne voyait qu'un voile de neige sans fin, en haut, en bas, en face, à droite, à gauche, partout.

Mon oncle reprit:

'Tiens, revoilà le chien qui hurle; je vais lui apprendre comment je tire,° moi. Ça sera toujours ça de gagné.'[14]   shoot

Mais mon père, qui était bon, reprit:

'Il vaut mieux l'aller chercher, ce pauvre animal qui crie la faim. Il aboie au secours,[15] ce misérable; il appelle comme un homme en détresse. Allons-y.'

Et on se mit en route à travers ce rideau, à travers cette tombée épaisse, continue, à travers cette mousse qui emplissait la nuit et l'air, qui remuait, flottait, tombait et glaçait la chair° en fondant, la glaçait comme elle l'aurait brûlée, par une douleur vive et rapide sur la peau, à chaque toucher des petits flocons blancs.   flesh

Nous enfoncions jusqu'aux genoux dans cette pâte molle et froide; et il fallait lever très haut la jambe pour marcher. A mesure que nous avancions, la voix du chien devenait plus claire, plus forte. Mon oncle cria:

'Le voici!'

On s'arrêta pour l'observer, comme on doit faire en face d'un ennemi qu'on rencontre dans la nuit. Je ne voyais rien, moi; alors, je rejoignis les autres, et je l'aperçus; il était effrayant et fantastique à voir, ce chien, un gros chien noir, un chien de berger à grands poils° et à la tête de loup, dressé sur ses quatre pattes,° tout   fur, paws
au bout de la longue traînée de lumière que faisait la lanterne sur la neige. Il ne bougeait pas; il s'était tu; et il nous regardait.

Mon oncle dit:

'C'est singulier, il n'avance ni ne recule. J'ai bien envie de lui flanquer un coup de fusil.'

---

14 **Ça sera...** *that'll put an end to it.*
15 **Aboie...** *is barking to call for help, attract attention.*

Mon père reprit d'une voix ferme:

'Non, il faut le prendre.'

Alors mon frère Jacques ajouta:

'Mais il n'est pas seul. Il y a quelque chose à côté de lui.'

Il y avait quelque chose derrière lui, en effet, quelque chose de gris, d'impossible à distinguer. On se remit en marche avec précaution.

En nous voyant approcher, le chien s'assit sur son derrière. Il n'avait pas l'air méchant. Il semblait plutôt content d'avoir réussi à attirer des gens.

Mon père alla droit à lui et le caressa. Le chien lui lécha° les mains; et on reconnut qu'il était attaché à la roue d'une petite voiture, d'une sorte de voiture joujou° enveloppée tout entière dans trois ou quatre couvertures de laine. On enleva ces linges avec soin, et comme Baptiste approchait sa lanterne de la porte de cette cariole° qui ressemblait à une niche roulante, on aperçut dedans un petit enfant qui dormait.

Nous fûmes tellement stupéfaits que nous ne pouvions dire un mot. Mon père se remit le premier, et comme il était de grand cœur, et d'âme un peu exaltée, il étendit la main sur le toit de la voiture et il dit:

'Pauvre abandonné, tu seras "des nôtres°!" Et il ordonna à mon frère Jacques de rouler devant nous notre trouvaille.

Mon père reprit, pensant tout haut:

'Quelque enfant d'amour dont la pauvre mère est venue sonner à ma porte en cette nuit de l'Epiphanie, en souvenir de l'Enfant-Dieu.'

Il s'arrêta de nouveau, et, de toute sa force, il cria quatre fois à travers la nuit vers les quatre coins du ciel:

'Nous l'avons recueilli!'°

Puis, posant sa main sur l'épaule de son frère, il murmura:

'Si tu avais tiré sur le chien, François?...'

Mon oncle ne répondit pas, mais il fit, dans l'ombre, un grand signe de croix, car il était très religieux, malgré ses airs fanfarons.

On avait détaché le chien qui nous suivait.

Ah! par exemple, ce qui fut gentil à voir, c'est la rentrée à la maison. On eut d'abord beaucoup de mal à monter la voiture par l'escalier des remparts; on y parvint cependant et on la roula

---

Margin glosses:

licked

toy

cart

one of us

recovered

jusque dans le vestibule.

Comme maman était drôle, contente et effarée! Et mes
quatre petites cousines ('la plus jeune° avait six ans), elles ressemblaient à quatre poules autour d'un nid. On retira enfin de sa voiture l'enfant qui dormait toujours. C'était une fille, âgée de six
semaines environ. Et on trouva dans ses langes dix mille francs
en or, oui, dix mille francs! que papa plaça pour lui faire une
dot.° Ce n'était donc pas une enfant de pauvres... mais peut-être
l'enfant de quelque noble avec une petite bourgeoise de la ville...
ou encore... nous avons fait mille suppositions et on n'a jamais
rien su... mais là, jamais rien... Jamais rien... Le chien lui-même
ne fut reconnu par personne. Il était étranger au pays. Dans tous
les cas, celui ou celle qui était venu sonner trois fois à notre porte
connaissait bien mes parents, pour les avoir choisis ainsi.

Voilà donc comment Mlle Perle entra, à l'âge de six semaines,
dans la maison Chantal.

On ne la nomma que plus tard, Mlle Perle, d'ailleurs. On la
fit baptiser d'abord: 'Marie, Simone, Claire', Claire devant lui
servir de nom de famille. Je vous assure que ce fut une drôle de
rentrée dans la salle à manger avec cette mioche° réveillée qui
regardait autour d'elle ces gens et ces lumières, de ses yeux vagues,
bleus et troubles.°

On se remit à table et le gâteau fut partagé. J'étais roi; et je
pris pour reine Mlle Perle, comme vous, tout à l'heure. Elle ne se
douta guère, ce jour-là, de l'honneur qu'on lui faisait.

Donc l'enfant fut adoptée, et élevée dans la famille. Elle grandit; des années passèrent. Elle était gentille, douce, obéissante.
Tout le monde l'aimait et on l'aurait abominablement gâtée si
ma mère ne l'eût empêché.[16]

Ma mère était une femme d'ordre et de hiérarchie. Elle
consentait à traiter la petite Claire comme ses propres fils, mais
elle tenait cependant à ce que la distance qui nous séparait fût
bien marquée, et la situation bien établie. Aussi, dès que l'enfant
put comprendre, elle lui fit connaître son histoire et fit pénétrer
tout doucement, même tendrement dans l'esprit de la petite,
qu'elle était pour les Chantal une fille adoptive, recueillie, mais

= Charlotte

dowry

kid

confused

---

16 **Tout le...** *everyone loved her and would have spoiled her terribly if my
mother hadn't stopped us.*

en somme une étrangère.

Claire comprit cette situation avec une singulière intelligence, avec un instinct surprenant; et elle sut prendre et garder la place qui lui était laissée, avec tant de tact, de grâce et de gentillesse, qu'elle touchait mon père à le faire pleurer. Ma mère elle-même fut tellement émue par la reconnaissance passionnée et le dévouement un peu craintif de cette mignonne et tendre créature, qu'elle se mit à l'appeler: 'Ma fille.' Parfois quand la petite avait fait quelque chose de bon, de délicat, ma mère relevait ses lunettes sur son front, ce qui indiquait toujours une émotion chez elle et elle répétait:

'Mais c'est une perle, une vraie perle, cette enfant.'

Ce nom en resta à la petite Claire qui devint et demeura pour nous Mlle Perle."

IV

M. Chantal se tut. Il était assis sur le billard, les pieds ballants,° et il maniait° une boule de la main gauche, tandis que de la droite il tripotait° un linge qui servait à effacer les points sur le tableau d'ardoise° et que nous appelions "le linge à craie." Un peu rouge, la voix sourde, il parlait pour lui maintenant, parti dans ses souvenirs, allant doucement, à travers les choses anciennes et les vieux événements qui se réveillaient dans sa pensée, comme on va, en se promenant, dans les vieux jardins de famille où l'on fut élevé, et où chaque arbre, chaque chemin, chaque plante, les 'houx pointus,° les lauriers° qui sentent bon, les ifs,° dont la graine rouge et grasse s'écrase entre les doigts, font surgir, à chaque pas, un petit fait de notre vie passée, un de ces petits faits insignifiants et délicieux qui forment le fond même, la trame° de l'existence.

Moi, je restais en face de lui, adossé à la muraille, les mains appuyées sur ma queue de billard inutile.

Il reprit, au bout d'une minute:

"Cristi, qu'elle était jolie à dix-huit ans... et gracieuse... et parfaite... Ah! la jolie... Jolie... Jolie... et bonne... et brave... et charmante fille!... Elle avait des yeux... des yeux bleus... transparents... clairs... comme je n'en ai jamais vu de pareils... Jamais!"

Il se tut encore. Je demandai:

dangling

was spinning

was playing with

of slate

holly, laurel, yew

thread

"Pourquoi ne s'est-elle pas mariée?"

Il répondit, non pas à moi, mais à ce mot qui passait 'mariée'

"Pourquoi? pourquoi? Elle n'a pas voulu... pas voulu. Elle avait pourtant trente mille francs de dot, et elle fut demandée plusieurs fois... elle n'a pas voulu! Elle semblait triste à cette époque-là. C'est quand j'épousai ma cousine, la petite Charlotte, ma femme, avec qui j'étais fiancé depuis six ans."

Je regardais M. Chantal et il me semblait que je pénétrais dans son esprit, que je pénétrais tout à coup dans un de ces humbles et cruels drames des cœurs honnêtes, des cœurs droits, des cœurs sans reproches, dans un de ces drames inavoués,° inexplorés, que personne n'a connu, pas même ceux qui en sont les muettes et résignées victimes. Et, une curiosité hardie° me poussant tout à coup, je prononçai:

    ingnored

    bold

"C'est vous qui auriez dû l'épouser, monsieur Chantal?"

Il tressaillit,° me regarda, et dit:

    quivered

"Moi? épouser qui?"

"Mlle Perle."

"Pourquoi ça?"

"Parce que vous l'aimiez plus que votre cousine."

Il me regarda avec des yeux étranges, ronds, effarés, puis il balbutia:

"Je l'ai aimée... moi?... comment? qu'est-ce qui t'a dit ça?..."

"Parbleu, ça se voit... et c'est même à cause d'elle que vous avez tardé si longtemps à épouser votre cousine qui vous attendait depuis six ans."

Il lâcha la bille qu'il tenait de la main gauche, saisit à deux mains le linge à craie, et, s'en couvrant le visage, se mit à sangloter° dedans. Il pleurait d'une façon désolante et ridicule, comme pleure une éponge qu'on presse, par les yeux, le nez et la bouche en même temps. Et il a toussait, crachait, se mouchait dans le linge à craie, s'essuyait les yeux, éternuait, recommençait à couler par toutes les fentes° de son visage, avec un bruit de gorge qui faisait penser aux gargarismes.

    to sob

    openings

Moi, effaré, honteux, j'avais envie de me sauver et je ne savais plus que dire, que faire, que tenter.

Et soudain, la voix de Mme Chantal résonna dans l'escalier:

"Est-ce bientôt fini, votre fumerie?"°

    smoking session

J'ouvris la porte et je criai:

"Oui, Madame, nous descendons."

Puis, je me précipitai vers son mari, et, le saisissant par les coudes.

"Monsieur Chantal, mon ami Chantal, écoutez-moi; votre femme vous appelle, remettez-vous,° remettez-vous vite, il faut descendre; remettez-vous." Il bégaya:　　　　　　*get hold of yourself*

"Oui... oui... Je viens... pauvre fille!... Je viens... dites-lui que j'arrive."

Et il commença à s'essuyer consciencieusement la figure avec le linge qui, depuis deux ou trois ans, essuyait toutes les marques de l'ardoise, puis il apparut, moitié blanc et moitié rouge, le front, le nez, les joues et le menton barbouillés de craie, et les yeux gonflés, encore pleins de larmes.

Je le pris par les mains et l'entraînai dans sa chambre en murmurant:

"Je vous demande pardon, je vous demande bien pardon, monsieur Chantal, de vous avoir fait de la peine... mais... Je ne savais pas... vous... vous comprenez..."

Il me serra la main:

"Oui... oui... il y a des moments difficiles..."

Puis il se plongea la figure dans sa cuvette.° Quand il en sortit, il ne me parut pas encore présentable; mais j'eus l'idée d'une petite ruse. Comme il s'inquiétait, en se regardant dans la glace, je lui dis:　　　　　　*wash basin*

"Il suffira de raconter que vous avez un 'grain de poussière° dans l'œil, et vous pourrez pleurer devant tout le monde autant qu'il vous plaira."　　　　　　*speck of dust*

Il descendit en effet, en se frottant les yeux avec son mouchoir. On s'inquiéta; chacun voulut chercher le grain de poussière qu'on ne trouva point, et on raconta des cas semblables où il était devenu nécessaire d'aller chercher le médecin.

Moi, j'avais rejoint Mlle Perle et je la regardais, tourmenté par une curiosité ardente, une curiosité qui devenait une souffrance. Elle avait dû être bien jolie en effet, avec ses yeux doux, si grands, si calmes, si larges qu'elle avait l'air de ne les jamais fermer, comme font les autres humains. Sa toilette était un peu ridicule, une vraie toilette de vieille fille, et la déparait° sans la　　　　　　*detracted from* rendre gauche.

Il me semblait que je voyais en elle, comme j'avais vu tout à l'heure dans l'âme de M. Chantal, que j'apercevais, d'un bout à l'autre, cette vie humble, simple et dévouée; mais un besoin me venait aux lèvres, un besoin harcelant° de l'interroger, de savoir si, persistent elle aussi, l'avait aimé, lui; si elle avait souffert comme lui de cette longue souffrance secrète, aiguë, qu'on ne voit pas, qu'on ne sait pas, 'qu'on ne devine° pas, mais qui s'échappe la nuit, dans la soli-that one doesn't suspect tude de la chambre noire. Je la regardais, je voyais battre son cœur sous 'son corsage à guimpe,° et je me demandais si cette douce blouse figure candide avait gémi° chaque soir, dans l'épaisseur moite° de groaned, damp l'oreiller, et sangloté, le corps secoué de sursauts, dans la fièvre du lit brûlant. Et je lui dis tout bas, comme font les enfants qui cassent un bijou pour voir dedans:

"Si vous aviez vu pleurer M. Chantal tout à l'heure, il vous aurait fait pitié."

Elle tressaillit:

"Comment, il pleurait?"

"Oh! oui, il pleurait!"

"Et pourquoi ça?"

Elle semblait très émue.° Je répondis: moved

"A votre sujet."

"A mon sujet?"

"Oui. Il me racontait combien il vous avait aimée autrefois; et combien il lui en avait coûté d'épouser sa femme au lieu de vous..."

Sa figure pâle me parut s'allonger un peu; ses yeux toujours ouverts, ses yeux calmes se fermèrent tout à coup, si vite qu'ils semblaient s'être clos pour toujours. Elle glissa° de sa chaise sur le slid plancher et s'y affaissa° doucement, lentement, comme aurait fait sunk une écharpe tombée. Je criai:

"Au secours! au secours! Mlle Perle se trouve mal." Mme Chantal et ses filles se précipitèrent, et comme on cherchait de l'eau, une serviette et du vinaigre, je pris mon chapeau et je me sauvai. Je m'en allai à grands pas, le cœur secoué, l'esprit plein de remords et de regrets. Et parfois aussi j'étais content; il me sem-blait que j'avais fait une chose louable° et nécessaire. praiseworthy

Je me demandais: 'Ai-je eu tort? Ai-je eu raison?' Ils avaient cela dans l'âme comme on garde du plomb dans une plaie fer-mée.[17] Maintenant ne seront-ils pas plus heureux? Il était trop tard pour que recommençât leur torture et assez tôt pour qu'ils s'en souvinssent avec attendrissement.

Et peut-être qu'un soir du prochain printemps, émus par un rayon de lune tombé sur l'herbe, à leurs pieds, à travers les branches, ils se prendront et se serreront la main en souvenir de toute cette souffrance étouffée et cruelle; et peut-être aussi que cette courte étreinte° fera passer dans leurs veines un peu de ce   embrace
frisson qu'ils n'auront point connu, et leur jettera, à ces morts ressuscités en une seconde, la rapide et divine sensation de cette ivresse,° de cette folie qui donne aux amoureux plus de bonheur   exhiliration
en un tressaillement, que n'en peuvent cueillir, en toute leur vie, les autres hommes![18]

16 janvier 1886

---

17 **Du plomb...** *lead in a closed wound.*
18 **Qui donne...** *that gives lovers more happiness in one shudder than other men could gather in a lifetime.*

Le Horla[1]

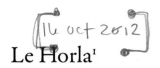

8 MAI. QUELLE JOURNÉE ADMIRABLE! J'ai passé toute la matinée étendu sur l'herbe, devant ma maison, sous l'énorme platane° qui la couvre, l'abrite et l'ombrage tout entière.   plantain tree
J'aime ce pays, et j'aime y vivre parce que j'y ai mes racines, ces profondes et délicates racines, qui attachent un homme à la terre où sont nés et morts ses aïeux,° qui l'attachent à ce qu'on pense et   ancestors
à ce qu'on mange, aux usages comme aux nourritures, aux locutions locales, aux intonations des paysans, aux odeurs du sol, des villages et de l'air lui-même.

J'aime ma maison où j'ai grandi. De mes fenêtres, je vois la Seine qui coule, le long de mon jardin, derrière la route, presque chez moi, la grande et large Seine qui va de Rouen au Havre, couverte de bateaux qui passent.

À gauche, là-bas, Rouen,[2] la vaste ville aux toits bleus, sous le peuple pointu des clochers gothiques. Ils sont innombrables, frêles ou larges, dominés par la 'flèche de fonte° de la cathédrale,   cast-iron steeple
et pleins de cloches qui sonnent dans l'air bleu des belles matinées, jetant jusqu'à moi leur doux et lointain bourdonnement°   buzzing
de fer, leur chant d'airain° que la brise m'apporte, tantôt plus fort   bronze
et tantôt plus affaibli, suivant qu'elle s'éveille ou s'assoupit.°   is dozing off

Comme il faisait bon ce matin!

Vers onze heures, un long convoi de navires, traînés° par   pulled
un remorqueur,° gros comme une mouche, et qui râlait° de   tugboat, groaned
peine en vomissant une fumée épaisse, défila devant ma grille.
Après deux goélettes° anglaises, dont le pavillon rouge ondoyait°   schooners, rippled
sur le ciel, venait un superbe trois-mâts° brésilien, tout blanc, ad-   three-masted ship
mirablement propre et luisant.° Je le saluai, je ne sais pourquoi,   gleaming

---

1   Published in *Le Horla* (1887).
2   Rouen is the capital of Normandy.

tant ce navire me fit plaisir à voir.

12 mai. – J'ai un peu de fièvre depuis quelques jours; je me
sens souffrant, ou plutôt je me sens triste.

D'où viennent ces influences mystérieuses qui changent en
découragement notre bonheur et notre confiance en détresse?°   distress
On dirait que l'air, l'air invisible est plein d'inconnaissables
Puissances, dont nous subissons° les voisinages° mystérieux. Je   are subject to, relations
m'éveille plein de gaieté, avec des envies de chanter dans la gorge.
— Pourquoi? — Je descends le long de l'eau; et soudain, après
une courte promenade, je rentre désolé, comme si quelque malheur m'attendait chez moi. — Pourquoi? — Est-ce un frisson
de froid qui, frôlant° ma peau, a ébranlé° mes nerfs et assombri°   brushing, rattled, dark-
mon âme? Est-ce la forme des nuages, ou la couleur du jour, la   ened
couleur des choses, si variable, qui, passant par mes yeux, a troublé ma pensée? Sait-on? Tout ce qui nous entoure, tout ce que
nous voyons sans le regarder, tout ce que nous frôlons sans le
connaître, tout ce que nous touchons sans le palper,° tout ce que   to feel
nous rencontrons sans le distinguer, a sur nous, sur nos organes
et, par eux, sur nos idées, sur notre cœur lui-même, des effets
rapides, surprenants et inexplicables.

Comme il est profond, ce mystère de l'Invisible! Nous ne le
pouvons sonder° avec nos sens misérables, avec nos yeux qui ne   to probe
savent apercevoir ni le trop petit, ni le trop grand, ni le trop près,
ni le trop loin, ni les habitants d'une étoile, ni les habitants d'une
goutte d'eau... avec nos oreilles qui nous trompent, car elles nous
transmettent les vibrations de l'air en notes sonores. Elles sont
des fées qui font ce miracle de changer en bruit ce mouvement
et par cette métamorphose donnent naissance à la musique, qui
rend chantante l'agitation muette° de la nature... avec notre odo-   silent
rat,° plus faible que celui du chien... avec notre goût, qui peut à   sense of smell
peine discerner l'âge d'un vin!

Ah! si nous avions d'autres organes qui accompliraient en
notre faveur d'autres miracles, que de choses nous pourrions
découvrir encore autour de nous!

16 mai. — Je suis malade, décidément! Je 'me portais si bien°   felt so good
le mois dernier! J'ai la fièvre, une fièvre atroce, ou plutôt un éner-

vement fiévreux, qui rend mon âme aussi souffrante que mon
corps! J'ai sans cesse cette sensation affreuse° d'un danger mena-   horrible
çant, cette appréhension d'un malheur qui vient ou de la mort
qui approche, ce pressentiment° qui est sans doute l'atteinte°   forboding, attack
d'un mal encore inconnu, germant° dans le sang et dans la chair.°   growing, flesh

18 mai. — Je viens d'aller consulter un médecin, car je ne
pouvais plus dormir. Il m'a trouvé le pouls° rapide, l'œil dilaté,   pulse
les nerfs vibrants, mais sans aucun symptôme alarmant. Je dois
me soumettre aux douches et boire du bromure de potassium.[3]

25 mai. — Aucun changement! Mon état, vraiment, est
bizarre. À mesure qu'approche le soir, une inquiétude incom-
préhensible m'envahit,° comme si la nuit cachait pour moi une   invades me
menace terrible. Je dîne vite, puis j'essaie de lire; mais je ne comprends pas les mots; je distingue à peine les lettres. Je marche
alors dans mon salon 'de long en large,° sous l'oppression d'une   back and forth
crainte° confuse et irrésistible, la crainte du sommeil et la crainte   fear
du lit.

Vers dix heures, je monte dans ma chambre. 'À peine° entré,   hardly
je donne deux tours de clef,[4] et je pousse les verrous; j'ai peur...
de quoi?... Je ne redoutais° rien jusqu'ici... j'ouvre mes armoires,   suspected
je regarde sous mon lit; j'écoute... j'écoute... quoi?... Est-ce
étrange qu'un simple malaise, un trouble de la circulation peut-
être, l'irritation d'un 'filet nerveux,° un peu de congestion, une   nerve ending
toute petite perturbation dans le fonctionnement si imparfait
et si délicat de notre machine vivante, puisse faire un mélancolique du plus joyeux des hommes, et un poltron° du plus brave?   coward
Puis, je me couche, et j'attends le sommeil comme on attendrait
le bourreau.° Je l'attends avec l'épouvante de sa venue, et mon   executioner
cœur bat, et mes jambes frémissent;° et tout mon corps tressaille°   tremble, tremble
dans la chaleur des draps, jusqu'au moment où je tombe tout à
coup dans le repos, comme on tomberait 'pour s'y noyer,° dans   to drown
un gouffre° d'eau stagnante. Je ne le sens pas venir, comme autre- chasm
fois, ce sommeil° perfide, caché près de moi, qui me guette,° qui   sleep, awaits
va me saisir par la tête, me fermer les yeux, m'anéantir.°   overwhelm me

---

3 **Bromure de potassium** was a powerful sedative.
4 In France, doors double-lock with an extra turn of the key.

Je dors — longtemps — deux ou trois heures — puis un rêve — non — un cauchemar° m'étreint.° Je sens bien que je suis cou- [nightmare, binds me] ché et que je dors... je le sens et je le sais... et je sens aussi que quelqu'un s'approche de moi, me regarde, me palpe, monte sur mon lit, s'agenouille° sur ma poitrine, me prend le cou entre ses [kneels] mains et serre...° serre... de toute sa force pour m'étrangler. [squeezes]

Moi, je me débats, lié par cette impuissance atroce, qui nous paralyse dans les songes; je veux crier, — je ne peux pas; — je veux remuer, — je ne peux pas; — j'essaie, avec des efforts af- freux, en haletant,° de me tourner, de rejeter cet être qui m'écrase [panting] et qui m'étouffe, — je ne peux pas!

Et soudain, je m'éveille, affolé, couvert de sueur.° J'allume [sweat] une bougie.° Je suis seul. [candle]

Après cette crise, qui se renouvelle toutes les nuits, je dors enfin, avec calme, jusqu'à l'aurore.° [dawn]

2 juin. — Mon état s'est encore aggravé. Qu'ai-je donc? Le bromure n'y fait rien; les douches n'y font rien. Tantôt, pour fatiguer mon corps, si las° pourtant, j'allai faire un tour dans la [weary] forêt de Roumare.[5] Je crus d'abord que l'air frais, léger et doux, plein d'odeur d'herbes et de feuilles, me versait aux veines un sang nouveau, au cœur une énergie nouvelle. Je pris une grande avenue de chasse, puis je tournai vers La Bouille,[6] par une allée étroite, entre deux armées d'arbres démesurément° hauts qui [inordinately] mettaient un toit vert, épais, presque noir, entre le ciel et moi.

Un frisson me saisit soudain, non pas un frisson de froid, mais un étrange frisson d'angoisse.

'Je hâtai le pas,° inquiet d'être seul dans ce bois, apeuré sans [I quickened my step] raison, stupidement, par la profonde solitude. Tout à coup, il me sembla que j'étais suivi, qu'on marchait sur mes talons,° tout près, [heels] à me toucher.

Je me retournai brusquement. J'étais seul. Je ne vis derrière moi que la droite et large allée vide, haute, redoutablement° vide; [fearsomely] et de l'autre côté elle s'étendait aussi à perte de vue, toute pareille, effrayante.

---

5   Roumare is a village north of Rouen in the département de Seine-Maritime
6   La Bouille is a village southwest of Rouen

Je fermai les yeux. Pourquoi? Et je me mis à tourner sur un talon, très vite, comme une toupie.° Je faillis tomber; je rouvris les yeux; les arbres dansaient, la terre flottait; je dus m'asseoir. Puis, ah! je ne savais plus par où j'étais venu! Bizarre idée! Bizarre! Bizarre idée! Je ne savais plus du tout. Je partis par le côté qui se trouvait à ma droite, et je revins dans l'avenue qui m'avait amené au milieu de la forêt.

top

3 juin. — La nuit a été horrible. Je vais m'absenter pendant quelques semaines. Un petit voyage, sans doute, me remettra.°

will cure

2 juillet. — Je rentre. Je suis guéri. J'ai fait d'ailleurs une excursion charmante. J'ai visité le mont Saint-Michel[7] que je ne connaissais pas.

Quelle vision, quand on arrive, comme moi, à Avranches,[8] vers la fin du jour! La ville est sur une colline; et on me conduisit dans le jardin public, au bout de la cité. Je poussai un cri d'étonnement. Une baie démesurée s'étendait devant moi, 'à perte de vue,° entre deux côtes écartées° se perdant au loin dans les brumes;° et au milieu de cette immense baie jaune, sous un ciel d'or et de clarté, s'élevait sombre et pointu un mont étrange, au milieu des sables. Le soleil venait de disparaître, et sur l'horizon encore flamboyant se dessinait le profil de ce fantastique rocher qui porte sur son sommet un fantastique monument.

as far as I could see,
separated; mist

Dès l'aurore, j'allai vers lui. La mer était basse, comme 'la veille au soir,° et je regardais se dresser° devant moi, à mesure que j'approchais d'elle, la surprenante abbaye. Après plusieurs heures de marche, j'atteignis° l'énorme bloc de pierre qui porte la petite cité dominée par la grande église. Ayant gravi° la rue étroite et rapide, j'entrai dans la plus admirable demeure gothique construite pour Dieu sur la terre, vaste comme une ville, pleine de salles basses écrasées sous des voûtes° et de hautes galeries que soutiennent de frêles colonnes. J'entrai dans ce gigantesque bijou de granit, aussi léger qu'une dentelle,° couvert de tours, de sveltes

previous evening, to rise

I reached
climbed

vaults

lace

---

7 Le Mont Saint-Michel is a walled city on a rock just off the French coast at the border between Normandy and Brittany, and which is an island only at high tide. It is crowned by a gothic abbey.

8 Avranches is a town on the coast of Normandy

clochetons, où montent des escaliers tordus,° et qui lancent dans   twisted
le ciel bleu des jours, dans le ciel noir des nuits, leurs têtes bizarres
hérissées° de chimères,° de diables, de bêtes fantastiques, de fleurs   bristling, monsters
monstrueuses, et reliés l'un à l'autre par de fines arches ouvragées.

Quand je fus sur le sommet, je dis au moine° qui m'accompa-   monk
gnait: "Mon Père, comme vous devez être bien ici!"

Il répondit: "Il y a beaucoup de vent, monsieur"; et nous
nous mîmes à causer en regardant monter la mer, qui courait sur
le sable[9] et le couvrait d'une cuirasse d'acier.°   steel

Et le moine me conta des histoires, toutes les vieilles histoires
de ce lieu, des légendes, toujours des légendes.

Une d'elles me frappa beaucoup. Les gens du pays, ceux du
mont, prétendent qu'on entend parler la nuit dans les sables,
puis qu'on entend bêler° deux chèvres, l'une avec une voix forte,   bleat
l'autre avec une voix faible. Les incrédules° affirment que ce sont   skeptics
les cris des oiseaux de mer, qui ressemblent tantôt à des bêlements,
et tantôt à des plaintes° humaines; mais les pêcheurs attardés°   laments, delayed
jurent avoir rencontré, rôdant° sur les dunes, entre deux marées,   prowling
autour de la petite ville jetée ainsi loin du monde, un vieux berger,
dont on ne voit jamais la tête couverte de son manteau, et qui
conduit, en marchant devant eux, un bouc° à figure d'homme et   billy goat
une chèvre à figure de femme, tous deux avec de longs cheveux
blancs et parlant sans cesse, se querellant dans une langue inconnue, puis cessant soudain de crier pour bêler de toute leur force.

Je dis au moine: "Y croyez-vous?" Il murmura: "Je ne sais pas."

Je repris: "S'il existait sur la terre d'autres êtres que nous,
comment ne les connaîtrions-nous point depuis longtemps;
comment ne les auriez-vous pas vus, vous? comment ne les aurais-je pas vus, moi?"

Il répondit: "Est-ce que nous voyons la cent millième partie
de ce qui existe? Tenez, voici le vent, qui est la plus grande force
de la nature, qui renverse les hommes, abat° les édifices, déracine   knocks down
les arbres, soulève la mer en montagnes d'eau, détruit les falaises,°   cliffs
et jette aux brisants° les grands navires, le vent qui tue, qui siffle,°   breakers, whistles
qui gémit,° qui mugit,° — l'avez-vous vu, et pouvez-vous le voir?   moans, roars

---

9 The dangerous incoming tide at Le Mont Saint-Michel is reputedly one
of the fastest in the world because the bay floor is miles wide, as well as very
smooth and gradual for quite a distance out from shore.

Il existe, pourtant."

Je me tus devant ce simple raisonnement. Cet homme était un sage ou peut-être un sot.° Je ne l'aurais pu affirmer au juste; mais je me tus. Ce qu'il disait là, je l'avais pensé souvent.

3 juillet. – J'ai mal dormi; certes, il y a ici une influence fié-vreuse, car mon cocher° souffre du même mal que moi. En ren-trant hier, j'avais remarqué sa pâleur singulière. Je lui demandai:

"Qu'est-ce que vous avez, Jean?"

"J'ai que je ne peux plus me reposer, monsieur, ce sont mes nuits qui mangent mes jours. Depuis le départ de monsieur, cela me tient comme un sort."°

Les autres domestiques vont bien cependant, mais j'ai grand-peur d'être repris, moi.

4 juillet. — Décidément, je suis repris. Mes cauchemars an-ciens reviennent. Cette nuit, j'ai senti quelqu'un accroupi° sur moi, et qui, sa bouche sur la mienne, buvait ma vie entre mes lèvres. Oui, il la puisait° dans ma gorge, comme aurait fait une sangsue.° Puis il s'est levé, repu,° et moi je me suis réveillé, telle-ment meurtri,° brisé,° anéanti, que je ne pouvais plus remuer. Si cela continue encore quelques jours, je repartirai certainement.

5 juillet. — Ai-je perdu la raison? Ce qui s'est passé la nuit dernière est tellement étrange, que ma tête s'égare° quand j'y songe!°

Comme je le fais maintenant chaque soir, j'avais fermé ma porte à clef; puis, ayant soif, je bus un demi-verre d'eau, et je re-marquai par hasard que ma carafe était pleine jusqu'au bouchon de cristal.

Je me couchai ensuite et je tombai dans un de mes sommeils épouvantables, dont je fus tiré au bout de deux heures environ par une secousse° plus affreuse encore.

Figurez-vous° un homme qui dort, qu'on assassine, et qui se réveille, avec un couteau dans le poumon,° et qui râle° couvert de sang, et qui ne peut plus respirer, et qui va mourir, et qui ne comprend pas — voilà.

Ayant enfin reconquis ma raison, j'eus soif de nouveau; j'allu-

Glosses (right margin):
fool
coachman
magic spell
crouching
was drawing from
leech, sated
sore, broken
becomes unhinged
think
jolt
imagine
lung, gives the death
rattle

mai une bougie et j'allai vers la table où était posée ma carafe. Je
la soulevai en la penchant° sur mon verre; rien ne coula. — Elle   tipping
était vide! Elle était vide complètement! D'abord, je n'y compris
rien; puis, tout à coup, je ressentis une émotion si terrible, que je
dus m'asseoir, ou plutôt, que je tombai sur une chaise! puis, je me
redressai d'un saut pour regarder autour de moi! puis je me rassis,
éperdu d'étonnement et de peur, devant le cristal transparent!
Je le contemplais avec des yeux fixes, cherchant à deviner. Mes
mains tremblaient! On avait donc bu cette eau? Qui? Moi? moi,
sans doute? Ce ne pouvait être que moi? Alors, j'étais somnam-
bule,° je vivais, sans le savoir, de cette double vie mystérieuse qui   sleepwalker
fait douter s'il y a deux êtres en nous, ou si un être étranger, inconnaissable et invisible, anime, par moments, quand notre âme
est engourdie,° notre corps captif qui obéit à cet autre, comme à   numb
nous-mêmes, plus qu'à nous-mêmes.

Ah! qui comprendra mon angoisse abominable? Qui comprendra l'émotion d'un homme, sain d'esprit, bien éveillé, plein
de raison et qui regarde épouvanté, à travers le verre d'une carafe, un peu d'eau disparue pendant qu'il a dormi! Et je restai là
jusqu'au jour, sans oser regagner° mon lit.   to return to

6 juillet. — Je deviens fou. On a encore bu toute ma carafe
cette nuit; — ou plutôt, je l'ai bue!

Mais, est-ce moi? Est-ce moi? Qui serait-ce? Qui? Oh! mon
Dieu! Je deviens fou! Qui me sauvera?

10 juillet. — Je viens de faire des épreuves° surprenantes.   tests
Décidément, je suis fou! Et pourtant!

Le 6 juillet, avant de me coucher, j'ai placé sur ma table du
vin, du lait, de l'eau, du pain et des fraises.

On a bu – j'ai bu — toute l'eau, et un peu de lait. On n'a
touché ni au vin, ni au pain, ni aux fraises.

Le 7 juillet, j'ai renouvelé la même épreuve, qui a donné le
même résultat.

Le 8 juillet, j'ai supprimé l'eau et le lait. On n'a touché à rien.

Le 9 juillet enfin, j'ai remis sur ma table l'eau et le lait seulement, en ayant soin d'envelopper les carafes en des linges de
mousseline° blanche et de ficeler ° les bouchons. Puis, j'ai frotté   muslin, fasten

mes lèvres, ma barbe, mes mains avec de la mine de plomb,° et je   lead
me suis couché.

L'invincible sommeil m'a saisi, suivi bientôt de l'atroce réveil.
Je n'avais point remué; mes draps eux-mêmes ne portaient pas
de taches.° Je m'élançai vers ma table. Les linges enfermant les   stains
bouteilles étaient demeurés immaculés. Je déliai les cordons, en
palpitant de crainte. On avait bu toute l'eau! on avait bu tout le
lait! Ah! mon Dieu!...

Je vais partir tout à l'heure pour Paris.

12 juillet. — Paris. J'avais donc perdu la tête les jours derniers! J'ai dû être le jouet de mon imagination énervée,° à moins   lethargic
que je ne sois vraiment somnambule, ou que j'aie subi une de
ces influences constatées,° mais inexplicables jusqu'ici, qu'on   noticed
appelle suggestions. En tout cas, mon affolement° touchait à la   emotion
démence,° et vingt-quatre heures de Paris ont suffi pour 'me re-   madness
mettre d'aplomb.°   to calm me down

Hier, après des courses et des visites, qui m'ont fait passer
dans l'âme de l'air nouveau et vivifiant, j'ai fini ma soirée au
Théâtre-Français. On y jouait une pièce d'Alexandre Dumas,
fils;[10] et cet esprit alerte et puissant a achevé° de me guérir. Certes,   finished
la solitude est dangereuse pour les intelligences qui travaillent. Il
nous faut autour de nous, des hommes qui pensent et qui parlent.
Quand nous sommes seuls longtemps, nous peuplons le vide de
fantômes.

Je suis rentré à l'hôtel très gai, par les boulevards. Au cou-
doiement° de la foule, je songeais, non sans ironie, à mes terreurs,   close contact
à mes suppositions de l'autre semaine, car j'ai cru, oui, j'ai cru
qu'un être invisible habitait sous mon toit. Comme notre tête est
faible et s'effare,° et s'égare vite, dès qu'un petit fait incompré-   becomes afraid
hensible nous frappe!

Au lieu de conclure par ces simples mots: "Je ne comprends
pas parce que la cause m'échappe," nous imaginons aussitôt des
mystères effrayants et des puissances surnaturelles.

14 juillet. — Fête de la République. Je me suis promené par

---

10 Alexandre Dumas, fils is the author of *La Dame aux camélias* and son of
the author of *Les Trois Mousquetaires*

les rues. Les pétards° et les drapeaux m'amusaient comme un en-   firecrackers
fant. C'est pourtant fort bête d'être joyeux, à date fixe, par décret
du gouvernement. Le peuple est un troupeau imbécile, tantôt
stupidement patient et tantôt férocement révolté. On lui dit:
"Amuse-toi." Il s'amuse. On lui dit: "Va te battre avec le voisin."
Il va se battre. On lui dit: "Vote pour l'Empereur." Il vote pour
l'Empereur. Puis, on lui dit: "Vote pour la République." Et il vote
pour la République.[11]

Ceux qui le dirigent sont aussi sots; mais au lieu d'obéir à des
hommes, ils obéissent à des principes, lesquels ne peuvent être
que niais,° stériles et faux, par cela même qu'ils sont des prin-   foolish
cipes, c'est-à-dire des idées réputées certaines et immuables,° en   immutable
ce monde où l'on n'est sûr de rien, puisque la lumière est une
illusion, puisque le bruit est une illusion.

16 juillet. – J'ai vu hier des choses qui m'ont beaucoup troublé.

Je dînais chez ma cousine, Mme Sablé, dont le mari commande le 76ᵉ chasseurs à Limoges. Je me trouvais chez elle avec
deux jeunes femmes, dont l'une a épousé un médecin, le docteur
Parent, qui s'occupe beaucoup des maladies nerveuses et des
manifestations extraordinaires auxquelles donnent lieu en ce
moment les expériences sur l'hypnotisme et la suggestion.

Il nous raconta longtemps les résultats prodigieux obtenus
par des savants anglais et par les médecins de l'école de Nancy.[12]

Les faits qu'il avança me parurent tellement bizarres, que je
me déclarai tout à fait incrédule.

"Nous sommes, affirmait-il, sur le point de découvrir un des
plus importants secrets de la nature, je veux dire, un de ses plus
importants secrets sur cette terre; car elle en a certes d'autrement importants, là-bas, dans les étoiles. Depuis que l'homme
pense, depuis qu'il sait dire et écrire sa pensée, il se sent frôlé
par un mystère impénétrable pour ses sens grossiers° et impar-   rudimentary

---

11 Over the course of the 19th century, France had a succession of
governments ranging from empires to monarchies to republics, in a
gradual transition from the **Ancien régime** toward a stable representative
government, the Third Republic, in 1871.

12 **L'école de Nancy** was a medical group also known as "L'Ecole de la
suggestion," which studied hypnotism from about 1882-1892.

faits, et il tâche de suppléer,° par l'effort de son intelligence, à   to rectify
l'impuissance de ses organes. Quand cette intelligence demeu-
rait° encore à l'état rudimentaire, cette hantise° des phénomènes   remained, obsession
invisibles a pris des formes banalement effrayantes. De là sont
nées les croyances populaires au surnaturel, les légendes des esprits rôdeurs, des fées, des gnomes, des revenants,° je dirai même   phantoms
la légende de Dieu, car nos conceptions de l'ouvrier-créateur, de
quelque religion qu'elles nous viennent, sont bien les inventions
les plus médiocres, les plus stupides, les plus inacceptables sorties
du cerveau apeuré des créatures. Rien de plus vrai que cette parole
de Voltaire: "Dieu a fait l'homme à son image, mais l'homme le
lui a bien rendu."[13]

"Mais, depuis un peu plus d'un siècle, on semble pressentir
quelque chose de nouveau. Mesmer[14] et quelques autres nous ont
mis sur une voie inattendue, et nous sommes arrivés vraiment,
depuis quatre ou cinq ans surtout, à des résultats surprenants."

Ma cousine, très incrédule aussi, souriait. Le docteur Parent
lui dit: "Voulez-vous que j'essaie de vous endormir, madame?"

"Oui, je veux bien."

Elle s'assit dans un fauteuil et il commença à la regarder fixement en la fascinant.° Moi, je me sentis soudain un peu troublé,   hypnotizing
le cœur battant, la gorge serrée. Je voyais les yeux de Mme Sablé
s'alourdir,° sa bouche se crisper, sa poitrine haleter.°   grow heavy, gasp

Au bout de dix minutes, elle dormait.

"Mettez-vous derrière elle," dit le médecin.

Et je m'assis derrière elle. Il lui plaça entre les mains une carte
de visite en lui disant: "Ceci est un miroir; que voyez-vous dedans?"

Elle répondit:

"Je vois mon cousin."

"Que fait-il?"

"Il se tord la moustache."

"Et maintenant?"

---

13 This quote comes from *Le Sottisier*, a notebook by Voltaire, and
published posthumously.

14 Franz Mesmer discovered what he called **le magnétisme animal**. His
evolving thinking and experiments, which came to be called "mesmerism"
were precursors to hypnotism.

"Il tire de sa poche une photographie."

"Quelle est cette photographie?"

"La sienne."

C'était vrai! Et cette photographie venait de m'être livrée,° le
soir même, à l'hôtel.

delivered

"Comment est-il sur ce portrait?"

"Il se tient debout avec son chapeau à la main."

Donc elle voyait dans cette carte, dans ce carton blanc,
comme elle eût vu dans une glace.

Les jeunes femmes, épouvantées, disaient: "Assez! Assez!
Assez!"

Mais le docteur ordonna: "Vous vous lèverez demain à huit
heures; puis vous irez trouver à son hôtel votre cousin, et vous le
supplierez de vous prêter cinq mille francs que votre mari vous
demande et qu'il vous réclamera à son prochain voyage."

Puis il la réveilla.

En rentrant à l'hôtel, je songeai à cette curieuse séance et des
doutes m'assaillirent,° non point sur l'absolue, sur l'insoupçonnable bonne foi de ma cousine, que je connaissais comme une
sœur, depuis l'enfance, mais sur une supercherie° possible du
docteur. Ne dissimulait-il pas dans sa main une glace qu'il montrait à la jeune femme endormie, en même temps que sa carte de
visite? Les prestidigitateurs° de profession font des choses autrement singulières.

assailed me

fraud

conjurors

Je rentrai donc et je me couchai.

Or, ce matin, vers huit heures et demie, je fus réveillé par
mon valet de chambre, qui me dit:

"C'est Mme Sablé qui demande à parler à monsieur tout de
suite."

Je m'habillai 'à la hâte° et je la reçus.

hastily

Elle s'assit fort troublée, les yeux baissés, et, sans lever son
voile, elle me dit:

"Mon cher cousin, j'ai un gros service à vous demander."

"Lequel, ma cousine?"

"Cela me gêne° beaucoup de vous le dire, et pourtant, il le
faut. J'ai besoin, absolument besoin, de cinq mille francs."

bothers

"Allons donc, vous?"

"Oui, moi, ou plutôt mon mari, qui me charge de les trouver."

J'étais tellement stupéfait, que je balbutiais° mes réponses. Je   stammered
me demandais si vraiment elle ne s'était pas moquée de moi[15] avec
le docteur Parent, si ce n'était pas là une simple farce préparée
d'avance et fort bien jouée.

Mais, en la regardant avec attention, tous mes doutes se dissipèrent. Elle tremblait d'angoisse, tant cette démarche lui était
douloureuse, et je compris qu'elle avait la gorge pleine de sanglots.

Je la savais fort riche et je repris:

"Comment! votre mari n'a pas cinq mille francs à sa disposition! Voyons, réfléchissez. Êtes-vous sûre qu'il vous a chargée de
me les demander?"

Elle hésita quelques secondes comme si elle eût fait un grand
effort pour chercher dans son souvenir, puis elle répondit:

"Oui..., oui... j'en suis sûre."

"Il vous a écrit?"

Elle hésita encore, réfléchissant. Je devinai° le travail tortu-   guessed
rant de sa pensée. Elle ne savait pas. Elle savait seulement qu'elle
devait m'emprunter cinq mille francs pour son mari. Donc elle
osa mentir.

"Oui, il m'a écrit."

"Quand donc? Vous ne m'avez parlé de rien, hier."

"J'ai reçu sa lettre ce matin."

"Pouvez-vous me la montrer?"

"Non... non... non... elle contenait des choses intimes... trop
personnelles... je l'ai... je l'ai brûlée."

"Alors, c'est que votre mari fait des dettes."

Elle hésita encore, puis murmura:

"Je ne sais pas."

Je déclarai brusquement:

"C'est que je ne puis disposer de cinq mille francs en ce moment, ma chère cousine."

Elle poussa une sorte de cri de souffrance.

"Oh! oh! je vous en prie, je vous en prie, trouvez-les..."

Elle s'exaltait, joignait les mains comme si elle m'eût prié!
J'entendais sa voix changer de ton; elle pleurait et bégayait,° har-   stammered
celée,° dominée par l'ordre irrésistible qu'elle avait reçu.   harassed

---

15 **Elle ne...** *she was not having me on*

"Oh! oh! je vous en supplie... si vous saviez comme je souffre...
il me les faut aujourd'hui."

J'eus pitié d'elle.

"Vous les aurez tantôt,° je vous le jure." soon

Elle s'écria:

"Oh! merci! merci! que vous êtes bon."

Je repris: "Vous rappelez-vous ce qui s'est passé hier chez
vous?"

"Oui."

"Vous rappelez-vous que le docteur Parent vous a endormie?"

"Oui."

"Eh bien, il vous a ordonné de venir m'emprunter ce matin
cinq mille francs, et vous obéissez en ce moment à cette suggestion."

Elle réfléchit quelques secondes et répondit:

"Puisque c'est mon mari qui les demande."

Pendant une heure, j'essayai de la convaincre, mais je n'y pus
parvenir.

Quand elle fut partie, je courus chez le docteur. Il allait sortir; et il m'écouta en souriant. Puis il dit:

"Croyez-vous maintenant?"

"Oui, il le faut bien."

"Allons chez votre parente."

Elle sommeillait déjà sur une chaise longue, accablée° de overwhelmed
fatigue. Le médecin lui prit le pouls, la regarda quelque temps,
une main levée vers ses yeux qu'elle ferma peu à peu sous l'effort
insoutenable° de cette puissance magnétique. unbearable

Quand elle fut endormie:

"Votre mari n'a plus besoin de cinq mille francs. Vous allez
donc oublier que vous avez prié votre cousin de vous les prêter, et,
s'il vous parle de cela, vous ne comprendrez pas."

Puis il la réveilla. Je tirai de ma poche un portefeuille:

"Voici, ma chère cousine, ce que vous m'avez demandé ce
matin."

Elle fut tellement surprise que je n'osai pas insister. J'essayai
cependant de ranimer sa mémoire, mais elle nia avec force, crut
que je me moquais d'elle, et faillit, à la fin, se fâcher.

ও

Voilà! je viens de rentrer; et je n'ai pu déjeuner, tant cette expérience m'a bouleversé.

19 juillet. — Beaucoup de personnes à qui j'ai raconté cette aventure se sont moquées de moi. Je ne sais plus que penser. Le sage dit: Peut-être?

21 juillet. – J'ai été dîner à Bougival,[16] puis j'ai passé la soirée au bal des canotiers.[17] Décidément, tout dépend des lieux et des milieux. Croire au surnaturel dans l'île de la Grenouillère,[18] serait le comble de la folie... mais au sommet du mont Saint-Michel?... mais dans les Indes? Nous subissons effroyablement l'influence de ce qui nous entoure. Je rentrerai chez moi la semaine prochaine.

30 juillet. — Je suis revenu dans ma maison depuis hier. Tout va bien.

2 août. — Rien de nouveau; il fait un temps superbe. Je passe mes journées à regarder couler la Seine.

4 août. — Querelles parmi mes domestiques. Ils prétendent qu'on casse les verres, la nuit, dans les armoires. Le valet de chambre accuse la cuisinière, qui accuse la lingère, qui accuse les deux autres. Quel est le coupable? Bien fin qui le dirait!

6 août. — Cette fois, je ne suis pas fou. J'ai vu... j'ai vu... j'ai vu!... Je ne puis plus douter... j'ai vu!... J'ai encore froid jusque dans les ongles...° j'ai encore peur jusque dans les moelles...° j'ai vu!...

fingernails, marrow

16 Bougival is a town on the west side of Paris near the Seine. With the development of the train in the 19th century, Bougival became a stylish suburb of Paris.
17 Rowing on the Seine was a popular Sunday activity in the 19th century and into the 20th century.
18 La Grenouillère is a bathing and boating resort with floating restaurant on Ile de Croissy in the Seine near Chatou. During the Second Empire (1852-1870), it was a popular weekend destination for Parisians,.

Je me promenais à deux heures, en plein soleil, dans mon parterre° de rosiers... dans l'allée des rosiers d'automne qui commencent à fleurir.

garden

Comme je m'arrêtais à regarder un 'géant des batailles,° qui portait trois fleurs magnifiques, je vis, je vis distinctement, tout près de moi, la tige d'une de ces roses se plier, comme si une main invisible l'eût tordue, puis se casser, comme si cette main l'eût cueillie!° Puis la fleur s'éleva, suivant une courbe qu'aurait décrite un bras en la portant vers une bouche, et elle resta suspendue dans l'air transparent, toute seule, immobile, effrayante tache rouge à trois pas de mes yeux.

"variety of rose"

picked

Éperdu,° je me jetai sur elle pour la saisir! Je ne trouvai rien; elle avait disparu. Alors je fus pris d'une colère furieuse contre moi-même; car il n'est pas permis à un homme raisonnable et sérieux d'avoir de pareilles hallucinations. Mais était-ce bien une hallucination? Je me retournai pour chercher la tige, et je la retrouvai immédiatement sur l'arbuste,° fraîchement brisée° entre les deux autres roses demeurées à la branche.

puzzled

bush
broken

Alors, je rentrai chez moi l'âme bouleversée, car je suis certain, maintenant, certain comme de l'alternance des jours et des nuits, qu'il existe près de moi un être invisible, qui se nourrit de lait et d'eau, qui peut toucher aux choses, les prendre et les changer de place, doué par conséquent d'une nature matérielle, bien qu'imperceptible pour nos sens, et qui habite comme moi, sous mon toit...

7 août. – J'ai dormi tranquille. Il a bu l'eau de ma carafe, mais n'a point troublé mon sommeil.

Je me demande si je suis fou. En me promenant, tantôt° au grand soleil, le long de la rivière, des doutes me sont venus sur ma raison, non point° des doutes vagues comme j'en avais jusqu'ici, mais des doutes précis, absolus. J'ai vu des fous; j'en ai connu qui restaient intelligents, lucides, clairvoyants même sur toutes les choses de la vie, sauf sur un point. Ils parlaient de tout avec clarté, avec souplesse, avec profondeur, et soudain leur pensée, touchant l'écueil° de leur folie s'y déchirait en pièces, s'éparpillait et sombrait dans cet océan effrayant et furieux, plein de vagues

sometimes

not

danger point

bondissantes, de brouillards, de bourrasques,° qu'on nomme "la   squalls
démence."

Certes, je me croirais fou, absolument fou, si je n'étais
conscient, si je ne connaissais parfaitement mon état, si je ne le
sondais en l'analysant avec une complète lucidité. Je ne serais
donc, en somme, qu'un halluciné raisonnant. Un trouble inconnu se serait produit dans mon cerveau, un de ces troubles qu'es-
saient de noter et de préciser aujourd'hui les physiologistes; et
ce trouble aurait déterminé dans mon esprit, dans l'ordre et la
logique de mes idées, une crevasse profonde. Des phénomènes
semblables ont lieu dans le rêve qui nous promène à travers
les fantasmagories les plus invraisemblables,° sans que nous en   unlikely
soyons surpris, parce que l'appareil vérificateur, parce que le sens
du contrôle est endormi; tandis que la faculté imaginative veille
et travaille. Ne se peut-il pas qu'une des imperceptibles touches
du clavier cérébral se trouve paralysée chez moi? Des hommes, 'à
la suite° d'accidents, perdent la mémoire des noms propres ou   following
des verbes ou des chiffres,° ou seulement des dates. Les localisa-   numbers
tions de toutes les parcelles de la pensée sont aujourd'hui prou-
vées. Or, quoi d'étonnant à ce que ma faculté de contrôler l'irréa-
lité de certaines hallucinations, se trouve engourdie chez moi en
ce moment!

Je songeais à tout cela en suivant le bord de l'eau. Le soleil
couvrait de clarté la rivière, faisait la terre délicieuse, emplissait°   filled
mon regard d'amour pour la vie, pour les hirondelles,[19] dont
l'agilité est une joie de mes yeux, pour les herbes de la rive dont le
frémissement est un bonheur de mes oreilles.

Peu à peu, cependant, un malaise inexplicable me pénétrait.
Une force, me semblait-il, une force occulte m'engourdissait,
m'arrêtait, m'empêchait d'aller plus loin, me rappelait en arrière.
J'éprouvais ce besoin douloureux de rentrer qui vous oppresse,
quand on a laissé au logis un malade aimé, et que le pressentiment
vous saisit d'une aggravation de son mal.

Donc, je revins malgré moi, sûr que j'allais trouver, dans ma
maison, une mauvaise nouvelle, une lettre ou une dépêche.° Il n'y   letter
avait rien; et je demeurai plus surpris et plus inquiet que si j'avais

---

19   **hirondelles** are swallows. This bird, with its forked tail symbolizes
springtime and resurrection.

eu de nouveau quelque vision fantastique.

8 août. – J'ai passé hier une affreuse soirée. Il ne se manifeste plus, mais je le sens près de moi, m'épiant,° me regardant, me pénétrant, me dominant et plus redoutable, en se cachant ainsi, que s'il signalait par des phénomènes surnaturels sa présence invisible et constante.

spying one me

J'ai dormi, pourtant.

9 août. — Rien, mais j'ai peur.

10 août. — Rien; qu'arrivera-t-il demain?

11 août. — Toujours rien; je ne puis plus rester chez moi avec cette crainte et cette pensée entrées en mon âme; je vais partir.

12 août, 10 heures du soir. — Tout le jour j'ai voulu m'en aller; je n'ai pas pu. J'ai voulu accomplir cet acte de liberté si facile, si simple, — sortir — monter dans ma voiture° pour gagner Rouen — je n'ai pas pu. Pourquoi?

coach

13 août. — Quand on est atteint par certaines maladies, tous les ressorts° de l'être physique semblent brisés, toutes les énergies anéanties, tous les muscles relâchés,° les os devenus mous comme la chair et la chair liquide comme de l'eau. J'éprouve cela dans mon être moral d'une façon étrange et désolante. Je n'ai plus aucune force, aucun courage, aucune domination sur moi aucun pouvoir même de mettre en mouvement ma volonté. Je ne peux plus vouloir; mais quelqu'un veut pour moi; et j'obéis.

resilience
released

14 août. — Je suis perdu! Quelqu'un possède mon âme et la gouverne! quelqu'un ordonne tous mes actes, tous mes mouvements, toutes mes pensées. Je ne suis plus rien en moi, rien qu'un spectateur esclave et terrifié de toutes les choses que j'accomplis. Je désire sortir. Je ne peux pas. Il ne veut pas; et je reste, éperdu, tremblant, dans le fauteuil où il me tient assis. Je désire seulement me lever, me soulever, afin de me croire maître de moi. Je ne peux pas! Je suis rivé° à mon siège° et mon siège adhère au sol, de telle sorte qu'aucune force ne nous soulèverait.

riveted, seat

Puis, tout d'un coup, il faut, il faut, il faut que j'aille au fond de mon jardin cueillir des fraises et les manger. Et j'y vais. Je cueille des fraises et je les mange! Oh! mon Dieu! Mon Dieu! Mon Dieu! Est-il un Dieu? S'il en est un, délivrez-moi, sauvez-moi! secourez-moi! Pardon! Pitié! Grâce! Sauvez-moi! Oh! quelle souffrance! quelle torture! quelle horreur!

15 août. — Certes,° voilà comment était possédée et dominée ma pauvre cousine, quand elle est venue m'emprunter cinq mille francs. Elle subissait un vouloir étranger entré en elle, comme une autre âme, comme une autre âme parasite et dominatrice. Est-ce que le monde va finir?

 Mais celui qui me gouverne, quel est-il, cet invisible? cet inconnaissable, ce rôdeur d'une race° surnaturelle?

 Donc les Invisibles existent! Alors, comment depuis l'origine du monde ne se sont-ils pas encore manifestés d'une façon précise comme ils le font pour moi? Je n'ai jamais rien lu qui ressemble à ce qui s'est passé dans ma demeure. Oh! si je pouvais la quitter, si je pouvais m'en aller, fuir et ne pas revenir. Je serais sauvé, mais je ne peux pas.

 16 août. – J'ai pu m'échapper aujourd'hui pendant deux heures, comme un prisonnier qui trouve ouverte, par hasard, la porte de son cachot.° J'ai senti que j'étais libre tout à coup et qu'il était loin. J'ai ordonné d'atteler° bien vite et j'ai gagné Rouen. Oh! quelle joie de pouvoir dire à un homme qui obéit: "Allez à Rouen!"

 Je me suis fait arrêter devant la bibliothèque et j'ai prié qu'on me prêtât le grand traité° du docteur Hermann Herestauss sur les habitants inconnus du monde antique et moderne.

 Puis, au moment de remonter dans mon coupé,° j'ai voulu dire: "À la gare!" et j'ai crié, — je n'ai pas dit, j'ai crié — d'une voix si forte que les passants se sont retournés: "À la maison," et je suis tombé, affolé° d'angoisse, sur le coussin de ma voiture. Il m'avait retrouvé et repris.

 17 août. — Quelle nuit! quelle nuit! Et pourtant il me semble que je devrais me réjouir.° Jusqu'à une heure du matin, j'ai lu! Hermann Herestauss, docteur en philosophie et en théogonie,° a écrit l'histoire et les manifestations de tous les êtres invisibles rô-

certainly

people

dungeon

to harness

treatise

coach

horrified

to rejoice

study of Greek gods

dant autour de l'homme ou rêvés par lui. Il décrit leurs origines, leur domaine, leur puissance. Mais aucun d'eux ne ressemble à celui qui me hante. On dirait que l'homme, depuis qu'il pense, a pressenti et redouté un être nouveau, plus fort que lui, son successeur en ce monde, et que, le sentant proche et ne pouvant prévoir la nature de ce maître, il a créé, dans sa terreur, tout le peuple fantaſtique des êtres occultes, fantôme vagues nés de la peur. Donc, ayant lu jusqu'à une heure du matin, j'ai été m'asseoir ensuite auprès° de ma fenêtre ouverte pour rafraîchir° mon front et ma pensée au vent calme de l'obscurité.　　　　　　　*near, to cool off*

Il faisait bon, il faisait tiède! Comme j'aurais aimé cette nuit-là autrefois!

Pas de lune. Les étoiles avaient au fond du ciel noir des scintillements° frémissants.° Qui habite ces mondes? Quelles formes,　*glittering, trembling* quels vivants, quels animaux, quelles plantes sont là-bas? Ceux qui pensent dans ces univers lointains, que savent-ils plus que nous? Que peuvent-ils plus que nous? Que voient-ils que nous ne connaissons point? Un d'eux, un jour ou l'autre, traversant l'eſpace, n'apparaîtra-t-il pas sur notre terre pour la conquérir, comme les Normands jadis° traversaient la mer pour asservir des　*long ago* peuples plus faibles?[20]

Nous sommes si infirmes, si désarmés, si ignorants, si petits, nous autres, sur ce grain de boue qui tourne délayé dans une goutte d'eau.

Je m'assoupis en rêvant ainsi au vent frais du soir.

Or, ayant dormi environ quarante minutes, je rouvris les yeux sans faire un mouvement, réveillé par je ne sais quelle émotion confuse et bizarre.

Je ne vis rien d'abord, puis, tout à coup, il me sembla qu'une page du livre reſté ouvert sur ma table venait de tourner toute seule. Aucun souffle d'air n'était entré par ma fenêtre. Je fus surpris et j'attendis. Au bout de quatre minutes environ, je vis, je vis, oui, je vis de mes yeux une autre page se soulever et 'se rabattre°　*fall back down* sur la précédente, comme si un doigt l'eût feuilletée.° Mon fau-　*paged through* teuil était vide, semblait vide; mais je compris qu'il était là, lui, assis à ma place, et qu'il lisait. D'un bond furieux, d'un bond

---

20 **Les Normands,** or Scandinavian "Norsemen," invaded Normandy in the 10th century.

de bête révoltée, qui va éventrer° son dompteur,° je traversai ma   eviscerate, tamer
chambre pour le saisir, pour l'étreindre,° pour le tuer!... Mais   to grip
mon siège, avant que je l'eusse atteint, se renversa comme si on
eût fui devant moi... ma table oscilla, ma lampe tomba et s'étei-
gnit, et ma fenêtre se ferma comme si un malfaiteur° surpris se   evil-doer
fût élancé° dans la nuit, en prenant à pleines mains les battants.[21]   launched

     Donc, il s'était sauvé; il avait eu peur, peur de moi, lui!

     Alors... alors... demain... ou après... ou un jour quelconque,°   whatever
je pourrai donc le tenir sous mes poings,° et l'écraser contre le   fists
sol! Est-ce que les chiens, quelquefois, ne mordent point et
n'étranglent pas leurs maîtres?

     18 août. — J'ai songé toute la journée. Oh! oui je vais lui obéir,
suivre ses impulsions, accomplir toutes ses volontés, me faire
humble, soumis, lâche.° Il est le plus fort. Mais une heure vien-   cowardly
dra...

     19 août) — Je sais... je sais... je sais tout! Je viens de lire
ceci dans la *Revue du Monde scientifique*:[22] "Une nouvelle assez
curieuse nous arrive de Rio de Janeiro. Une folie, une épidémie
de folie, comparable aux démences contagieuses qui atteignirent
les peuples d'Europe au moyen âge, sévit° en ce moment dans   is ravaging
la province de San-Paulo. Les habitants éperdus quittent leurs
maisons, désertent leurs villages, abandonnent leurs cultures, se
disant poursuivis, possédés, gouvernés comme un bétail° humain   cattle
par des êtres invisibles bien que tangibles, des sortes de vam-
pires qui se nourrissent de leur vie, pendant leur sommeil, et qui
boivent en outre de l'eau et du lait sans paraître toucher à aucun
autre aliment.

     "M. le professeur Don Pedro Henriquez, accompagné de plu-
sieurs savants° médecins, est parti pour la province de San-Paulo   wise
afin d'étudier sur place les origines et les manifestations de cette
surprenante folie, et de proposer à l'Empereur les mesures qui lui
paraîtront les plus propres à rappeler à la raison ces populations
en délire.°"   delirium

     Ah! Ah! je me rappelle, je me rappelle le beau trois-mâts

---

2 1   **En prenant...** *pushing open the window with both hands.*
2 2   This scientific journal is fictional.

brésilien qui passa sous mes fenêtres en remontant la Seine, le 8 mai dernier! Je le trouvais si joli, si blanc, si gai! L'Être était dessus, venant de là-bas, où sa race est née! Et il m'a vu! Il a vu ma demeure° blanche aussi; et il a sauté du navire sur la rive. Oh! mon Dieu!   *residence*

À présent, je sais, je devine.° Le règne de l'homme est fini.   *guess*

Il est venu, Celui que redoutaient les premières terreurs des peuples naïfs, Celui qu'exorcisaient les prêtres inquiets, que les sorciers évoquaient par les nuits sombres, sans le voir apparaître encore, à qui les pressentiments des maîtres passagers du monde prêtèrent toutes les formes monstrueuses ou gracieuses des gnomes, des esprits, des génies, des fées, des farfadets.° Après les grossières° conceptions de l'épouvante primitive, des hommes plus perspicaces° l'ont pressenti plus clairement. Mesmer l'avait deviné et les médecins, depuis dix ans déjà, ont découvert, d'une façon précise, la nature de sa puissance avant qu'il l'eût exercée lui-même. Ils ont joué avec cette arme du Seigneur nouveau, la domination d'un mystérieux vouloir sur l'âme humaine devenue esclave. Ils ont appelé cela magnétisme, hypnotisme, suggestion...[23] que sais-je? Je les ai vus s'amuser comme des enfants imprudents avec cette horrible puissance! Malheur à nous! Malheur à l'homme! Il est venu, le... le... comment se nomme-t-il... le... il me semble qu'il me crie son nom, et je ne l'entends pas... le... oui... il le crie... J'écoute... je ne peux pas... répète... le... Horla... J'ai entendu... le Horla... c'est lui... le Horla... il est venu!... Ah! le vautour a mangé la colombe;° le loup a mangé le mouton; le lion a dévoré le buffle aux cornes aiguës; l'homme a tué le lion avec la flèche, avec le glaive,° avec la poudre; mais le Horla va faire de l'homme ce que nous avons fait du cheval et du bœuf: sa chose, son serviteur et sa nourriture, par la seule puissance de sa volonté. Malheur à nous!   *sprites* / *crude* / *discerning* / *dove* / *sword*

Pourtant, l'animal, quelquefois, se révolte et tue celui qui l'a dompté... moi aussi je veux... je pourrai... mais il faut le connaître, le toucher, le voir! Les savants disent que l'œil de la bête, différent du nôtre, ne distingue point comme le nôtre... Et mon œil à moi ne peut distinguer le nouveau venu qui m'opprime.

---

23 **Magetisme, hypnotisme, suggestion** all refer to the ideas of Mesmer, l'Ecole de Salpiêtre, and l'Ecole de Nancy, respectively.

Pourquoi? Oh! je me rappelle à présent les paroles du moine du mont Saint-Michel: "Est-ce que nous voyons la cent millième partie de ce qui existe? Tenez, voici le vent qui est la plus grande force de la nature, qui renverse les hommes, abat les édifices, déracine les arbres, soulève la mer en montagnes d'eau, détruit les falaises et jette aux brisants les grands navires,° le vent qui tue, qui   *ships* siffle, qui gémit, qui mugit, l'avez-vous vu et pouvez-vous le voir: il existe pourtant!"

Et je songeais encore: mon œil est si faible, si imparfait, qu'il ne distingue même point les corps durs, s'ils sont transparents comme le verre!... Qu'une glace° sans tain° barre° mon chemin, il   *mirror, silver backing,* me jette dessus comme l'oiseau entré dans une chambre se casse   *block* la tête aux vitres.° Mille choses en outre le trompent et l'égarent?°   *window panes, lead* Quoi d'étonnant, alors, à ce qu'il ne sache point apercevoir un   *astray* corps nouveau que la lumière traverse.

Un être nouveau! pourquoi pas? Il devait venir assurément! pourquoi serions-nous les derniers! Nous ne le distinguons point, ainsi que tous les autres créés avant nous? C'est que sa nature est plus parfaite, son corps plus fin et plus fini que le nôtre, que le nôtre si faible, si maladroitement conçu, encombré d'organes toujours fatigués, toujours forcés comme des ressorts trop complexes, que le nôtre, qui vit comme une plante et comme une bête, en se nourrissant péniblement d'air, d'herbe et de viande, machine animale 'en proie aux maladies,° aux déformations, aux   *victim of illnesses* putréfactions, poussive,° mal réglée, naïve et bizarre, ingénieuse-   *wheezing* ment mal faite, œuvre grossière et délicate, 'ébauche d'être° qui   *the beginnings of a* pourrait devenir intelligent et superbe.   *being*

Nous sommes quelques-uns, si peu sur ce monde, depuis l'huître jusqu'à l'homme. Pourquoi pas un de plus, une fois accomplie la période qui sépare les apparitions successives de toutes les espèces diverses?

Pourquoi pas un de plus? Pourquoi pas aussi d'autres arbres aux fleurs immenses, éclatantes° et parfumant des régions en-   *brilliant* tières? Pourquoi pas d'autres éléments que le feu, l'air, la terre et l'eau? — Ils sont quatre, rien que quatre, ces pères nourriciers°   *adoptive fathers* des êtres! Quelle pitié! Pourquoi ne sont-ils pas quarante, quatre cents, quatre mille! Comme tout est pauvre, mesquin,° misé-   *mean* rable! avarement° donné, sèchement inventé, lourdement fait!   *stingily*

Ah! l'éléphant, l'hippopotame, que de grâce! le chameau, que d'élégance!

Mais direz-vous, le papillon! une fleur qui vole! J'en rêve un qui serait grand comme cent univers, avec des ailes dont je ne puis même exprimer la forme, la beauté, la couleur et le mouvement. Mais je le vois... il va d'étoile en étoile, les rafraîchissant et 'les embaumant° au souffle harmonieux et léger de sa course!... Et les peuples de là-haut le regardent passer, extasiés et ravis!

                     making them smell swe

Qu'ai-je donc? C'est lui, lui, le Horla, qui me hante, qui me fait penser ces folies! Il est en moi, il devient mon âme; je le tuerai!

19 août. — Je le tuerai. Je l'ai vu! je me suis assis hier soir, à ma table; et je fis semblant d'écrire avec une grande attention. Je savais bien qu'il viendrait rôder autour de moi, tout près, si près que je pourrais peut-être le toucher, le saisir? Et alors!... alors, j'aurais la force des désespérés; j'aurais mes mains, mes genoux, ma poitrine, mon front, mes dents pour l'étrangler, l'écraser, le mordre, le déchirer.

Et je le guettais avec tous mes organes surexcités.

J'avais allumé mes deux lampes et les huit bougies de ma cheminée, comme si j'eusse pu, dans cette clarté, le découvrir.

En face de moi, mon lit, un vieux lit de chêne à colonnes;[24] à droite, ma cheminée; à gauche, ma porte fermée avec soin,° après   *care* l'avoir laissée longtemps ouverte, afin de l'attirer; derrière moi, une très haute armoire à glace, qui me servait chaque jour pour me raser, pour m'habiller, et où j'avais coutume de me regarder, de la tête aux pieds, chaque fois que je passais devant.

Donc, je 'faisais semblant° d'écrire, pour le tromper,° car il   *pretended, trick* m'épiait° lui aussi; et soudain, je sentis, je fus certain qu'il lisait   *spied on me* par-dessus mon épaule, qu'il était là, frôlant mon oreille.

Je me dressai, les mains tendues, en me tournant si vite que je faillis tomber. Eh bien?... on y voyait comme en plein jour, et je ne me vis pas dans ma glace!... Elle était vide, claire, profonde, pleine de lumière! Mon image n'était pas dedans... et j'étais en face, moi! Je voyais le grand verre limpide du haut en bas. Et je

---

24 An oak four-poster bed.

regardais cela avec des yeux affolés; et je n'osais plus avancer, je n'osais plus faire un mouvement, sentant bien pourtant qu'il était là, mais qu'il m'échapperait encore, lui dont le corps imperceptible avait dévoré mon reflet.

Comme j'eus peur! Puis voilà que tout à coup je commençai à m'apercevoir dans une brume, au fond du miroir, dans une brume comme à travers une nappe° d'eau; et il me semblait que cette eau glissait° de gauche à droite, lentement, rendant plus précise mon image, de seconde en seconde. C'était comme la fin d'une éclipse. Ce qui me cachait ne paraissait point posséder de contours nettement arrêtés, mais une sorte de transparence opaque, s'éclaircissant peu à peu.

Je pus enfin me distinguer complètement, ainsi que je le fais chaque jour en me regardant.

Je l'avais vu! L'épouvante m'en est restée, qui me fait encore frissonner.

20 août. — Le tuer, comment? puisque je ne peux l'atteindre? Le poison? mais il me verrait le mêler° à l'eau; et nos poisons, d'ailleurs, auraient-ils un effet sur son corps imperceptible? Non... non... sans aucun doute... Alors?... alors?...

21 août. – J'ai fait venir un serrurier° de Rouen et lui ai commandé pour ma chambre des 'persiennes de fer,° comme en ont, à Paris, certains hôtels particuliers, au rez-de-chaussée, par crainte des voleurs. Il me fera, 'en outre,° une porte pareille. Je me suis donné pour un poltron, mais 'je m'en moque!...°

10 septembre. — Rouen, hôtel Continental. C'est fait... c'est fait... mais est-il mort? J'ai l'âme bouleversée de ce que j'ai vu. Hier donc, le serrurier ayant posé° ma persienne et ma porte de fer, j'ai laissé tout ouvert, jusqu'à minuit, bien qu'il commençât à faire froid.

Tout à coup, j'ai senti qu'il était là, et une joie, une joie folle m'a saisi. Je me suis levé lentement, et j'ai marché à droite, à gauche, longtemps pour qu'il ne devinât rien; puis j'ai ôté mes bottines° et mis mes savates° avec négligence; puis j'ai fermé ma persienne de fer, et revenant à pas tranquilles vers la porte, j'ai

layer
slid

to mix

locksmith
metal slatted shade

in addition
I don't care

installed

boots, slippers

fermé la porte aussi 'à double tour.° Retournant alors vers la fe-   *double locked*
nêtre, je la fixai par un cadenas,° dont je mis la clef dans ma poche.   *padlock*

Tout à coup, je compris qu'il s'agitait autour de moi, qu'il
avait peur à son tour, qu'il m'ordonnait de lui ouvrir. Je faillis
céder; je ne cédai pas, mais m'adossant° à la porte, 'je l'entre-   *leaning against*
bâillai,° tout juste assez pour passer, moi, 'à reculons;° et comme   *I opened the door a*
je suis très grand ma tête touchait au linteau.° J'étais sûr qu'il   *crack, backing out;*
n'avait pu s'échapper et je l'enfermai, tout seul, tout seul. Quelle   *lintel*
joie! Je le tenais! Alors, je descendis, en courant; je pris dans mon
salon, sous ma chambre, mes deux lampes et je renversai toute
l'huile sur le tapis, sur les meubles, partout; puis j'y mis le feu, et
je me sauvai, après avoir bien refermé, à double tour, la grande
porte d'entrée. Et j'allai me cacher au fond de mon jardin, dans
un massif de lauriers. Comme ce fut long! comme ce fut long!
Tout était noir, muet, immobile; pas un souffle d'air, pas une
étoile, des montagnes de nuages qu'on ne voyait point, mais qui
pesaient sur mon âme si lourds, si lourds.

Je regardais ma maison, et j'attendais. Comme ce fut long!
Je croyais déjà que le feu s'était éteint tout seul, ou qu'il l'avait
éteint, Lui, quand une des fenêtres d'en bas creva° sous la pous-   *burst*
sée de l'incendie, et une flamme, une grande flamme rouge et
jaune, longue, molle, caressante, monta le long du mur blanc et
le baisa jusqu'au toit. Une lueur° courut dans les arbres, dans les   *glow*
branches, dans les feuilles, et un frisson, un frisson de peur aussi.
Les oiseaux se réveillaient; un chien se mit à hurler; il me sembla
que le jour se levait! Deux autres fenêtres éclatèrent aussitôt, et
je vis que tout le bas de ma demeure n'était plus qu'un effrayant
brasier. Mais un cri, un cri horrible, suraigu,° déchirant, un cri de   *piercing*
femme passa dans la nuit, et deux mansardes° s'ouvrirent! J'avais   *garrett windows*
oublié mes domestiques! Je vis leurs faces affolées, et leurs bras
qui s'agitaient!...

Alors, éperdu d'horreur, je me mis à courir vers le village en
hurlant: "Au secours! au secours! au feu! au feu!" Je rencontrai
des gens qui s'en venaient déjà et je retournai avec eux, pour voir.

La maison, maintenant, n'était plus qu'un bûcher° horrible   *pyre*
et magnifique, un bûcher monstrueux, éclairant toute la terre, un
bûcher où brûlaient des hommes, et où il brûlait aussi, Lui, Lui,
mon prisonnier, l'Être nouveau, le nouveau maître, le Horla!

Soudain le toit tout entier s'engloutit entre les murs et un volcan de flammes jaillit° jusqu'au ciel. Par toutes les fenêtres ouvertes sur la fournaise,° je voyais la cuve° de feu, et je pensais qu'il était là, dans ce four, mort...

    surged

    furniture, base

—Mort? Peut-être?... Son corps? son corps que le jour traversait n'était-il pas indestructible par les moyens qui tuent les nôtres?

S'il n'était pas mort?... seul peut-être le temps a prise sur l'Être Invisible et Redoutable. Pourquoi ce corps transparent, ce corps inconnaissable, ce corps d'Esprit, s'il devait craindre, lui aussi, les maux, les blessures, les infirmités, la destruction prématurée?

La destruction prématurée? toute l'épouvante humaine vient d'elle! Après l'homme, le Horla. — Après celui qui peut mourir tous les jours, à toutes les heures, à toutes les minutes, par tous les accidents, est venu celui qui ne doit mourir qu'à son jour, à son heure, à sa minute, parce qu'il a touché la limite de son existence!

Non... non... sans aucun doute, sans aucun doute... il n'est pas mort... Alors... alors... il va donc falloir que je me tue, moi!...

25 mai 1887

Isabelle Eberhardt (1877-1904)

Isabelle-Wilhelmine-Marie Eberhardt was born on Feb 17, 1877, the illegitimate daughter of Nathalie de Moerder, a Russian in exile in Geneva. Her father was probably Alexander Trophimowsky, her mother's lover and Eberhardt's tutor. Trophimowsky had a deep influence on Eberhardt. An anarchist, he rejected the values of the Russian aristocracy and the Swiss bourgeoisie, including gender roles. He encouraged Eberhardt to cut her hair short and dress in boy's clothing as a way to circumvent the limitations imposed on women's personal freedom. Under his tutelage, Eberhardt studied Greek, Latin, and classical Arabic in addition to her spoken languages Russian, French, German, and Italian.

In 1897, Eberhardt emigrated to Algeria, where she spent the rest of her life. Rejecting European bourgeois and colonial society, she converted to Islam, dressed as an Arab man, adopted the name Mahmoud Saadi. For years, she lived among the desert nomads, earning respect and protection from local sheikhs and religious leaders through her Islamic scholarly instruction and devotion, as well as her equestrian skills. Eventually, she married an Arab spahi. With him, she was initiated into the Qadrya lodge, a Sufi order. This was an extremely unusual accomplishment for a Western woman. In 1904, at the age of 27, Eberhardt died in a flash flood at Aïn Séfra, an oasis in the Algerian Sahara near the Moroccan border.

Eberhardt's work, published posthumously, consists of essays, articles, fiction, diaries and personal letters. Nomadism, cultural, sexual, and gender crossings, and a certain exoticism are central themes in her work.

Per Fas et Nefas[1]

A mon frère AUGUSTIN DE MŒRDER
Souvenir d'affection

Usant à l'envi leurs chaleurs dernières
Nos deux cœurs seront deux vastes flambeaux
Qui réfléchiront leurs doubles lumières
Dans nos deux esprits, ces miroirs jumeaux.

Un soir fait de rose et de bleu mystique,
Nous échangerons un éclair unique
Comme un long sanglot, tout charge d'adieux...
BAUDELAIRE, *Les Fleurs du Mal*

ENSEVELI° AU MILIEU DE toutes les blancheurs laiteuses°   buried, milky
de son lit et de sa chambre, Michel Lébédinsky 'se mou-
rait° lentement...   was dying

Par ce beau matin de mai radieux et ensoleillé, il semblait
plus faible et plus près déjà de l'inélectable° fin.   inescapable

Sa souveraine beauté mâle s'était, depuis ces derniers quinze
jours, excessivement affinée, beaucoup adoucie surtout...

Seuls en son masque d'une blancheur singulière, les grands
yeux sombres vivaient encore d'une vie intense de géant à l'agonie.

Parfois, à travers ses larges prunelles° changeantes, passaient   pupils
des éclairs de jadis,° reflets mourants de sa force jeune, et de sa   the past
presque surhumaine énergie...

Mais d'ordinaire, cependant, ils semblaient plongés, vagues
tout à fait, en une mélancolie de rêve amer.°   bitter

Souvent ses lèvres livides, par un contraste singulier, sou-

---

1   *Per fas et nefas* is a Latin expression meaning, "through right or wrong,"
meaning "leaving no possible means untried." This story was written in 1896.

riaient d'un étrange sourire de *volupté*[2] douloureuse – presque douce parfois.

Très silencieux, il semblait presque ne pas s'apercevoir de la fréquence de mes apparitions à son chevet.°   bedside

Son indifférence à mon égard était extrême: ce ne fut que le cinquième jour qu'il me demanda mon nom... Jusque-là, il m'avait appelée simplement *docteur,* ou bien, avec une ironie voulue, presque méchante, mademoiselle Bas-Bleu.[3]

Très patiemment je l'étudiais, suivant sa lente agonie avec un intérêt toujours croissant° et aussi, très involontairement, avec   growing une vague tristesse, un regret de ce grand artiste génial qui allait mourir à cette heure solennelle d'apothéose° à laquelle tous as-   pinnacle pirent – et que si peu atteignent...

Le *renégat*[4] génial ne se plaignait jamais.

Pendant les longues heures des nuits sans sommeil, il restait couché sur le dos, immobile, les yeux clos.

Il ne parlait pas, et un lourd silence régnait dans cette chambre de petit hôtel propret° au bord de la mer...   tidy

Par désœuvrement,° et aussi par intérêt purement psycholo-   idleness gique, je descendais chez Lébédinsky beaucoup plus souvent que ne m'y obligeait mon devoir professionnel...

Et ce matin-là, Lébédinsky regarda par la fenêtre ouverte le ciel clair et les mâts° des navires là, tout près, se détachant en   masts traits déliés° sur le bleu profond, immaculé...   unbound

... Depuis longtemps, il savait que la phtisie° l'emporterait au   tuberculosis plus beau de sa jeunesse. Il avait voulu qu'au moins sa vie trop courte fût une apothéose d'art, de volupté, d'amour et de pen- sée... Et à présent, quand il avait senti la mort approcher, fatale- ment et sans rémission possible, il voulut mourir comme il avait vécu, en esthète et en épicurien.

Il avait choisi cette ville antique à la chevaleresque devise *Civitas Calvi semper fidelis,*[5] pour y venir agoniser et mourir, en face de la grande mer bleue qu'il avait tant aimée en artiste et

---

2 **Volupté** is sensual or sexual pleasure.

3 **Bas-bleu** is a woman, usually pedantic, with literary pretensions.

4 **Rénégat** is someone who has abandoned or betrayed his or her religion, opinions, country, etc.

5 ***Civitas Calvi semper fidelis*** is Latin device that means "The city of Calvi, always faithful." Calvi is a city on the coast of Corsica.

presque en amant, qui avait inspiré son génie et dont il voulait, jusqu'à son heure dernière, entendre encore la grande voix désolée pour le bercer° en son assoupissement° ultime...   to rock, sleep

Et elle était là, elle pleurait tout près, pendant les nuits des tumultes et des tempêtes, et sa plainte immense endormit l'agonisant...

Il la sentait proche, et il l'écoutait, sans se lasser jamais de sa grande mélodie d'épouvante...

J'étais venue m'asseoir près de l'autre fenêtre, et je regardais, moi aussi, le golfe étincelant° au soleil du matin, et les montagnes   sparkling
lointaines perdues dans une brume lilacée...°   lavender

Et, dans mon cœur malade d'incrédule et de sceptique du siècle, l'éternelle question sans réponse «Pourquoi?» 'se dressait°   arose
encore une fois, sans échos, dans la brume grise de l'impénétrable mystère...

Devant cette beauté absolue de l'Univers, devant cet enivrement° de la terre amoureuse 'se pâmant° sous le soleil fécondateur,   exultation, enaptured
des souvenirs tristes et étrangement doux envahissaient° mon   penetrated
âme nostalgique de l'éternel *Ailleurs*, des souvenirs auréolés° déjà   glorified
du nimbe° mélancolique et lumineux des choses mortes, envo-   halo
lées pour jamais, et déjà lointaines... Et aussi, par instants, je pensais à cet homme étrange qui agonisait lentement, là tout près...

Quinze jours auparavant,° il arrivait à Calvi et louait l'étage   earlier
supérieur de cet hôtel...

Le lendemain, il ne se relevait plus.

Par un caprice étrange, soit nostalgie douloureuse, soit simplement fantaisie de mourant, il avait demandé expressément un médecin russe.

Et forcément, le choix était tombé sur moi, aucun autre médecin russe ne se trouvant dans les environs.

Et j'avais accepté de le soigner° pour connaître de près ce   to take care of
géant de l'*Art*, ce grand *renégat* admiré et maudit° tout à la fois,   cursed
qui passait pour avoir renié° à jamais la patrie lointaine et *nous*   renounced
autres, ses frères de jadis et qui, volontairement, s'était exilé pour toujours.

Dès le début, j'avais vu qu'aucune ombre d'espoir ne restait plus... Il pouvait encore traîner ainsi quelques semaines, trois, peut-être, ou au plus, un mois. Après, c'était la fin, inexorablement.

Par devoir, je lui avais proposé de réunir en consultation quelques distingués confrères corses.[6]

Dédaigneusement, il avait répondu:

"*Inutile!*"

Il semblait, à première vue, ignorer° sa fin si proche et pourtant, dès le premier instant, j'avais compris qu'il ne se faisait aucune illusion sur tout ce que son état avait de désespéré définitivement.

Jamais il ne me parlait de son mal, jusqu'à ce jour-là. Il ne semblait pas s'en inquiéter...

... Mais dans son regard plus fixe et plus sombre, dans la contraction plus douloureuse de ses sourcils noirs, j'avais saisi la genèse° et le développement d'une idée qui, visiblement, à travers des phrases multiples de lutte cachée, montait en lui, de jour en jour plus envahissante déjà, presque unique souvent...

"Mademoiselle... Podolinsky!"

Sa voix très affaiblie, mais vibrante encore parfois, m'appela pour la première fois

par ce nom.

Je m'approchai. Lébédinsky fixa sur moi un regard sombrement interrogateur.

"Ecoutez! Oubliez toute la routine du métier, oubliez tout ça. Je sais que je vais mourir mais je veux savoir *quand*, je veux que ce soit *vous* qui me le disiez."

Je le regardai un instant, puis, sans hésiter, je lui dis:

"Oui, Lébédinsky, vous allez mourir."

"Bientôt, n'est-ce pas?"

"Oui."

Dans ses yeux altiers° passa un éclair d'*orgueil*° farouche, une *lueur noire*, comme s'il embrassait déjà de son œil immatérialisé l'immensité sombre du Néant[7] absolu d'outre-tombe.[8]

Puis avec sa grâce féline, il jeta ses mains jointes sous sa tête renversée, avec un sourire presque heureux, et un soupir voluptueux, à pleine poitrine...

Margin glosses:
to be unaware of

beginnings

haughty, pride

---

6 **Confrères corses** fellow Corsicans
7 **Néant**... death, or the state contrary to existence
8 **Outre-tombe**... *beyond the grave*

"On dirait, Mikail Alexandrovitch, que cette certitude vous réjouit!"

Il ne répondit rien.

Sciemment,° je venais de commettre une cruauté, un acte   knowingly
contraire absolument à mon devoir professionnel, et je l'avais fait
froidement, dans l'unique but d'étudier les replis secrets de cette
organisation étrange de Lébédinsky... D'ailleurs, je voyais bien
que c'était égal, et qu'il était perdu inexorablement.

Longtemps, les yeux vagues, il resta immobile.

Tout à coup, il demanda avec un sourire étrange:

"Avez-vous jamais aimé? Quel monde ignoré° de tous et fer-   unknown
mé que votre âme solitaire de bas-bleu! Quel âge avez-vous, que
vous semblez si jeune?"

"Je suis vieille, j'ai vingt-huit ans déjà... "

"Tant que ça? Mais vous pouvez me le dire à moi, puisque je
vais mourir... Avez-vous *aimé*?"

"Oui."

"*Entièrement?*"

"Comment, entièrement?"

"Autrement que platoniquement? Tenez, cela se voit à vos
yeux... et si ce n'était pas, vous ne sembleriez pas si jeune."

Il me regardait presque gaiement, avec un sourire bon enfant,
un peu *entendu*, que je ne lui soupçonnais même pas.

"Oui, vous avez deviné juste."

De nouveau, il resta silencieux, très loin, probablement, de
moi et de cet entretien 'à bâtons rompus.°   about this and that

"Pourquoi êtes-vous venue à Calvi?"

Quand je lui eus dit la vérité, il eut un soupir et dit:

"Tenez, il y a près de Larnaka, à Chypre,[9] un bois de châtai-
gniers,° sur un rocher, non loin de la mer... L'endroit est admi-   chestnut trees
rable... Eh bien, j'aurais tant voulu y retourner encore une fois
avant de mourir... J'y ai goûté la plus absolue ivresse d'amour qui
puisse être donnée à un homme. Et pourtant, Dieu sait si j'ai usé
et abusé de l'amour sous toutes ses formes! Oui, j'aurais voulu
revoir encore cet endroit-là... seulement, c'est bien fini, et je vais
mourir... Ah, ce beau rêve d'il y a trois ans!"

... Longtemps, les yeux tristes intensément, il resta immobile,

---

9 **Larnaka** is a city in Cyprus

puis tout à coup, il dit:

"Ecoutez... je voulais vous demander un..."

Un accès de toux l'interrompit. Il étouffait. La garde rentra et vint soutenir sa tête, le soulevant. Rapidement, le linge que je lui donnai 'se teignit° de sang...   grew stained

"Lâchez-moi, Reparata!" murmura faiblement Lébédinsky.

Pour la première fois, son regard trahissait sa souffrance cruelle.

La respiration plus pénible, il ne bougea plus... Ses lèvres décolorées se contractaient douloureusement.

Enfin, brutalement, le regard dur et soucieux, il dit à sa garde:

"Allez-vous-en, Reparata. Attendez que Mademoiselle vous appelle."

Puis, quand elle fut partie, à moi:

"Est-ce que je durerai encore. une dizaine de jours?"

"Oui, peut-être plus encore."

Je n'avais aucun scrupule à lui dire la très sombre vérité, sachant bien qu'il était absolument inutile d'essayer de lui donner le change.

"Alors... je vous prie... voulez-vous télégraphier à l'un de mes amis, à Athènes... de venir de suite ici, mais tout de suite, aussi!"

"Certainement."

Avec une sombre ironie très amère, il dit:

"Ah oui, on ne refuse rien aux condamnés à mort!"

Puis, avec un geste de 'défi méprisant:°   scornful challenge

"Du jugement des hommes et du vôtre, je m'en moque... Oh! que je méprise tous les Pharisiens![10] Hé bien oui, je l'aime, je l'aime! Envers et contre tous! En dépit de la Nature et de la Mort! Et tenez, j'en suis fier!"

Je ne comprenais pas de qui il parlait, mais je l'observais, craignant un commencement de délire.

"Cessez de parler, Mikail Alexandrovitch! Dites seulement le nom et l'adresse de votre ami... Je vous laisserai Reparata et j'irai moi-meme au télégraphe, pour que vous puissiez être certain... "

"Merci!"

---

10 **Pharisiens** are people who consider themselves virtuous for strictly observing dogma, and who judge others harshly with the claim of doing them a service.

Pour la première fois, il me tendit la main et me jeta un regard très doux, presque affectueux.

"Rue d'Homère, 7... Stélianos Synodinos, étudiant en droit. Signez *Michel*..."

Soudain, il prit ma main et, pour la première fois, il me dit en russe:

"Merci, Podolinsky, merci... Et ne croyez pas que je suis le renégat cynique qu'on dit!... Ecoutez: 'Mais plus que tous les parfums et les autels° étrangers, le poète des inspirations inquiètes aima, au milieu de ses pérégrinations,° sa patrie malheureuse!...' altars
wanderings

... Je sortis, sentant pour cet homme étrange une sorte de tendresse très attristée...

J'allais assez vite le long des rues inondées de lumière, réfléchissant au mystérieux monologue de Lébédinsky: 'Je l'aime, en *dépit de la Nature* et de la *Mort*'. Qui! le Syndinos? Cette idée étrange me vint. Mais non, il est russe, pensais-je, étonnée de ma supposition, avec une sorte de malaise vague...

En rentrant à l'hôtel, je m'attardai un instant à regarder partir un grand 'bateau à vapeur° français. Je le suivis des yeux... Et je steamship pensais avec une étrange tristesse au jour très prochain sans doute où, pour ne plus jamais revenir, j'allais, moi aussi, quitter cette île que je commençais à comprendre et à aimer et où j'allais laisser dans une tombe silencieuse à jamais cet homme au génie puissant, aux passions intenses et tourmentées, si attirant et si jeune aussi, hélas!

... Je regardais les montagnes noyées° maintenant dans un awash rayonnement d'or pâle, d'or byzantin de jadis, et le ciel lumineux au-dessus du golfe miroitant, en d'innombrables petits zigzags de feu mobiles roulant dans l'infini vivant, au-dessus des profondeurs sombres...

... Une semaine après, par une soirée transparente et tiède...

Après sa demi-confession de l'autre jour, Lébédinsky était replongé de nouveau dans son mutisme° dédaigneux et froide- silence ment ironique.

Je voyais bien, cependant, avec quelle impatience fébrile° il feverish attendait l'arrivée de son ami... Se sentant faiblir d'heure en heure, et entrevoyant déjà avec cette netteté° effrayante le sombre clarity néant, il désespérait parfois.

Mais enfin, la veille, un télégramme de Marseille était venu annoncer l'arrivée de Synodinos.

Avec toutes les précautions possibles, je lui transmis le petit papier bleu.

Il eut un soupir profond, puis, se détournant, il ne remua° plus. Inquiète, je regardais de plus près. Entre ses longs doigts blancs serrés sur sa figure, des larmes ruisselaient. Sa poitrine se soulevait douloureusement, déchirée de sanglots convulsifs. moved

Je m'en allai.

Larmes de joie... ou plutôt d'ultime désespoir?

Quel mystère y avait-il sous cette amitié étrange avec cet étudiant grec?

Et, de nouveau, la même idée troublante me vint.

"Nadéjda Nicolaïewna!" (Quand je rentrai, sa voix plus faible retentit dans le silence alangui° de la chambre.) "Il doit bien y avoir des fleurs... seulement... est-ce que je n'abuse pas... " lifeless

"Si vous voulez des fleurs, rien de plus facile. Lesquelles aimez-vous le mieux?"

"Oh, les lys, les lilas, les roses, les jasmins... toutes les fleurs! Elles m'enchantent toutes également... elles sont si belles et si pleines de vie!"

Je lui fis apporter toute une moisson° odorante et sa chambre imprudemment remplie ressemblait déjà à une chapelle ardente. harvest

Par une suprême coquetterie d'esthète mourant, il choisissait les plus belles fleurs et 'les éparpillait° sur son lit, sur sa poitrine. spread them out

Je le regardais faire, étonnée un peu et inquiète, regrettant presque, et craignant que tous ces parfums ne nuisent.

Mais, en somme, tout cela était si égal, puisque, de toute façon, il était condamné! Je commençais à le comprendre et à le connaître, et je ne pouvais plus me résoudre à le traiter en malade ordinaire.

Comme je descendais, une des filles de service me dit:

"Il y a justement un monsieur qui demande M. Michel... Je l'ai mis au salon."

J'entrais. Près de la fenêtre, debout, je vis un grand jeune homme très brun, mais avec une recherché sévère, tout en noir, comme en grand deuil. Il avait une beauté sensuelle et pâle, tout à fait féminine.

Je remarquai la grâce exquise qui caractérisait le moindre de ses mouvements aisés et lents.

"Stélianos Synodinos," dit-il en s'inclinant... "A qui ai-je l'honneur..."

Il fixait sur moi ses grands yeux noirs enfiévrés et un peu rouges, en un regard de haine° sincère et inquiète qui m'étonna d'abord.

hatred

Je déclinai mon nom et ma qualité de médecin, il eut un demi-sourire à la fois très dédaigneux et presque *amusé*, avec un haussement d'épaules à peine perceptible.

Je me retins à peine de sourire moi aussi, car j'avais compris sa première idée: il m'avait prise pour la *maîtresse* de Lébédinsky.

"Il faut que je le voie tout de suite! Comment va-t-il?"

"Lébédinsky? Il est très mal... Ménagez-le,° dans tous les cas. Je vais aller le prévenir."

be careful with him

"Vite, vite!"

Tandis que je sortais, je vis le jeune homme se tordre les mains en un atroce désespoir.

Avec beaucoup de ménagement, je dis la nouvelle à Lébédinsky. Il pâlit visiblement et se laissa retomber sur les coussins, portant la main à sa poitrine.

"Vite... "

Quand il entra, Synodinos tremblait presque, les yeux angoissés.

Je voulus m'en aller, les laisser seuls, mais Lébédinsky me cria avec un de ces regards de défi farouche et méprisant qu'il avait souvent:

"Vous pouvez rester, s'il vous plaît! Mais restez donc!"

Par pur intérêt d'observateur, pour ne pas manquer cette phase capitale du drame que je devinais, je restais.

Lébédinsky était soulevé, brusquement, lui tendant ses deux mains presque diaphanes.°

translucent

Dans ses yeux ardents il y eut, à ce moment, un rayonnement de bonheur suprême, une tendresse infinie, et ce regard d'extase sublime le rendit souverainement beau en sa pâleur de mourant.

Synodinos vint tomber à genoux près de ce lit chargé de fleurs, déjà semblable à un tombeau.

Ce fut un enlacement violent, une étreinte° passionnée sans

embrace

un cri, sans un mot.

Puis, dans le grand silence lourd du soir qui achevait de tomber, j'entendis les sanglots déchirants° de Synodinos.   heart-rending

Très doucement, en grec, Lébédinsky lui disait, serrant sur sa poitrine la tête brune du jeune homme:

"Voyons, ne pleure pas, mon chéri... A quoi bon? Je ne vais pas essayer de te consoler... Mais sois plus fort, mon pauvre chéri!"

Ils parlèrent longtemps, très bas, toujours enlacés, Stélianos à genoux sur le tapis, sa tête cachée sur la poitrine de son ami... Ils m'avaient complètement oubliée... Je n'entendais depuis longtemps plus ce qu'ils disaient, parce qu'ils parlaient trop bas.

Peu à peu, accablé,° Stélianos avait cessé de pleurer.   overwhelmed

Je les laissai ainsi, malgré l'heure tardive.

Pour Lébédinsky, je continuais à ressentir ce même détachement absolu des choses de mon métier. Je ne voulais pas, et cela sciemment, le priver de cet ultime entretien avec cet homme dont je commençais à comprendre plus clairement le rôle.

A quoi bon? Bien des fois déjà, dans les cas désespérés, moi qui suis si loin de toute sensiblerie féminine, je me suis départie de mon devoir étroit de praticienne pour ne plus agir en guérisseuse° coûte que coûte, mais en philosophe et surtout en psychologue expérimental... Et cette nuit-la, je voulais le faire.   healer

En cette heure tranquille où quelque chose de solennel semblait planer sur la ville endormie, j'étais plus que jamais absolument maîtresse de tout mon être. Ma volonté dominait le moindre tressaillement de mes nerfs. Seul le cerveau travaillait, et les centres nerveux étaient ravalés au rôle propre d'appareils téléphoniques lui transmettant les impressions à chaque instant.

Je me trouvais en cette heure dans cet état spécial d'absolu calme nerveux et de cérébration° intense qui me vient parfois aux heures de danger ou de travail intellectuel ardu, d'opérations chirurgicales très dangereuses, par exemple...   mental activity

Et, cette nuit, une fois de plus, mon grand scepticisme slave° triomphait en moi et je me croisais les bras, sans le moindre dégoût et sans révolte, devant cette 'antinomie criante° envers la nature.   Slavic   glaring contradiction

Après tout, me disais-je, tout au monde n'est que pure convention... En face de la Mort, toutes nos théories morales se réduisent à néant.

Je m'en allai errer le long des quais inondés de lumière pâle et phosphorescente. En moi, maintenant, c'était un grand calme qui semblait devoir être définitif, éternel. Avec une netteté jamais atteinte, peut-être, je voyais tout l'absolu néant qui est la Joie, la Douleur, l'Univers, la Vie et la Mort. L'universel Nihilisme triomphait à cette heure de toutes les aspirations jeunes.

Et cependant, je regardais avec une volupté singulière et calme l'admirable féerie° de cette nuit méridionale,° et, peu à peu, 'sans secousse,° sans déchirement, je me replongeais dans le monde vague et doucement attristé des souvenirs... D'autres nuits de printemps me revinrent à la mémoire, plus languides et plus chaudes, très loin, sur cette terre d'Afrique où j'allais me rendre pour y accomplir un pèlerinage infiniment triste.

Et, comme en de vertigineuses transparences d'abîme,° à travers toutes ces choses aimées et jadis si amèrement pleurées, le grand vide final m'apparaissait, seul existant, universel et éternel.

... Deux jours plus tard, à l'heure recueillie du crépuscule...

Lébédinsky était couché à la renverse, amaigri encore et plus faible.

Près de lui, Synodinos qui ne le quittait plus était assis dans le fauteuil de Reparata, tenant les mains du mourant dans les siennes.

Ils étaient tristes tous deux et très calmes, comme si, déjà, ils eussent senti planer sur eux le grand apaisement final du repos éternel.

Très bas toujours, Stélianos parlait. Lébédinsky, les yeux ouverts, avec un vague sourire, écoutait en silence.

Un dernier rayon du soleil couchant jeta un reflet rosé très pâle sur la tapisserie à fleurs bleues, sur la couverture immaculée, et sur les cheveux noirs de Synodinos.

Dehors, là-haut, de très petits nuages écarlates° nageaient dans l'infini d'or rose en fusion du couchant, tandis que les montagnes s'estompaient en des teintes lilacées.

Les cloches de Calvi sonnaient, lentes et sonores, pour l'Angélus[11] du soir, et leurs grandes voix de deuil° allaient se perdre

spectacle, southern

smoothly

abyss

scarlet

mourning

---

11 **L'Angélus** is a prayer recited in the morning, at noon, and in the evening

dans l'immensité, dans le ciel incandescent...

Stélianos parlait toujours. Il ne voyait plus, perdu dans le vague tristement trompeur du souvenir... La tête de Lébédinsky avait glissé peu à peu sur le coussin et son regard s'était fait immobile étrangement.

Stélianos parlait, et la musique de sa voix jeune se fondait, en un chant d'agonie désolée, en une plainte de désespoir suprême avec celles des cloches solennelles.

Lébédinsky ne bougeait plus...

Son regard était perdu dans le rayonnement d'apothéose du couchant, là-haut, dans le ciel illusoire où, depuis longtemps, il ne savait plus trouver les doux mirages qui ont bercé notre début dans la vie et que, parfois, aux heures de détresse, les faibles et les désespérés essayent en vain d'invoquer encore.

Et Stélianos était *seul*, tenant dans ses mains encore chaudes, encore avides des étreintes folles de jadis, les mains glacées à jamais de son maître, de son idole – de son *amant*.

La pénombre° transparente de la nuit achevait de descendre   half-light
sur la terre assoupie, sur la mer immense en son murmure éternel.

Le Roman du Turco[1]

A TUNIS,[2] DANS L'OMBRE de la vieille *djemaâ*[3] Zitounak sous des voûtes emplies d'une pénombre bleuâtre où des ouvertures espacées jettent de brusques rayons de lumière nette° et vivante, il est une cité privilégiée, où règne un silence discret, comme oppressé par le voisinage de la mosquée, grande à elle seule comme une petite ville.

    De chaque côté de cette allée, dont les piliers° verts et rouges sont les arbres immobiles, en des boutiques sans profondeur, tels des armoires ou des alvéoles,° garnies de longs cierges° de cire,° de flacons ciselés,° des hommes sont assis sur leur comptoir élevé. Ils portent des vêtements de soie ou de drap fin, aux nuances éteintes,° d'une infinie délicatesse: vieux rose velouté,° bleu-gris comme argenté, vert Nil, orange doré... Leurs visages, aux traits réguliers et fins, affinés par des siècles de vie discrète et indolente, ont un teint pâle, d'une pâleur de cire, et sont d'expression distinguée.

    Plusieurs d'entre eux sont des fils de familles illustres et très riches, et qui sont là uniquement pour ne pas être des oisifs° et pour avoir un lieu de réunion, loin des cafés ou se délasse° la plèbe.°

    C'est le marché aux parfums, le *souk-el-attarine*.[4] La boutique de Si Allèla[5] ben Hassène était l'une des mieux décorées, d'un gout sobre et 'de bon aloi.°

    Si Allèla est le fils d'un vieux docteur de la loi, *imam*[6] de la

clear

columns

niches, candles, wax
chiseled

muted, velvety

lazibones
relax
ordinary people

respectable

---

1 **Turco** is an informal name by which Algerian infantrymen had been called since the Crimean War in 1854. This story was originally published in *Les nouvelles d'Alger* between August 27-29, 1902.
2 Tunis is the capital of Tunisia.
3 **Djemaâ** means *mosque*.
4 **Souk** is an outdoor market.
5 **Si** is an honorific.
6 **Imam** means *leader*. One of the functions of the imam is to lead prayers

djemaâ Zitouna, et issu d'une antique et considérable famille de Tlemcen,[7] refugiée en Tunisie depuis la conquête.[8] Le jeune homme, ses études musulmanes terminées, avait été marié avec une fille d'aussi illustre lignée et son père lui avait donné cette boutique pour y passer les heures longues d'une vie aristocratique et monotone.

Si Allèla ne ressemblait pas cependant à ses anciens condisciples. Il évitait leur fréquentation, ne les initiait pas à ses plaisirs, auxquels son mariage n'avait apporté aucun changement. Il préférait la société spirituelle des vieux poètes arabes, ne côtoyant° de leurs individualités abolies° que les manifestations les plus pures et les plus belles.

Et les autres jeunes Maures[9] le fuyaient, le jugeant plein d'orgueil° et dédaigneux.

Si Allèla s'ennuyait, dans la monotonie des choses quotidiennes. Il savait penser, car son intelligence était vive et 's'était aiguisée° encore dans les études ardues et pénibles d'exégèse,° de poétique et de jurisprudence. Et la conscience des choses augmentait son ennui. Rien de nouveau ne se présentait à la curiosité et à l'ardeur de ses vingt-cinq ans.

Un jour semblable à tant d'autres, Si Allèla était assis dans sa boutique, accoudé° à un coussin et feuilletant distraitement un vieux livre jauni, œuvre d'un poète égyptien qui associa l'idée de la mort à celle de l'amour. Si Allèla, pour la centième fois peut-être, le relisait. Devant lui, dans un mince petit vase en verre peint de petites étoiles bleu et or, une grande fleur de magnolia, laiteuse entre quatre feuilles luisantes et sombres, exhalait la sensualité de son parfum, comme une âme de passion, et les yeux de Si Allèla, quittant les feuillets flétris° du poème, se fixaient parfois sur cette blancheur chaude de chair pâmée.°

... A la porte du *souk*, une voiture s'arrêta et deux femmes voi-

Marginal glosses:
mixing with
erased
pride
had grown sharp, analys
leaning
withered
pale

---

at the mosque.

7 Tlemcen... a city located in the mountains of northwest Algeria, near the Moroccan border.

8 The conquest referred to is colonial conquest by the French. Tunisia became a French protectorate in 1881 and remained a French protectorate until 1956, when it became an independent nation.

9 **Les Maures,** *Moors,* were a nomadic people of the northern shores of Africa, mostly of Berber and Arab stock.

lées° à la mode algérienne¹⁰ en descendirent. Elles étaient envelop- ⟶ veiled

pées de *ferrachia*° blanches, et leur voile, étant blanc aussi, laissait ⟶ "woman's veil"

voir leurs yeux. Lentement, avec un balancement rythmique de

leurs hanches,° elles entrèrent dans l'ombre parfumée et suivirent ⟶ hips

l'allée. La première, que l'on devinait jeune et svelte, était grande.

Elle portait la tête haute et regardait avec une hardiesse tranquille.

Son regard était seul visible, lourd et fascinateur¹¹ dans la splen-

deur des yeux magnifiés par toutes les environnantes blancheurs.

Celle qui suivait, presque respectueusement, était vieille et

caduque.° ⟶ weakened

Devant la boutique de Si Allèla, les étrangères s'arrêtèrent

et commencèrent, avec un accent gazouillant,° un marchandage ⟶ warbling

malicieux, plein de sous-entendus et de traits acérés,° dont la fi- ⟶ biting

nesse plut à Si Allèla.

"D'où es-tu? demanda-t-il."

"De loin, dans l'ouest. Tunis est belle, les hommes en sont

polis, surtout les parfumeurs du *souk*. Et je ne regrette pas d'être

venue."

Puis avec un long regard devenu soudain sérieux et plein de

promesses, elle fit un petit tas d'objets choisis et dit:

"Apporte-moi cela ce soir près de la fontaine de Halfouïne,¹²

chez Khadidja la Constantinoise."¹³

Si Allèla sourit et, doucement, repoussa la main teinte au

henné¹⁴ qui lui tendait une pièce d'or...

Les Algériennes partirent, et les autres marchands chucho-

tèrent° et sourirent, malveillants.° ⟶ whispered, malevolent

Si Allèla compara le teint du front pur entrevu sous le voile

à la carnation de la grande fleur peu à peu épanouie° dans la cha- ⟶ opened up

leur. Et un trouble monta à son esprit, du fond de l'instinctivité

de ses sens.

---

10 Algeria was also a French colony from 1830 until 1962. Unlike Tunisia,
Algerian independence came only after a protracted brutal war.

11 **Fascinateur**: in the nineteenth century, the word "fascinating" had a
hypnotic and seductive connotation.

12 **Halfouïne** is a neighborhood in Tunis.

13 **Khadidja** means *from Constantine*. It is a city situated high above the
Rhumel River valley in northeastern Algeria.

14 Women sometimes dyed the palms of their hands and the soles of their
feet with henna to enhance their beauty

... Du minaret[15] aux faïences[16] vertes, les voix de rêve du crieur appela pour la prière de l'*asr* (l'après-midi)[17] et de petits garçons vinrent remplacer les marchands, qui, en groupe silencieux, entrèrent dans la mosquée.

Si Allèla, croyant sincère, sentit son cœur inquiet et son esprit distrait. Il invoqua Dieu, mais le calme ne vint pas et ses pensées profanes le troublaient. Il ressortit, mécontent de lui-même et assombri. "Qui est-elle? Est-elle seulement jolie? Et pourquoi ce trouble? Comme si je redevenais enfant, comme si je ne savais pas fort bien que c'est toujours la même chose!"

Il se méprisait° de cette faiblesse. Mais la joie de l'imprévu,° quoique banal encore, fut plus forte que les raisonnements inspirés par une expérience précoce. Et il se surprit à attendre la tombée de la nuit avec impatience.   *scorned, unexpected*

Dans un vieux mur blanc, croulant° de vétusté° et où des herbes pariétaires° avaient poussé, une porte était entre-baillée,° et une petite négresse, assise sur le seuil, fixait l'entrée de l'impasse avec le sourire immuable de l'email blanc de ses dents.   *collapsing, dilapidatio*   *climbing, ajar*

Si Allèla entre et la porte se referma lourdement. La cour était vaste. Une fontaine coulait au milieu, entre quatre orangers aux troncs tors.° Un escalier de faïence bleue conduisait à la galerie à arcades aiguës du premier étage et le ciel rose jetait par-dessus tout cela un grand voile limpide.   *twisted*

En haut, sur des matelas recouverts de tapis, l'Algérienne était assise. Elle portait le costume de Bône,[18] robe sans manches pagodes brodées de métal, coiffure pointue drapée de mouchoirs à franges.

Son visage était d'un ovale, parfait, d'une blancheur laiteuse, avec des traits fins, sans puérilité.° Mais, pour Si Allèla, toute la beauté consistait dans les yeux, qui, tout à l'heure, avaient illumi-   *childishness*

---

15 A **minaret** is the tower next to a mosque, from which the faithful are called to prayers by the **muezzin**, or crier.

16 **Faïence** is glazed ceramic. The outside of the minaret is covered in glazed ceramic tiles.

17 **Asr** is the third of five prayers performed in the course of a day. **Asr** is performed in the afternoon.

18 **Bône** a city in the northeastern coast of Algeria, is an important Mediterranean port. The French took the city in 1832, as part of their conquest and colonization of Algeria. Today, Bône is called Annaba.

né d'une splendeur inconnue l'ombre bleuâtre du *souk* alangui.°   lifeless

Affable et souriante, elle fit asseoir Si Allèla auprès d'elle, et l'autre femme, vieille momie° ridée, servit le café parfume à l'essence de rose.   mummy

Après des politesses minutieuses et quelques questions éventuelles sur leur vie, la Bônoise lui dit:

"C'est l'ennui qui m'a chassée de mon pays et poussée à voyager comme un homme. On m'a dit que les femmes de Tunis sont belles. Elles ressemblent à la poudre° d'or répandue° sur la soie. Est-ce vrai?"   powder, speread out

Si Allèla, souriant se rapprocha d'elle et, dans un souffle, comme s'il eut craint d'être entendu, murmura:

"Quand la rose s'épanouit dans le jardin, les autres fleurs pâlissent. Quand la lune se lève, les étoiles s'effacent. Quand Melika paraît, les filles du sultan baissent les yeux et rougissent."

Si Allèla avait parlé en vers,° en un arabe ancien et savant, et cependant Melika avait compris et son sourire disait sa joie.   verse

Si Allèla 'lui savait gré° de sa grâce et de sa réserve qui donnaient une saveur toute particulière à leur entretien prolongé, telle une délicieuse torture, dans le clair-obscur rose du crépuscule° tiède.°   was grateful to her / dusk, warm

... Dans une chambre tapissée de faïence et dont un léger rideau fermait la porte, Si Allèla goûta une ivresse° inconnue, en 'gamme ascendante° dans l'intensité inouïe° de la sensation allant jusqu'à l'apothéose.°   exhiliration / rising, unprecedented / pinnacle

Au réveil, quand la lumière joyeuse du matin pénétra dans l'ombre tiède, Si Allèla eut la conscience très nette d'être devenu autre. L'ennui avait disparu et il sentait son cœur empli d'une tiédeur ignorée qui remontait vers son esprit, en joie, sans cause apparente.

Il sortit. Dans les rues, des rayons encore obliques détachaient les saillies° des vieilles maisons sur un fond d'ombre bleue. L'air était léger et une fraicheur délicieuse soufflait un parfum indéfinissable, enivrant de vie jeune et de force.   balconies

Et Si Allèla regardait cette Tunis où il était né, avec l'émerveillement° d'un étranger. Comment ne l'avait-il jamais vue si belle et si douce au regard? Pourquoi ce lendemain d'amour n'apportait-il pas la sombre rancœur, la fatigue ennuyée de tous les autres,   wonder et qui, souvent, l'avait fait hésiter sur le seuil des femmes?

Mais à la porte du *souk*, il se raidit.° Un morne° ennui, une   stiffened, mournful
sourde° irritation l'envahissaient, une impatience en face de la   dull
nécessité de passer encore une journée dans cette boutique, loin
de Melika. Et pourtant, il fallait 'se soumettre.° La vie musul-   to submit
mane est ainsi faite, toute de discrétion, de mystère, de respect
des vieilles coutumes, et surtout de soumission patriarcale.

Et Si Allèla, plus renfermé en lui-même, plus silencieux que
toujours, passa les heures longues à revivre en esprit les gestes et
les paroles de la nuit, avec, à certains souvenirs, des sursauts de
rappel° le faisant frissonner jusqu'au plus profond de sa chair.   recall

Melika, fille d'une pauvre créature usée et flétrie, jetée de-
puis toute petite à la merci des tirailleurs° et des portefaix,° avait   infantrymen, porters
grandi dans la rue sordide, nourrie des reliefs de la caserne,° par   barracks
les hommes en vestes bleues qui, par les fenêtres, lui jetaient des
morceaux de pain. Elle avait mendié,° elle avait colporté° de   begged, carried
lourds plats de couscous qui courbaient son poignet° faible, pour   wrist
la pitance des ouvriers. Quand elle avait été nubile, un soldat,
puis d'autres, avaient donné de sa beauté et de sa grâce les pauvres
sous de misère péniblement gagnés sous le *berdha.*[19]

Puis un *taleb*[20] l'avait remarquée, qui, *bach adel*[21] à la
mahakma,[22] rendait la justice musulmane.

Intelligent et sortant de la vulgarité par son caractère, Si
Ziane avait cueilli° la fleur souillée sur le bord de la fosse infecte   gathered
et l'avait transplantée, pour la voir s'épanouir sous ses seuls yeux,
dans le silence et le mystère d'une vieille petite maison, tout en
haut, près des remparts génois.° Il l'avait placée là, seule, sous la   Genoan
surveillance de Teboura, vieille 'retraitée de l'amour,° très douce   old prostitute
et très bonne, quoique d'une haute malice et duègne° sévère, qui   governess
aima Melika parce qu'elle ressemblait à sa fille morte.

Melika avait subi patiemment cet internement de deux années, aux longues heures de solitude, car le juge ne venait que
furtivement. Mais des discours de cet homme et de ses attitudes,

---

19 **Berdha** is the mule's packsaddle
20 **Taleb** is a student of Islam
21 **Bach adel** is a Muslim deputy judge presiding over questions relating to
religion
22 **Mahakma** is a a Muslim court of justice.

Melika avait acquis la distinction et le parler recherché qui, en Orient, sont l'apanage° de l'homme, instruit et formé au dehors. — privilege

Elle acceptait sans révolte la fidélité d'épouse que lui imposait Si Ziane, car elle était raisonnable. Elle avait une maison à elle, Teboura pour la servir et la distraire, des toilettes et des bijoux. Et elle avait échappé à la fange° où sa mère avait sombré.° — mire, sunk

Mais très vite, tout cela avait été détruit, balayé: Si Ziane tomba malade et mourut.

Alors, la porte de la vieille petite maison s'était ouverte tous les soirs, mais ceux qui la franchissaient° portaient tous le turban des *tolba*,°²³ et une ombre de mystère distingué abrita toujours la demeure° de Melika, où Teboura, qu'elle avait gardée, se dévouait, vieille créature finie qui aimait raconter ses amours de jadis° à celle qui les revivait, dans la succession des générations. — crossed, sheltered, residence, times past

Melika regrettait Si Ziane, qu'elle n'avait cependant pas aimé d'amour, respectueuse devant lui et craintive. Il avait été bon pour elle. Elle s'était aussi accoutumée au silence, à la sécurité, loin de l'imprévu effrayant de l'homme, presque jamais le même, se glissant, tous les soirs, au crépuscule, dans sa vie.

Elle devint riche parmi ses pareilles, et, avec la satiété du vouloir assouvi,° dans son âme vaguement affinée, l'ennui était né. — satisfied

Un jour, elle avait ordonné à Teboura de mettre ses toilettes, ses tapis, avec ses bijoux, dans les grands coffres en bois peint, et elles étaient parties vers Tunis, légendaire parmi les cités de l'Ifrikya.²⁴

ह

Tous les soirs, après que le soleil avait disparu derrière les hauteurs de Bab el-Gorjani,²⁵ et quand les portes du souk s'étaient fermées, Si Allèla s'en allait, mystérieux et hâtif, par de nombreux détours, vers le quartier de Halfaouïne.

Près de la fontaine, il s'assurait d'un regard circulaire de la

---

23 **Tolba** is the plural form of **taleb.**
24 Arabic name for Tunisia and eastern Algeria
25 **Bab El Gorjani** is one of the gates in the medina of Tunis. The medina was the old part of the city, where the Algerians lived, and where most of the souks were. The Europeans lived in the modern part of the city.

solitude ambiante, et entrait dans l'impasse.

Puis, dès la cour, c'était le sourire de Melika, première station sur l'échelle des voluptés.   sensual pleasure

Ils montaient, se tenant par la main, comme des enfants bien sages, l'escalier bleu, puis, soulevant le mince rideau voilant leur porte comme d'une brume légère, ils retrouvaient l'ivresse interrompue la veille, les mille caresses, les mille jeux charmants.

Et les heures et les jours s'écoulaient,° en une douceur, en une   flowed past
volupté sans cesse renaissante, qui les berçait° et leur semblait de-   rocked
voir durer toujours.

Si Allèla, peu à peu, bravant son père et l'opinion qui commençait à s'occuper de lui, désertait de plus en plus le *souk* pour la demeure adorée de Melika.

Tout lui semblait nouveau. Chaque rayon de soleil accroché à un vieux pan de muraille, chaque note des petites *stitra*,° des   "musical instrument"
flûtes arabes, susurrée° devant les cafés où l'on rêve, tout cela pre-   murmured
nait pour lui un sens spécial, semblait se fondre avec l'harmonie de sa volupté, en être les accords.

Surpris et charmé, Si Allèla comprenait maintenant le monde enchanté de visions et d'ivresses évoqué par ses poètes favoris, et ce qui, auparavant, n'avait été pour lui qu'une habile musique, devenait l'expression plus parfaite de son âme.

Melika aimait.

Dans la langueur des journées, elle comptait les heures, et quand Si Allèla tardait un peu, une angoisse douloureuse étreignait son cœur, une sourde jalousie montait, dans son âme plus fruste° et plus sauvage.   unpolished

L'ardeur inouïe et la passion de l'être très jeune qu'était Allèla étaient nouvelles pour Melika, et ne ressemblaient ni à la tranquille domination du *taleb* impassible, ni aux amours passagères des autres, orgiaques. C'était la vraie vie, intense jusqu'à la violence, qui se révélait à elle, cependant qu''à peine° consciente.   barely

Elle ne pensait pas, n'en sentant que plus intensément, et, sans doute, l'amour plus conscient d'Allèla était aussi moins intense, parce que plus loin de la nature.

Un soir, très étrangement, tandis qu'au clair de lune ils avaient par fantaisie transporté leurs extases sur la terrasse abritée des regards indiscrets par un mur, une grande tristesse leur vint, une tristesse d'abîme, sans raison apparente et, comme des enfants craintifs, pressés l'un contre l'autre, ils pleurèrent, désespérément... Puis, quand ce fut fini, ils se regardèrent, étonnés, et le souffle de l'épouvante passa, cette nuit-là, sur leur volupté.

... D'autres jours d'attente suivirent, préparant des nuits d'ivresse. Allèla avait perdu la notion du temps et de la réalité. Son amour s'était identifié avec sa vie elle-même, et il ne pouvait se représenter comme possible la continuation de son existence sans dette de ce qui lui semblait en être l'essence.

Si Hassène, le père d'Allèla, passait ses journées, sereines, à enseigner les dogmes de l'Islam, dans les cours intérieures de la grande *djemaa* Zitouna, loin du bruit de la vie moderne.

Calme et impassible comme un sage, Si Hassène s'était retiré loin des hommes. Par une inconséquence naïve commune à tous les pères, Si Hassène voulait son fils semblable à lui-même et, par une sévérité austère, il voulait l'amener à une obéissance absolue aux règles de la morale islamique.

Bientôt, le vieillard s'aperçut de l'attitude de son fils et il le surveilla. Il sut le secret d'Allèla et la retraite de l'Algérienne. Ce jour-là, sans un mot à son fils, Si Hassène monta à l'*ouzara*[26] et parla à son oncle, *Ministre de la Plume.*[27]

Un soir, insouciant, le cœur ouvert aux impressions les plus joyeuses, avec l'inconcevable quiétude de celui sur qui la destinée s'est appesantie et qui ne sait pas, Allèla alla à Halfaouïne.

Il fut surpris et son cœur se serra inconsciemment quand il vit la porte fermée. Il frappa et il lui sembla que le bruit du marteau de fer était changé, devenu lugubre.

La vieille propriétaire ouvrit. Ses yeux étaient rouges et elle gémissait.

"Ah, ya sidi, ya sidi!"[28] Elle est partie. Ce matin, des hommes de l'*ouzara*, des agents de police sont venus et les ont arrêtées. Ils les ont emmenées sans dire pourquoi et où. On a aussi pris leurs bagages. Oh! Seigneur, aie pitié de nous! Lella Melika est partie!..."

Si Allèla avait bousculé° la vieille et, accablé, incapable encore de réfléchir, il 'se laissa choir° sur une pierre.

   °upset

   °dropped

---

26 **Ouzara** is a minister, **vizir**

27 **Ministre de la Plume** is Ministre de l'Intérieur

28 **Ya sidi!** = Oui, monsieur

"Comment, des hommes de l'*ouzara*? Mais pourquoi, mon Dieu! Ah! c'est mon père! Il a dû me faire suivre. Oh! les pères, les pères qui croient être bons et qui sont cruels!" disait-il, sentant une rage torturante s'emparer° de lui.   to seize

Que pouvait-il, en effet, lui, jeune homme soumis à la puissance paternelle contre celle-ci, aidée de l'*ouzara* du *Bey*, de la Résidence; car Melika l'Algérienne, donc sujette française, n'avait pu être arrêtée qu'avec l'assentiment des autorités françaises. Et pourquoi? Qu'avait-elle fait; comment le vieux avait-il réussi à obtenir le concours° des Roumis![29] Et que restait il à faire,   approval contre ces gens, pour qui son bonheur à lui, sa volonté, sa vie n'étaient rien et qui étaient tout-puissants?

Et il se demandait, avec l'égoïsme de ceux qui souffrent, ce qu'il deviendrait sans Melika. Un chaos douloureux avait envahi l'esprit de Si Allèla et, quittant brusquement cette maison dont l'aspect lui était déchirant,° il s'élança° dans le dédale° silencieux   wrenching, rushed, m des rues arabes, où il erra toute la nuit. Dès le matin, il commença à rechercher Melika, à interroger la police… Partout il se heurta à la même réponse: on n'avait pas de renseignements à lui donner sur une femme qui ne lui était rien.

Et ce furent des jours longs, pleins d'obscurité et d'angoisse, où les résolutions les plus contradictoires se succédaient dans l'esprit de Si Allèla.

Enfin, soupçonnant que Melika avait dû être expulsée de Tunisie, il résolut de partir, de fuir Tunis qui lui était devenue odieuse, et d'aller là-bas, dans l'Ouest, rechercher sa maîtresse. Cependant, sa raison lui suggérait une objection: pourquoi, si elle avait été expulsée, ne lui écrivait-elle pas?

Mais il voulut fuir quand même l'insupportable inaction qui brisait° son énergie et énervait ses forces.   exhausted

La boutique appartenait à son père et Si Allèla n'avait que les quelques centaines de francs de sa caisse. Mais, sans scrupules désormais, Si Allèla vendit tout ce qui garnissait la boutique à un juif du Hara.

Avec le produit de cette vente, il partit pour Bône où toutes ses recherches furent vaines: on n'avait pas revu les deux femmes

---

29 **Roumi:** originally, this term designated Christians; by extension it came to designate the French or Europeans.

depuis leur départ pour Tunis.

Si Allèla ne put que contempler avec une poignante tristesse la petite maison de Teboura, louée maintenant à des Kabyles,[30] et où, jadis, Melika avait vécu, et tout ce cadre° de ville, de mer et de montagnes où sa beauté s'était développée et magnifiée.

setting

Puis, se souvenant que Melika lui avait parlé d'une vieille parente de Teboura établie à Constantine, Si Allèla s'y rendit.

Là, il acheva de dépenser le peu qui lui restait, et se trouvant sans ressources, il dut accepter d'aller enseigner la grammaire et le Coran dans une *zaouïa*[31] du Sud.

Deux années se passèrent. Allèla, malgré quelques efforts où sa volonté s'était raidie contre le mal qui le minait,° souffrait toujours, et l'image charmante de Melika ne s'effaçait pas de son souvenir.

drained

Un jour, l'idée qu'elle pouvait être retournée à Bône lui vint et s'implanta dans son esprit, et il se confia au vénérable *marabout*,[32] *cheikh*[33] de la *zaouïa*, qui lui fournit les moyens de retourner à Bône.

Et Si Allèla, dès son arrivée, rencontra un Sfaxien,[34] son ancien condisciple, engagé aux tirailleurs à la suite d'une première jeunesse orageuse.° Si Abderrhamane avait été l'unique ami d'enfance de Si Allèla et le jeune homme lui confia sa peine, tandis qu'ils suivaient lentement la route de la Corniche,° serpentant très haut au-dessus de la mer.

tumulruous

cliffroad

Le sergent était devenu pâle et son visage s'était assombri. Il sembla réfléchir, puis il dit:

"Allèla, mon frère... Tu souffres. C'est l'incertitude qui te torture. Si elle était morte, préférerais-tu en être certain que de souffrir ainsi?"

"Certes, la certitude du condamné à mort vaut mieux que l'angoisse de l'accusé."

---

30 **Kabyles** are an agricultural Muslim Berber people from Kabylie, a mountainous region in Algeria.

31 An Islamic religious school or monastery

32 **Marabout** is a venerated person

33 **Cheikh** is an Arab chief; also a spiritual leader of the Arab brotherhood (confrérie)

34 **Sfaxien** is an inhabitant of Sfax, an important port city and economic center in Tunisia.

"Eh bien, la destinée a voulu que ce soit moi qui te renseigne. Je te dirai toute la vérité."

Ils s'étaient arrêtés et Allèla, anxieux, avait saisi le sergent par la main.

"Melika est revenue à Bône peu de temps après ton départ. Aussi, pourquoi es-tu parti comme cela? Si tu étais resté à Bône, elle t'aurait retrouvé, et vous eussiez été heureux."

"Mais parle, parle, où est-elle à présent?"

"Allèla, Melika est morte. Nous sommes en *doul'kâda*[35]... eh bien, en *mouharram*,[36] dans deux mois, il y aura un an."

Allèla regardait le sergent. Cette idée ne lui était jamais venu qu'elle pouvait être morte, elle, si pleine de vie et de jeunesse. Il se raccrocha à une faible espérance.

"Es-tu bien sûr que c'est elle?"

"Melika, l'ancienne maitresse de Si Ziane, le *bach adel* qui habitait près des remparts, avec la vieille Teboura, et qui est partie à Tunis? C'est bien elle... Et ton récit me fait comprendre son genre de vie, ici, et sa fin..."

"Raconte-moi tout sans ménagements. Puisqu'elle est morte, c'est fini. Qu'importe!"° it doesn't matter

Un grand vide s'était fait dans l'âme d'Allèla; il n'avait plus de but, plus de raison d'être, plus aucun intérêt à vivre. Mais il voulait savoir. Il lui semblait qu'elle revivrait un peu dans le récit du sergent, dût-il lui dire des choses cruelles, qu'il pressentait vaguement.

"Ecoute-moi alors. A Tunis quelqu'un l'a dénoncée à l'*ouzara* et à la Résidence. Elle n'avait pas de permis de voyager et n'était pas inscrite à la police et on l'a enfermée. Teboura, pour complicité, a aussi été emprisonnée. Elles sont restées en prison plus de six mois, ce qui est monstrueux... Puis on les a expulsées. Elles sont revenues ici et Melika a dû t'écrire à Tunis, sois-en certain. Seulement, pendant ce temps tu étais à Constantine ou dans le Sud. C'est une fatalité!"

"Tant qu'elles ont eu de l'argent, elles ont vécu dans la retraite et je sais de source certaine que Melika n'a reçu personne chez

---

35 **Doul'kâda** refers to the 11th month of a *hegira*, or flight to escape from a hostile situation or environment.
36 **Mouharram** is the first month of a *hegira*.

elle ni n'est sortie. Puis la misère est venue. Elles on dû rouvrir leur porte mais Melika a systématiquement éloigné d'elle tous les *tolba*, tous les hommes instruits et un peu au-dessus du vulgaire. Elle est venue habiter près de la caserne° et nos hommes sont devenus ses clients habituels, avec des portefaix.° Elle s'était mise à boire, affreusement: elle buvait de l'absinthe pure et quand elle était ivre, elle pleurait et insultait ses compagnons de hasard, leur crachant à la face une haine et un mépris qui semblaient inexplicables. | barracks

porters

"Elle m'aimait toujours!" murmura Allèla, dont les traits se contractèrent douloureusement.

"Certes, elle évitait de recevoir souvent le même homme et, quand attiré par sa beauté et son charme, on lui parlait d'amour, elle répondait par des injures."

Allèla attacha sur son ami un long regard pénétrant.

"Abderrhamane... naturellement, comme les autres, tu es allé chez elle."

"Oui, pardonne-moi, frère, de te dire tout cela. Mais tu voulais tout savoir!"

"Qu'importe, à présent! Elle est morte dans la douleur — car tu dis toi-même qu'elle souffrait. Et c'est fini... Jamais plus je ne pourrais la voir, lui demander pardon!"

"Elle fut tienne° jusqu'au dernier moment. Quand elle tomba malade, de la poitrine, elle entra à l'hôpital et les médecins décidèrent qu'elle mourrait, usée par l'alcool et prédisposée, déjà, à la phtisie.° En trois ou quatre mois c'était fini. Je n'ai pas assisté à ses derniers moments. Mais je suis allé la voir à l'hôpital plusieurs fois." | yours

tuberculosis

Allèla, depuis le commencement de cet entretien, torturant et doux pourtant, parce qu'il évoquait Melika aimante jusqu'à la tombe, observait, presque inconsciemment son ami. Et il commençait à comprendre.

"Tu l'aimais, toi aussi!" dit-il tout à coup, sans colère, sans jalousie.

Le sergent courba la tête et avec un tremblement dans la voix, il murmura:

"Oui, je l'aimais. J'ai tout fait pour 'l'arracher° à la rue. Je n'ai pu. Elle m'a toujours repoussé avec colère, ne voulant voir en moi qu'un client qui payait. Quand j'ai trop insisté, elle m'a supplié | tearing her away de ne plus revenir, et je ne l'ai revue qu'à l'hôpital, mourante. C'eſt moi qui l'ai enterrée.° Viens, allons à sa tombe. Tu ne m'en veux certes pas?"

     buried

"Oh! non, je t'aime davantage de l'avoir aimée, d'avoir diſtingué en elle la perle souillée,° 'foulée aux pieds,° mais belle toujours et précieuse. Je te l'ai dit déjà, tout m'eſt égal, à présent... Je n'ai plus rien à faire, plus rien à attendre..."

     impure, trampled

    Allèla éprouvait une lassitude immense, un dégout profond des choses. Il semblait que le vouloir s'était brisé en lui, et que, lui aussi, allait mourir...

    "Demain, Abderrhamane, montre-moi où l'on va pour s'engager."°

     enliſt

    Cette résolution lui était venue tout à coup: c'était, en effet, l'annihilation de son individualité. Il n'aurait plus à lutter° pour vivre, plus rien à eſpérer ni à désirer. Il serait une machine indifférente, ignorée, quelconque.

     ſtruggle

    Pendant près d'une année, tous les soirs, quand le soleil d'or descendait derrière les dentelures° sombres du grand *djebel* Idou[37] morose et que la vallée de Bône et ses collines sombraient dans les buées° violettes du crépuscule, deux hommes, portant la veſte bleue des tirailleurs, montaient vers les hauteurs des Caroubiers,[38] suivant la route de la Corniche, avec, tout en bas, la mer qui gronde ou qui murmure, contre les rochers noirs...

     jagged outline

     miſts

    De la grâce un peu langoureuse et de l'ariſtocratique pâleur d'Allèla le *taleb*, Ali le tirailleur n'avait gardé qu'une plus grande diſtinction de manières. Silencieux et renfermé, il fuyait toute société humaine, sauf celle du sergent Abderrhamane...

    Ils montaient ainsi, les deux amants de Melika, au cimetière musulman, sur le coteau° de Meneïda, qui domine le grand golfe mollement arrondi entre les collines vertes et les jardins.

     slope

    Là, assis près d'une petite tombe de faïence bleue, ils gardaient le silence, en de très dissemblables ressouvenances.°

     memories

    Puis, leur détachement partit et personne ne vint plus visiter la tombe de Melika.

    Seul le vent de la mer caresse les faïences bleues et murmure dans les herbes sauvages et dans le feuillage dur des grands cyprès noirs.

---

37 The mountain outside Bône
38 **Caroubiers** are carob trees.

Selected Bibliography

The short story as genre and
19th-century literary movements

Baroche, Christiane, Pierre Bouttier. "La Nouvelle aujourd'hui." In
Maupassant, Miroir de la nouvelle. Ed. Jacques Lecarme, Bruno Vercier,
Christiane Baroche. Saint-Denis: Presses Universitaires de Vincennes,
1988. 259-268.

Beacham, Walton. "Short Fiction: Toward a Definition". Fiction 1 Ed.
Frank Magill Englewood Cliffs, N.J.: Salem Press, 1981. 1-31.

Brosman, Catharine Savage. *Nineteenth-Century French Fiction Writers:
Naturalism and Beyond.* Detroit: Gale Research, 1992

Donaldson-Evans, Mary. "Maupassant et le carcan de la nouvelle." *Les
Cahiers Naturalistes* 74 (2000) : 75-82.

Evans, Walter. "Short Fiction 1800-1840". 1 Ed. Frank Magill Englewood
Cliffs, N.J.: Salem Press, 1981. 153-172.

Ferguson, Suzanne C. "Defining the Short Story: Impressionism and
Form." *Modern Fiction Studies* XXVIII (Spring 1982): 13-24.

Goyet, Florence. *La nouvelle, 1870-1925: Description d'un genre à son apogée.*
Paris : PUF, 1993.

Gullason, Thomsas A. "Revelation and Evolution: A Neglected Dimension
of the Short Story." *Studies in Short Fiction* X (Fall 1973): 347-356.

Jourda, Pierre. . Paris : Ancienne Librairie Furne, 1938.

Lohafer, Susan. *Coming to Terms with the Short Story*. Baton Rouge: LSU
Press, 1983.

_____ and Jo Ellyn Clarey, eds. *Short Story Theory at a Crossroads*. Baton
Rouge, LSU Press, 1989.

Lyons, Richard. "Form and Language in Short Fiction". Ed. Frank Magill
Englewood Cliffs, N.J.: Salem Press, 1981. 95-104

May, Charles E. "Short Fiction: Terms and Techniques". *Critical Survey of
Short Fiction* 1 Ed. Frank Magill Englewood Cliffs, N.J.: Salem Press,
1981. 32-67.

_____. "The Nature of Knowledge in Short Fiction." *Studies in Short Fiction* XXI (Fall 1984): 227-238.

_____. "The Short Story's Unique Effect." *Studies in Short Fiction* XIII (Summer 1976): 289-297.

_____, ed. *Short Story Theories.* Athens: Ohio UP, 1976.

Pasco, Allan H. "On Defining Short Stories." *New Literary History* 22 (19910: 407-422.

Pratt, Mary Louise. "The Short Story: The Long and the Short of It." *Poetics* X (1981): 175-194.

Rohrberger, Mary. "Point of View". Ed. Frank Magill, Englewood Cliffs, N.J.: Salem Press, 1981. 112-118

Shaw, Valerie. *The Short Story: A Critical Introduction.* London: Longman, 1983.

The authors

ALPHONSE DAUDET

Clancy-Smith, Julia. "The Passionate Nomad Reconsidered." In *Western Women and Imperialism: Complicity and Resistance.* Ed. Napur Chandhuri and Margaret Strobel. Bloomington, IN: Indiana UP: 1992.

Dufief, Anne-Simone. *Alphonse Daudet, romancier.* Paris: Honoré Champion, 1997.

Daudet, Alphonse. *Oeuvres.* Ed. Ripoll, Roger. Paris: Gallimard, 1986.

Lewis, David W. "L'Uniforme ne fait pas le soldat: Deux conteurs satiriques de la guerre de 1870." Source: *French Literature Series* 14 (1987): 166-173.

Vitaglione, Daniel. *The Literature of Provence: An Introduction.* Jefferson, N.C., London: McFarland, 2000

Isabelle Eberhardt

Abdel-Jaouad, Hedi. "Isabelle Eberhardt : Portrait of the Artist as a Young Nomad." *Yale French Studies* 83.2 (1993): 93-117.

Charles-Roux, Edmonde. *Normale j'étais: les années africaines d'Isabelle Eberhardt, 1899-1904.* Paris: Bernard Grasset, 1995.

Charles-Roux, Edmonde. *Un Désir d'Orient: jeunesse d'Isabelle Eberhardt, 1877-1899.* Paris: Bernard Grasset, 1988.

Clancy-Smith, Julia. "The Passionate Nomad Reconsidered." In *Western*

Women and Imperialism: Complicity and Resistance. Napur Chandhuri, and Margaret Strobl, eds. Bloomington, IN: Indiana UP, 1992.

Kirwin, Elizabeth. "Isabelle Eberhardt: A Curious Mixture of Russian Aristocrat, Anarchist, and Algerian Nomad." In *The Image of Class in Literature, Media, and Society.* Will Wright and Steven Kaplan, eds. Pueblo, CO: University of Southern Colorado, 1998. (256-260)

Rice, Laura. "'Nomad Thought': Isabelle Eberhardt and the Colonial Project." *Cultural Critique* 17 (Winter 1990-1991): 151-176.

Smith, Sidonie. "Isabelle Eberhardt Travelling 'Other"/wise: The 'European' Subject in "Oriental' Identity." In *Encountering the Other(s): Studies in Literature, History, and Cuture.* Ed. Gisela Brinker-Gabler. Albany: SUNY Press, 1995. 295-318.

GUY DE MAUPASSANT

Alvarez-Detrell, Tamara and Michael G. Paulson, eds. *Boundaries of Acceptability: Flaubert, Maupassant, Cezanne, and Cassatt. Currents in Comparative Romance Languages and Literatures,* vol. 63. NY: Peter Lang, 2000.

Campion, Edmund J. "Guy de Maupassant". , vol. Hug-Mis 4. Ed. Frank Magill Englewood Cliffs, N.J.: Salem Press, (1993): 1631-1639. Chavasse, Philippe. "La Recherche du 'féminin' chez Maupassant." *Romance Languages Annual* IX (1998) : 35-39.

Cogman, P.W. M. "Maupassant's Inhibited Narrators." *Neophilogolus* 81.1 (Jan. 1997): 35-47.

Cummiskey, Gary. *The Changing Face of Horror: A Study of the Nineteenth-Century French Fantastic Short Story.* (Series: The Age of Revolution and Romanticism Interdisciplinary Studies, vol. 3. NY: Peter Lang, 1992.

Donaldson-Evans, Mary. *A Woman's Revenge: The Chronology of Dispossession in Maupassant's Fiction.* Lexington, KY: University of Kentucky Press, 1986.

Kiernan, Katherine D. Wickhorst. "L'Entre-moi: *Le Horla* de Maupassant, ou un monde sans frontières. » *Littérature* 139 (Sept. 2005) : 44-61.

Lecarme, Jacques, Bruno Vercier, Christiane Baroche. *Maupassant, miroir de la nouvelle.* Paris: Presses Universitaires de Vincennes, 1988.

Murphy, Ann L. "Narration, the Maternal, and the Trap in Maupassant's Mademoiselle Perle." *The French Review* 69.2 (Dec. 1995): 207-215.

Stivale, Charles J. *The Art of Rupture: Narrative Desire and Duplicity in the Tales of Guy de Maupassant.* Ann Arbor, MI: University of Michigan

Press, 1994.

PROSPER MÉRIMÉE

Berthier, Patrick. *Patrick Berthier présente Colomba de*
 Prosper Mérimée. Paris : Éditions Gallimard, 1992.
 Caillois, Roger. "Merimée et le fantastique: en relisant « la Vénús
 d'Ille »." 10 F (Octobre 1974) : 20-27.
Chabot, Jacques. Aix-en-Provence : EDISUD, 1983.
Cropper, Corry L. "Playing at Monarchy: le jeu de paume in Literature of
 Nineteenth-Century France." *The French Review* 79.4 (March 2002):
 720-729.
Fortin, Jutta. İntellectualization in Mérimée's « La Vénus d'Ille »." 33.3&4
 (2005) : 273-286.
Smith, Maxwell A. . New York: Twayne Publishers, 1972.
Trahard, Pierre. . Tome Premier. Paris : Librairie Ancienne Édouard
 Champion, 1925.
Trahard, Pierre. . Tome Deuxième. Paris : Librairie Ancienne Édouard
 Champion, 1925.
Trahard, Pierre. . Paris : Librairie Ancienne Honoré Champion, 1928.
Trahard, Pierre. . Paris : Librairie Ancienne Honoré Champion, 1930.

ÉMILE ZOLA

Artinian, Robert W. "Émile Zola" , Ed. Frank N. Magill, Englewood Cliffs,
 N.J.: Salem Press (1993), pp. 2548-2553.
Bell, David F. Urbana: University of Illinois Press, 2004.
Nelson, Brian, ed. New York: Cambridge University Press, 2007.
Dousteyssier-Khoze, Catherine. . Paris : Eurédit, 2004.

French-English Glossary

Entries are followed by an abbreviaton of the title of the story; thus (mf) refers to "Mateo Falcone," and so on.

A

abattre to shoot down [mf], to knock down [ho]

abécédaire primer [de]

abîme abyss [pf]

aboli erased [tu]

aborder to approach [mf]

aboutir to end [vé]

aboutissant ending up [vé]

aboyer to bark [at]

abréger to shorten [vé]

abri shelter [en]

abrita ps of **abriter** to shelter [tu]

abriter to shelter [ho]

abuser to take advantage of [pf]

accablé overwhelmed [mf]

accabler to weigh down [ms]

accorder to grant [vé]

accouda, s' ps of **s'accouder** to lean on one's elbows [at]

accoudé leaning on one's elbows [tu]

accouplement coupling [uf]

accourir to come running [mf]

accourut ps of **accourir** to come running [at]

accrocher to latch onto [tu], **s'—** to cling [vé]

accroupi crouched [at], squatting [en]

accueilli welcomed [vé]

accueillit ps of **accueillir** to greet [en]

acéré biting [tu]

acharné relentless [uf]

acheva ps of **achever** to finish [tu]

achevât imp. subj. of **achever** to finish [at]

achever to complete [de], to finish [mf]; **s'—** to end [mp]

acier steel [mf]

acte de naissance birth certificate [uf]

adjoint du maire deputy mayor [vé]

adjudant officer [mf]

adossé leaning against [mf]

adosser, s' to lean one's back against [ho]

adoucir to soften [uf]

adresse skill [vé]

affaibli weakened [ho]

affaire business [mf]

affaissa, s' ps of **s'affaisser** to sink, cave in [mp], to collapse [ms]

affiche posting [de]

affiné made finer [tu], sharpened [tu]

affiner to refine [pf]

affirma ps of **affirmer** to affirm [ms]

affirmer to assert, to maintain [mp]

affolé panicked [at], panic-stricken [ho], terror-stricken [uf]

affolement upset (emotion) [ho]

affreusement horribly [tu]

affreux horrible [vé], terrible [at]

affût, mettre à l' to lie in wait (for hunting) [at]

afin so, in order [at]; **— de** in order to [ho]

agenouilla, s' *ps* of **s'agenouiller** to
    kneel [at]
agenouiller, s' to kneel [mf]
aggraver, s' to worsen [ho]
agir to act [at], s'— to be a question of,
    to deal with [vé]
agitation commotion [at]
agité nervous, agitated [at]
agiter to agitate [mp], to upset [vé],
    to wave [at]; s'— to bustle [mf], to
    move about [vé]
agrandi large [at]
agréable pleasant [at]
aidèrent *ps of* **aider** to help[ms]
aïeux ancestors [ho]
aigu,- uë sharp [at], pointed [tu]
aiguiser, s' to grow sharper [tu]
aile wing [ho]
ailleurs elsewhere [mf]; **d'—** besides
    [at], by the way [mf], furthermore
    [ho]
aimante affectionate [tu]
aîné older [mp]
ainsi thus [vé]
air melody [vé]
air, avoir bon to be attractive [at]
airain bronze [ho]
aise comfort [mf]; **mal à l'—**
    uncomfortable [vé]
aisément easily [at]
ajourner to postpone [vé]
ajouta *ps* of **ajouter** to add [at]
    to add [uf]
ajouté added [at]
ajouter to add [vé]
alangui languid [tu], lifeless [pf]
aliment food [ho]
alla *ps of* **aller** to go [en]
allai *ps of* **aller** to go [ho]
allée alley [en]; **—s et venues** comings
    and goings [vé]
aller, s'en to go away [en]
allier, s' to combine [vé]

allonger to lengthen [at], s'— to make
    a long face [mp]
alluma *ps of* **allumer** to light [ms]
allumai *ps of* **allumer** to light [ho]
allumé lighted [mf]
allumer to light [at]
aloi: de bon — respectable [tu]
alourdi oppressive [at]
alourdir, s' to grow heavy [ho]
altier haughty [pf]
alvéole cavity [tu]
amaigrir to grow thin [pf]
amande almond [vé]
amant lover [vé]
amarré tied up [at]
amas pile [ms]
amasser to accumulate [at]
âme soul [mf]
amenât *ps of* **amener** to bring [at]
amener to bring [vé], to lead [ho]
amer bitter [mf]
amèrement bitterly [pf]
ameublement furnishings [mf]
amicalement in a friendly way [mp]
amitié friendship [at]
amollir to soften [uf]
amoureuse sweetheart [at]
amoureux lover [at], lovers [mp]
anéanti destroyed [ho]
anéantir to overwhelm [ho]
angoisse anguish [vé], agony, anguish
    [at], distress [mp]
anguille eel [at]
anneau ring [vé]
annoncer to show signs [mf]
annulaire doigt – ring finger [vé]
antiquaillerie collection of old junk
    [vé]
antiquaire antique dealer [vé]
apaiser to appease [vé]
apanage privilege [tu]
apercevoir to perceive [mf], to catch
    sight of [ms], to glimpse [ms] **s'—**

to perceive [vé]

aperçurent *ps of* **apercevoir** to perceive [ms]

aperçus *ps of* **apercevoir** to perceive [mp]

aperçut, s' *ps of* **s'apercevoir** to notice [vé]

aperçut *ps of* **apercevoir** to notice [at]

apeuré fearful [ho]

apitoyer to move to pity [uf]

aplomb –tomber d' to beat down (sun) [at]

apostropher to shout [vé]

apothéose pinnacle [tu]

apparaître to appear [ho]

appareil apparatus [ho]

apparition appearance [pf]

appartenir to belong [vé]

apparut *ps of* **apparaître** to appear [mp]

appela *ps of* **appeler** to call [en]

appesantir, s' to weigh on [tu]

applaudir to applaud [mp]

applaudissant applauding [vé]

applaudissements applause [vé]

apporter to bring, to carry [at]

apprendre to learn [vé]

apprenti apprentice [vé]

apprêter to make ready [vé]

apprêts preparations [vé]

appris *ps of* **apprendre** to learn [vé]

approcha, s' *ps of* **s'approcher** to approach [mf]

approchai *ps of* **approcher** to approach[pf]

approcher to approach [ho]

appuyé leaning [mp]

appuyer to lean [vé], to press [de], **s'—** to lean on [mf]

aragonais from Aragon [vé]

arbrisseaux shrubs [mf]

arbuste bush [ho]

arbustes shrubs [mp]

archéologue archeologist [vé]

ardemment ardently [at]

ardoise slate [mp]

ardu arduous [pf]

argent silver [mf]

argenté silver-plated [tu]

argile clay [vé]

arme blanche blade [at]

arme gun [ms], weapon [at]

arme à feu firearm [mf]

armée army [at]

armes weapons [mf]

armoire cupboard [mp]

arracha *ps of* **arracher** to pull out [at]

arracher to snatch [mf], to tear away [vé], to uproot [uf], to drag away from [tu]

arrêter to arrest [vé]

arrêtèrent, s' *ps of* **s'arrêter** to stop [vé]

arrêtèrent *ps of* **arrêter** to stop [tu]

arrivèrent *ps of* **arriver** to arrive[en]

arrondi rounded [tu]

arrondir to round, to enlarge [at]

arrondissement region [vé]

arrosé dew covered [at]

arroser to water [de]

asr afternoon prayer [tu]

assaillir to assail [ho]

assassinat murder [vé]

assaut assault [at]

assentiment approval [tu]

asseoir, s' to sit [at], to sit down [ho]

asservir to enslave [ho]

assez enough [at]

assied, s' present indicative of **s'asseoir** to sit [mp]

assiette dish, plate [mf]

assis seated [at]

assis, s' *ps of* **s'asseoir** to sit[de]

assistance guests [at]

associa *ps of* **associer** to bring together[tu]

assombri grown somber [tu]

assombrir to darken [ho], to grow serious [tu]

assomma *ps of* **assommer** to knock out [ms]

assommer to beat to death [vé], to batter [uf]

assoupi taken care of [mf]

assoupir, s' to doze [at], to doze off [vé]

assoupissement doze [pf]

assouvir to appease [tu]

assurer to reassure [vé]

astiquer to polish [en]

atroce attrocious [ms], horrifying [ho]

attacha *ps of* **attacher** [tu]

attardé delayed [ms], **s'attarder** to linger [pf]

atteignirent *ps of* **atteindre** [ho]

atteignis *ps of* **atteindre** to reach [ho]

atteindre to reach [uf]

atteint afflicted [ho], attained [pf]

atteinte attack (of sickness) [ho], reach [mf]

atteler to harness [ho]

attendit *ps of* **attendre** to wait [mp]

attendre to wait [vé], **s'— à** to expect [vé]

attendri tender [en]

attendrir to move (emotionally) [ms], **s'—** to be moved (emotionally) [mp]

attendrissant moving (emotionally) [mp]

attendrissement tenderness [mp]

attendu expected [vé]

attente waiting [tu]; **contre – générale** surprisingly [vé]

atterré floored (stunned) [mp]

attira *ps of* **attirer** to draw close [at]

attirant attractive [pf]

attirer to attract [vé], to draw near [at]

attirer, s' to make for oneself [mf]

attraper to catch [vé]

attristé saddened [pf]

attrister to sadden [vé]

au-delà beyond [mp]

au-dessous under [at]

au-dessus above, overhead [at]

auberge inn [uf]

aucune not a single [uf]

aumône alms [mf]

auparavant before [pf]

auprès near [mf], next to [vé], close to [mp]

auréolé encircled with a halo [pf]

aurore dawn [ho]

aussitôt immediately [mf]

autant as much [vé]

autel altar [pf]

auteur author [vé]

autour around [ms]

autrefois in the past [vé], long ago [mp]

avaler to swallow, gulp down [vé]

avança *ps of* **avancer** to set forth (ideas) [ho]

avarement stingily [ho]

avaries damage [at]

Ave Maria Hail Mary prayer [mf]

aventure, d'— by chance [uf]

aventurer, s' to venture into [mp]

avertir to warn

avis advice, opinion [mf]

aviser to give advice [uf], **s'—** to realize, to decide [mf]

avouer to admit [vé]

azuré azure, blue [mf]

B

babines lips [mf]

badigeonner to whitewash [at]

bagarre fight [at]

bagatelle darn! [vé], minor offense [mf]

bagne penal colony; **au –** at hard labor [uf]

bague ring [vé]

baie bay [uf]

baigné bathed [ms]

baigner to bathe [uf], **se —** to bathe [ms]

bâillant yawning [vé]

bâillement yawn [vé]

baisa ps of **baiser** to kiss (archaic) [at], to kiss [ho]

baiser kiss (archaic) [at]

baissant lowering [vé]

baissé lowered [mf]

baisser to lower [vé], **se —** to bend down [vé], to lower oneself [at]

bal ball, dance [vé]

balancement swaying [tu]

balancer to waver [de]

balayer to sweep [at]

balbutia ps of **balbutier** to stutter [at], to stutter [mp]

balbutier to stammer, to stutter [mf]

ballant dangling [mp]

balle bullet [mf]

banc bench [en]

bandoulière **–en** slung over the shoulder [mf]

barbare barbarian [vé]

barbe beard [at]

barbouillé smeared [mp]

barbu beared [mf]

barque small boat [at]

barre line [at]

barrer to block [ho], to cast shadowy lines [at]

bas low [mf], lower level [en]; stocking [vé]

bas–de bas en haut top to bottom [at]

bas-bleu blue-stocking (aristocratic) [pf]

basané tanned, swarthy [vé]

bataille battle [de]

bateau boat [at]

bateau à vapeur steamship [pf]

bâti built [at]

bâtisse building [at]

bâton stick [vé]; **—s** upstrokes [de]; **à —s rompus** about this and that [pf]

battant clapping [at], **— des mains** clapping her hands [mp]

battant side (of window) [ho]

battement beating [en], **—s** applause [vé]

battre to beat [ms], **battre, se** to battle, to fight [at]

battu beaten [vé]

béante gaping [at]

beau avoir – to do something in vain [vé]

bécassines snipe [ms]

bêche spade, shovel [mf]

bégaya ps of **bégayer** to stammer [at]

bégayant stammering [at]

bégayer to stammer [ho]

bêlement bleating [ho]

bêler to bleat [ho]

belge Belgian [at]

belle-sœur sister-in-law [mp]

belliqueux bellicose [ms]

bercé cradled [at]

bercer to rock [pf]

berge riverbank [ms], **chien de —** sheepdog [mp]

berger shepherd [at]

bésicles spectacles, eyeglasses [vé]

besogne task [at], **—s** chores [ms]

besoin need [mp]

bétail cattle [ho]

bête animal [mp], beast [ho], **—s** animals [uf]

bien fortune [vé], property [at]

bigrement jolly well [uf]

bijou gem [vé]

biscuit [en]

bivouac camp [en]

blancheur whiteness [tu]

blanchi whitened [at]

blé wheat [at]
blessé wounded, injured [vé]
blesser to wound [vé]
blessure wound [mf]
bleuâtre bluish [tu]
blotti huddled [en]
blottir, se to huddle up [mf]
blouse overall [en]
bois wood [mf], woods [at]
boisé wooded [at]
boîte case [mf], can [mp]
boiter to limp [uf]
boiteux lame, lame person [vé], limping [uf]
bond leap [ho]
bondir to leap [ho]
bonheur happiness [ho]
bonne maid [uf]
Bônoise a person from Bône [tu]
bonté goodness [vé]
bord edge [ms], side [at]
border to border [at]
borné limited [ms]
botte bale [uf], boot [mf], — **de paille** bale of hay [vé]
bottine boot [ho]
bouc male goat [ho]
bouche mouth [vé]
bouchée mouthful [ms]
boucher to plug [at], to plug up [de]
bouchon cork [en], stopper [ho]
bouder to sulk, **se** to not speak to one another [at]
boue mud [en]
bouffée breathful [vé]
bougea *ps of* **bouger** to move [ms]
bouger to move, to budge [vé]
bougie candle [ho]
bouillant boiling [vé]
boule billard ball [mp]
boulet cannonball [at], — **de canon** cannonball [ms]
bouleversé overwhelmed [at]

bouleversèrent *ps of* **bouleverser** to shatter (emotionally) [de]
bourdonnement humming [ho]
bourdonner to buzz, to ring [at]
bourrasque squall [ho]
bourre wad (of a gun) [mf]
bourreau executioner [ho]
bourrelet strip [ms]
bousculer to bump into [tu]
bout bit [ms], end [mf], tip [at]; **au —
de** at the end of [vé]
bouton button [vé]
boutonné buttoned [vé]
bouvreuil bullfinch [at]
bœuf bull [ho]
braconnier poacher [at]
brancard stretcher [mf]
bras arm [mf]
brasier glowing coals [ho], inferno [ms]
brèche gap, breach [at],
bredouiller to mumble [uf]
bretonnant Breton-speaking [uf]
brioche, quelle darn! [vé]
brioche cake [mp]
brisant breaker (wave) [ho]
brisé broken [vé]
briser to exhaust [tu]
brodé embroidered [mf]
bromure bromide [ho]
brouillard fog [en]
brouiller, se to tangle, get mixed up [mf]
broyer to grind [uf]
bruissant rustling [at]
bruit noise [mf]
brûlant burning [mp]
brûlé burned [vé]
brume mist [ho]
brusquement abruptly [at]
bruyamment noisily [at]
bruyant boisterous [vé], noisy [mp]
bûcher pyre [ho]

buée mist [tu]
buffle buffalo [ho]
buisson bush [at]
bus *ps of* **boire** [ho]
but goal, intention [at]
but *ps of* **boire** to drink [vé]
butor lout [vé]

C

caban greatcoat [en]
caboteur boat that sails close to coast [uf]
cacha *ps of* **cacher** to hide[en]
caché hidden [en]
cacher to hide [mf]
cachette hiding place [at]
cachot prison cell [mf]
cadeau gift [mf]
cadenas padlock [ho]
cadran dial, face (of a watch) [mf]
cadre setting [tu]
caduque aged [tu]
cahoté jostled [mp]
caille quail [at]
caisse till [tu]
calèche carriage [vé]
calepin notebook [mp]
caler to wedge [vé]
calotte small round cap that covers the crown of the head [de]
camp, foutez le get out of here! *(vulgar)* [en]
campagnard countryfolk [vé]
campagne countryside, military campaign [at]
cancan gossip [at]
canon barrel (of a gun) [ms]
canotier rower [ho]
capote hooded coat [mf]
capuchon hood [mf]
car because [mf], for [ms]
carabine de jardin small rifle [mp]
carambolages billiard shots [mp]

carchera pouch [mf]
caressa *ps of* **caresser** to stroke [uf]
caroubier carob tree [tu]
carré square [mf], patch of land [vé]
carreau tile (floor) [at], window pane [ms]
carriole cart [mp]
carton cardboard [ho]
cartouche cartridge [mf]
cartouchière cartridge pouch [en]
cas case [mp]
caserne barracks [en]
casqué head covered [uf]
casser to break [mf]
cauchemar nightmare [ho]
causer to chat [mf]
caveau vault, tomb, cellar [at]
cédé given [vé]
céder to give in [vé], to give up [at]
cèdre: depuis le — jusqu'à l'hysope high and low, from the biggest to the smallest [vé]
ceinture belt [mf]
ceinturé belted [tu]
cendres ashes [mf]
censément virtually [ms]
cépée shoot (botanical) [mf]
cependant however [vé]
cerceaux hoops [mp]
cérébration mental activity [pf]
certes certainly [ho]
cerveau brain [ho]
cesser to stop [ho], to cease [at]
chagrin sorrow [vé]
chaîne chain [mf] — **à canon** cannon fodder [ms]
chair flesh [uf], **— de poule** goosebumps [vé]
chaire platform [de]
chaise chair [at]
chaleur heat [at]
chambre bedroom [vé]
champ field [mf]

chandelle candle [mf]

chant song [at]

chantèrent *ps of* **chanter** to sing [de]

chantonner to hum [at]

charge burden [ms]; **femme de —**
housekeeper [mp]

chargé de charged with [ms], loaded,
weighed down [vé]

charger, se to take charge [at], **se —** to
load (a gun) [mf]

charpente frame [at]

charrette plow [at]

charrié carried along [at]

charrier to lug [uf]

charte charter [vé]

chasse hunting [mf]

chassé driven out [uf]

chasser to hunt [at]

chasseur infantry [ho]

châtaignes chestnuts [mf]

châtaignier chestnut tree [mf]

château-d'eau water tower [en]

chatte female cat [mf]

chauffer to warm up [en], **se —** to get
warm [ms]

chaumière thatched cottage [ms]

chausser to put on shoes [vé]

chef-d'œuvre masterpiece [vé]

chemin pathway [mp]

cheminée fireplace, hearth [ho]

chemise shirt [mf]

chenapan scoundrel [uf]

chêne oak [ho]

chèrement dearly [at]

chétive skinny, puny [at]

cheval horse [mf]

chevaleresque [pf]

chevalerie chivalry [vé]

chevelure hair [mp], hairdo [vé]

chevet bedside [pf]

cheville ankle [vé]

chèvre goat [ms], **— laitière** nanny-
goat [mf]

chevreuil deer [mf]

chevrotines buckshot [mf]

chiffon rag [en]

chiffre number [ho]

chimère fantastical monster [ho]

chiné dyed [vé]

chirurgical surgical [pf]

choir to fall [tu]

choix choice [at]

chou cabbage [en]

chœur, en in chorus [mp]

chuchotant whispering [at]

chuchoter to whisper [at]

chuchotèrent *ps of* **chuchoter** to
whisper [tu]

chute fall, waterfall [at]

ciel sky [mf]

cierge candle [tu]

cieux heavens [vé]

cinquantaine some fifty [at]

cire wax [tu]

cirque circus [at]

ciseau à froid cold chisel [vé]

ciselé chiseled [tu], polished [vé]

cité cited [mf]

clabauder to gossip [at]

clair-obscur light and shadow [tu]

clairière clearing [mf]

clapotement lapping [at]

clarté brightness [at]

clavier keyboard [ho]

clef key [de]

clefs keys [mp]

cligna *ps of* **cligner** to wink [vé]

cloche bell [vé], church bell [ms]

clocher bell tower [ho]

clochetons pinnacle [ho]

cloison wall [uf]

clopiner to limp [mf]

cloué nailed, frozen (with fear) [at]

coaguler, se to coagulate [ms]

cocher coachman [ho]

cœur, de bon heartily [vé]

coffres chest [tu], trunk [mf]
cogner, se to fight [at]
coiffe headpiece, bonnet [ms]
coiffé head covered [uf], (head) covered [mf], hair done [vé]
coiffer, se to do one's hair [mp][en]
coin corner [vé]
coins corners [mp]
col neck [mf]
col collar [vé]
colère anger [mf]
collègue colleague [vé]
collet collar [mf]
collier necklace [at]
colline hill [ms]
colombe dove [ho]
colombier pigeon coop [at]
colonne column [ho]
combattant fighter, soldier [at]
comble climax [at], height [ho]; **au —** at its peak [vé]
commandature commanding officer [de]
commandé ordered, reserved [vé]
commencèrent *ps of* **commencer** to begin [tu]
commerce business [vé]
commettre to commit [pf]
commode pratical [at]
commodément comfortably [vé]
compara *ps of* **comparer** to compare [tu]
comparaître to appear [uf]
complaire, se to delight [vé]
complaisance kindness [vé]
complice accomplice [at]
composer to make up the content [mf]
comprirent *ps of* **comprendre** to understand [ms]
compris *ps of* **comprendre** to understand [ho]
comprit *ps of* **comprendre** to understand [mf]

compromettre, se to compromise oneself [mp], to compromise [uf]
compte, se rendre to realize [vé]
compter to count [mf]
comptés à pas slowly, deliberately [mf]
comptoir counter [tu]
concours agreement [tu]
condisciple fellow student [tu]
conduire to lead to drive [mf]
conduisit *ps of* **conduire** [ho]
confia, se *ps of* **se confier** to confide [tu]
confiture jam [vé]
confondu confused [mf]
confrères colleagues [pf]
congé, donner to give permission to leave [de]
connaissance consciousness [vé], friend [mf]
conquérir to conquer [ho]
conquis conquered [ms]
consacrer to dedicate [vé]
conseil advice [vé]
conseiller to advise [at]
consentir, se to consent [at], **se —** to agree, to consent [mp]
conserves canned foods [mp]
considera *ps of* **considérer** to consider [de]
considérable important [mp]
consigne orders [at]
Constantinois a person from Constantinople [tu]
constata *ps of* **constater** to observe [uf]
constater to notice [ho], to observe [at]
conta *ps of* **conter** to tell (a story) [ms]
contagieux contagious [ho]
conte story [vé]
contempler to contemplate [vé]
contenance composure [mp]
contenir to contain [vé]
conter to tell [mf]

contiguë adjoining [vé]

continu continuous [at]

continua *ps of* **continuer** to continue [ms]

contraire opposite [vé]

contre against [at], at [vé]

contredire to contradict [vé]

contusionna *ps of* **contusionner** to bruise [at]

convaincre to convince [at]

convaincu convinced [mf]

convenable adequate, appropriate [vé], suitable [mf]

convenir –de to admit [vé]

convive guest [vé]

convoi convoy [ho]

convoitise covetousness [mf]

coq rooster [vé]

coquette flirt [vé]

coquetterie something done to embellish, flirtatiousness [at]

coquille shell [vé]

coquin rascal [mf]

coquine loose woman [vé]

corbeille basket [uf], wedding presents [vé]

corne horn [ho], tip of the crescent of the moon [at]

corniche ridge [tu]

corps body [vé]

correcte proper [mp]

corriger to correct [vé]

corsage à guimpe blouse [mp]

corse Corsican [mf]

cortège bridal party, procession [vé]

costume outfit [vé]

côte slope, hillside [mp]

côté side [vé]

coteau hillside, slope [at], slope [vé]

côtoyer to mix with [tu]

cotte overall [en]

cou neck [vé]

coucha *ps of* **coucher** to put to bed [uf]

couchai *ps of* **coucher** to put to bed [uf]

couchai, me *ps of* **se coucher** to go to bed [ho]

couche bed [uf]

coucher bed [vé], **en —** in childbirth [uf]

coude curve, elbow [at]

coudoiement close contact [ho], **—s** rubbing elbows [mp]

coudoyé mixed together [ms]

coudre to sew [ms]

coula *ps of* **couler** to flow [ho]

couler to flow [at], to run [mp]

coulisse wing of a stage [at]

coup blow, strike; **pour le —** as a result [en], **— d'œil** glance [en], **— de feu** shot [at], **— de fusil** gunshot [mf]

coup drink [at], ping, noise made when an object hits another obect [vé], shot [ms], strike [at], hit [mf]

coupable guilty [de]

coupé car [mp], coach [ho], cut [vé], cut, broken up [at]

coupe-gorge unsafe place [at]

couper to cut [at]

coups strokes [mp]

cour courtyard [de], yard [at]

cour, faire la to court [mp]

courant current, flowing [at]

courbé bent over [mf], bowed [ms]

coureur runner [vé]

courir to run, flow [ms]

couronne crown [vé]

cours, au – de during [uf]

cours d'eau stream [ms]

cours course [at]

course trip [vé], **prendre sa —** to set off [de]

courtiser to court [at]

courus *ps of* **courir** to run [de]

courut *ps of* **courir** to run [mf]

coussin cushion [ho]

coûté cost [mp]

couteau knife [vé]

coûter to cost; — que – whatever the cost [pf]

coutume custom [mp]

couvent convent [vé]

couvert covered [mf], place setting [at]

couverture blanket [pf], cover [mf]

couvrant covering [mp]

couvrir to cover [vé]

couvrit ps of couvrir to cover [mf]

cœur heart [at]

cracher to spit [mf]

craindre to fear [mf]

crainte fear [at], fear [vé]

craintif fearful [tu], timid [mp]

cramponna…s'- ps of se cramponner to hold on [at]

crâne head [uf]

craquement cracking, cracking sound [at], crackling [ms]

crasseux grimy [en]

cravate necktie [vé]

crayon pencil [vé]

Credo Apostles'Creed (prayer) [mf]

crépitement crackling [ms]

crépu frizzy [mf]

crépuscule dusk [tu], twilight [pf]

creusé carved [mp]

creuser to dig [mf], to hollow out, to dig [at]

creux hollow [at]

crevasse crack [at]

crève-cœur heartbreak [de]

crever to break [ho]

cri cry, shout [vé]

cria ps of crier to shout [de]

criant glaring [pf]

criblé riddled [at]

crier to cry out [uf], to yell [at]

crinière mane [uf]

crise crisis [ho]

crispation twitch [at]

crispé clenched [ms]

crisper, se to wince [ho], se — to clench [uf]

cristi my god [mp]

critiquer to criticize [vé]

crochu hooked [ms]

croire to believe [vé]

croisai ps of croiser to cross paths with [uf]

croisé crossed [mf]

croissant growing [pf], crescent [at]

croix cross [at]

crosse butt (of a rifle) [mf]

croulant collapsing, falling down [tu]

croyable believable [at]

croyance belief [ho]

cru raw [ms]

cruauté cruelty [vé]

crurent ps of croire to believe [at]

crus ps of croire to believe [de]

cueillir to gather [mp]

cuir leather [mf]

cuirasse armor [uf]

cuisinière cook [ho]

cuisse thigh [mf]

cuivre copper [vé], copper-colored [at]

culbuter to knock over [mf]

culotte trousers [uf], pants [uf]

curé parish priest [mf]

cuve basin [ho]

cuvette wash basin [mp]

cyprès cyprus tree [tu]

D

daim deer [mf]

davantage more [mf], further [at]

débarrasser, se to rid oneself [mf]

débattit, se ps of se debattre to struggle [uf]

déboucha ps of déboucher to run into [at]

déboucher uncork [en]

debout standing [mf], upright [ms]; se tenir— to be standing [ho]

décharge volley of gunshots [at]

déchargé empty (gun) [mf]

déchiqueté torn apart [at]

déchirant harrowing [ms], heartbreaking [tu], heartrending [pf], shrill [vé]

déchiré torn [pf]

déchirement ripping [at], heartbreak [pf]

déchirer to tear apart [ho]

déclarât *imperf subj* of **déclarer** to declare [uf]

déclinai *ps of* **décliner** to give out (personal information) [pf]

découverte discovery [vé]

décret decree [ho]

décrocha *ps of* **décrocher** to unhook [en]

dédaigneusement disdainfully [pf]

dédaigneux disdainful [vé]

dédain disdain [vé]

dédale maze [tu]

dédier to dedicate [vé]

dédire, se to go back on one's word [mf]

déesse goddess [vé]

défaire de, se to get rid of [vé]

défendre to forbid [vé]

défendre, se to defend oneself [vé]

défi challenge [pf]

défier, se to beware, to mistrust [vé], to challenge [vé]

défila *ps of* **défiler** to parade [ho]

définitivement permanently [pf]

défoncer to smash [vé]

défunt deceased [at]

dégagea, s' *ps of* **se dégager** to pull oneself away [at]

dégeler to thaw out [en]

dégoût disgust [pf]

dégoûter to disgust [vé]

dégrisé sobered [en]

déguenillé ragged [uf]

déguisements disguises [mp]

dehors outside [at]

délabré dilapidated [ms]

délasser, se to relax [tu]

délayé watery [ho]

déliai *ps of* **délier** to untie [ho]

délicat thoughtful [mp]

délicatesse thoughtfulness [mp]

délice delight [en]

délicieuse [tu]

délié nimble [pf]

délire delirium [ho]

demandai *ps of* **demander** to ask [uf]

démantelé demantled [at]

démarche proceeding [ho], plan [at]

démêlé run-in (with the law) [mf]

déménagement, voiture de — moving van [mp]

démence madness [ho]

démener, se to make a great effort [vé]

démesurée disproportionally large [ho]

démesurément unevenly [at], inordinately [ho]

demeura *ps* of **demeurer** to remain [mp]

demeure dwelling [at], house [ms], residence [ho]

demeurer to live [mf], to remain [at], to stay, to remain, to reside [vé]

demie-lieue half a league [mf]

démontrer to demonstrate [vé]

dent tooth [vé]

dentelle lace [at]

dentelure jagged outline [tu]

déparer to spoil, to detract from [mp]

départ departure [vé]

départi departed [pf]

dépasser to jut out [ms]

dépêche letter [ho]

dépêcher, se to hurry [de]

dépense expense [ms]

dépenser to spend [tu]

dépit de, en in spite of [pf]

déplaise, ne vous en – with all due respect [vé]

déployer to stretch out [vé]

depuis since [mp]

déraciner to uproot [vé]

déranger to disturb [vé]

déroulant unwinding [at]

dès as soon as [tu], from, starting at [at]; **— que** as soon as [ms]

désarmé defenseless [ho]

descendirent ps of **descendre** to descend [de]

descendit ps of **descendre** to descend [en]

désespéré desperate [mf]

désespoir despair, desperation [at]

déshabiller, se to undress [vé]

désigner to designate [mp], to indicate [ms], to portray [vé]

désolant distressing [ho], pitiful [mp]

désormais henceforth [tu]

désœuvrement idleness [pf]

dessein plan [mf]

dessin drawing [vé]

dessiner to design, to sketch [at], **se —** to stand out [ho]

dessous below [vé]

destructeur vandal [vé]

détente trigger [mf]

détourner to turn around [at], to turn away [uf]; **se —** to turn away [pf]

détremper to soften [vé]

détresse distress [ho]

détruire to destroy [ms]

détruit destroyed [vé]

dette debt [ho]

deuil mourning [vé]

devant having to [mp]

devinai ps of **deviner** to guess [ho]

deviner to guess [at]

devinrent ps of **devenir** to become [en]

devint ps of **devenir** to become [mp]

dévisager to stare at [vé]

devisant speaking [vé]

devise motto [pf]

dévoué devoted [mp]

dévouement devotion [mp]

diable devil [vé]

diablerie devilment [vé]

diaphane translucent [pf]

dieu god [mf]

dieu, le bon the good Lord [mp]

digne dignified, worthy [vé]

dirent ps of **dire** to say, tell [ms]

dirigeant, se heading [mf]

diriger to direct, to lift (a gun) [mf], to lead [ho], **se —** to head for [vé]

dirigèrent ps of **diriger** to direct; **se diriger** (vers) to head (toward) [en]

dis ps of **dire** to say, tell [ho]

disparaître to disappear [at]

disparurent ps of **disparaître** [en]

dispos energetic [vé]

disposé ready [mf]

disposer, se to prepare [vé], to set out [mp], to arrange [vé]

disposition availability [ho]

dissemblable dissimilar [tu]

dissimuler to conceal [ho]

dissipations unruliness [mp]

dissipèrent ps of **dissiper** to dispel, squander [ho]

distinguer to distinguish [vé]

distraire to distract [vé], to entertain [uf], to distract [tu]

distraitement distractedly [tu]

distribua ps of **distribuer** to distribute [ms]

dit ps of **dire** to say, tell [en]

djemaâ mosque [tu]

doge aristocrat [en]

doigt finger [mf]

domestique servant [vé]

dommage shame [vé]

dompteur tamer [ho]

donnai ps of **donner** to give [uf]

donnai *ps of* **donner** to give [pf]
dont of whom, of which [mp]
doré gilded [vé]
dos back [mf]
dot dowry [vé]
douce subtle [mp]
doucement softly [de], carefully [mp]
douceur sweetness, tenderness [at]
doué endowed [ho]
douleur pain [vé]
douloureuse painful [at]
douta, se *ps of* **se douter** to suspect [mp]
doutât, s'en *imp. subj.* of **s'en douter** to suspect, to imagine [at]
douter s'en- to suspect, to imagine [vé]
douteux doubtful [vé]
douves de tonneau dovetails [at]
doux soft [ho], sweet [at]
drap fabric [uf], sheet [ho], bedsheet [ho]
drapeau flag [ho]
dressé erected [at], lined up [en]
dresser debout to erect [vé]
dresser, se to arise [at], **se -**to report [at], to rise [ho], to rise up [pf]
droit moral [mp], right [vé], straight [ho], law [pf]
drôle amusing [at], funny fellow [vé], strange, funny [mp]
druidique druidic [vé]
dû owed [mf]
duègne governess [tu]
dûment duly [vé]
dur hard [vé]
dura *ps of* **durer** to last [at]
durent *ps of* **devoir** to have to, must [at]
durer to endure [tu], to last [mp], to last [pf]
dus *ps of* **devoir** to have to, must [ho]
dut *ps of* **devoir** to have to, must [tu]

E

eau water [mp], **— -de-vie** brandy [vé]
ébauche sketch [ho]
éblouir to dazzle [at]
ébranlé rattled [at]
ébranler to rattle; **— les nerfs** to shatter the nerves [ho]
ébranlèrent *ps of* **ébranler** to shake [at]
ébréché chipped [en]
écarlate scarlet [pf]
écarté separated [ho]
écarter to pull away, to open [vé], **s'—** to move away [at]
échalas vinepole [vé]
échappât *ps of* **échapper** to escape [ms]
échapper to escape [mf], **s'—** to escape [at]
écharpe sash [vé], scarf [mp]
échassier wader (type of bird) [ms]
échelle ladder [ms], scale [tu], ladder [at]
échelon rung [at]
échelonner, s' to spread out [at]
échoué failed [at]
éclair bolt of lightning [pf]
éclaircie bright spot [ms]
éclaircir, s' to grow clear [ho]
éclairé lit, illuminated [vé]
éclairer to light [at], to enlighten [vé]
éclat fuss [vé]
éclata *ps of* **éclater** to burst, to ring out [at]
éclatant bright, brilliant, shining [at]
éclater to burst [mf]
éclatèrent *ps of* **éclater** to burst [de]
éclats de voix shouts [at]
écluse gate [at]
écorcher, s' to skin, to scrape [at]
écouler to flow [tu], **s'—** to pass, to flow, to seep [at], to crush [mp], to smash [at]
écrevisse crayfish [at]
écria, s' *ps of* **s'écrier** to yell [vé]

écrier, s' to exclaim [mf]
écriture writing [vé]
écrivit *ps of* **écrire** to write [de]
écroulé collapsed [ms]
écroulèrent, s' *ps of* **s'écrouler** to crumble [at]
écu coin [mf], money [at]
écueil danger point [ho]
écume foam [at]
écurie stable [vé]
édifice building [ho]
effacé erased [vé]
effacer to erase [mp], **s'—** to disappear [at]
effaré alarmed [uf], frightened [vé]
effarer, s' to become afraid, bewildered [ho]
effleurement brush [uf]
effleurer to graze [at]
efforçant trying hard [mp]
efforcer, s' to force oneself [mf]
effraction breaking and entering [vé]
effrayant frightening [mf]
effrayer to frighten [at]
effroi fear [vé]
effroyable frightening [at], horrifying [ms]
effroyablement frighteningly [ho]
égal, c'est it does'nt matter [pf]
égard, à mon with respect to me [pf]
égarer, s' to become unhinged (psychologically) [ho]
égayer to delight [at][mp]
église church [vé]
égorger to cut the throat [at]
égrener to drop off (one by one) [mp]
élan surge [at]
élança, s' *ps of* **s'élancer** to rush off [tu]
élançai, s' *ps of* **s'elancer** to rush toward [ho]
élancer, s' to thrust [ms]
élargir, s' to spread out, to widen [at]
éleva *ps of* **élever** to raise [at]

élevé raised [mp]
élever, s' to rise [mf]
élire to elect [mp]
éloigna, s' *ps of* **s'éloigner** to move away from [at]
éloigné far [vé]
éloigner, s' to move away [mf]
éloigner to distance [tu]
émail enamel [tu]
embarrassé embarrassed, burdened [uf]
embarrasser to puzzle, to bother [vé], to hinder [at]
embaumer to smell sweet [ho]
embrassa *ps of* **embrasser** to embrace [uf]
embrassement hug [vé]
embrasser to embrace, to kiss [at]
embrasure recess in a wall for a window [vé]
embrouillai, s' *ps of* **s'embrouiller** to get mixed up [de]
embuscade ambush [mf]
émerveillé amazed, stunned [at]
émerveillement wonder [tu]
émettre to emit [mp]
émeut present indicative of **émouvoir** to be moved (emotionally) [mp]
émietta *ps of* **émietter** to dig into [at]
emmener to bring [at], to lead away, take away [en], to take (a person) [mf]
empanachée plumed [at]
empaqueté packed up [mp]
emparer, s' to arm oneself [mp], to seize [at]
empêcher to prevent [vé]
empli filled [tu]
emplir to fill [at], **s'—** to fill [at]
empoigner to seize [mf]
emporter to carry [at], to carry off [mp], to take away (to death) [pf], to take away [mf]

empreinte imprint [vé]
empressé attentive [vé]
empresser, s' to hasten [mf]
emprunter to borrow [ho]
ému moved (emotionally) [mp]
encadrer to frame [uf]
encapuchonné hooded [en]
enceinte pregnant [uf]
encens incense [vé]
enchâsser to set (jewelry) [vé]
encoignure corner [at]
encombre, sans without incident [en]
encombré loaded [vé], burdened [ho]
encombrer to be in the way [at]
encre ink [at]
endormi asleep [pf], sleeping [at]
endormir to make sleep [ho], to put to
    sleep [pf]; **s'—** to fall asleep [vé]
endormit, s' *ps of* **s'endormir** to fall
    asleep [uf]
endroit place [mf], place, spot [at]
énervé lethargic [ho]
énervement wound-up state [ho]
énerver to sap [tu], **s'—** to get worked
    up [uf]
enfant-dieu Baby Jesus [mp]
enfantin childlike [at]
enfermer to imprison [tu], to lock in
    [uf], to lock up [at]
enflammé in flames [ms]
enflammer to set ablaze [vé]
enfoncement nook [at]
enfoncer to sink [mp], **s'—** to huddle
    [vé] **s'—** to sink [at]
engager to urge [vé], to hire [at] , **s'—**
    to enlist in the military [tu]
engourdi dulled [ho], numb [ho]
enguirlander to garland [de]
enhardir, s' to become more bold [at]
enivrant intoxicating [tu]
enivrement exultation [pf]
enjamba *ps of* **enjamber** to straddle
    [at]

enjambée stride [ms]
enjamber to step over [de]
enlacement embrace [pf]
enleva *ps of* **enlever** to take away [ms]
enlevé taken away [mf]
enlèvement kidnapping [vé]
enlever to remove [mp]
ennui bother [vé]
ennuyé bored [at]
ennuyer, s' to be bored [at]
énorme enormous [vé]
ensevelir to bury [pf]
ensommeillé sleepy [at]
ensorcelé bewitched [vé]
ensorceler to cast a spell on [at]
ensuivre, s' to follow [vé]
entama *ps of* **entamer** to strike [at]
entamer to cut, to start to work [vé]
entasser to stack up [ms]
entendirent *ps of* **entendre** to hear [en]
entendis *ps of* **entendre** to hear [de]
entendit *ps of* **entendre** to hear [ms]
entendre to hear [vé]
entendu knowing [pf]
enterrer to bury [mf]
entêté stubborn [vé]
entêter, s' to persist, to remain
    obstinate [at]
entourer to surround [ms]
entrai *ps of* **entrer** to enter [de]
entraînai *ps of* **entraîner** to lead [mp]
entraîner to lead [vé], to lead along [at]
entrâmes *ps of* **entrer** to enter [vé]
entre-baillé ajar [tu]
entrebâiller to half-open (a door) [ho]
entrecoupé broken [at], breaking [vé]
entreprendre to undertake [uf]
entrèrent *ps of* **entrer** to enter [en]
entretien conversation [vé], interaction
    [pf]
entrevoir to glimpse [pf]
entrevu glimpsed [tu]
entrouvrir to open half way [at]

envahir to invade [at], to overtake [mp]

envahissant invading [pf]

envie desire [vé]; avoir — to want [mp]

environ about [vé], approximately [ho], surrounding [at]

environs area [at], surroundings [vé]

envoler to fly away [pf], s' — to float up, to fly [at]

envoya ps of passer [en]

envoyé sent [vé]

envoyer to send [mf]

épais,-se thick [mf][ho]

épaisseur thickness [mp]

épancher, s' to pour out [at]

épanouir to open out [tu]

épargner to spare [ms], s' — to spare oneself [mf]

éparpiller to scatter [uf], to spread [pf]

épars scattered [at]

épaula ps of épauler to aim [at]

épaule shoulder [mf]

épauler to put a rifle to the shoulder [at]

épée sword [at]

épeler to spell [vé]

éperdu frantic [ho]

épi ear of corn, stalk [vé]

épicier grocer [mp]

épier to spy [ho]

éplucher to peel [ms]

éponge sponge [mp]

époque-là, à cette at that time [mp]

épouser to marry, to wed [vé]

épouvante terror [at], horror [tu]

épouvanté horrified [uf]

épouvanter to frighten [at]

épreuve test [ho], à tout — always, without fail [vé]

éprouver to feel [vé]

épuisée run out [mp]

épuiser to exhaust [ms]

équivoque ambiguity [vé]

éraflure superficial wound [at]

erra ps of errer to wander [tu]

errer to wander [pf]

escabeau stepstool [vé]

escadre squadron [at]

escalier stairway [vé]

esclave slave [de]

escopette handgun [mf]

espacé spaced [tu]

espagnolette window latch [vé]

espèce type, sort [mf]

espérance hope [tu]

espérer to hope [vé]

espoir hope [mf]

esprit mind [vé], gens d' — people of culture [vé]

essayer to try [vé][uf]

essoufflé out of breath [de]

essuyer to wipe [ms], s' — to wipe [mp]

estampes stamps [vé]

estimer to respect [at]

estomper, s' to blur [pf]

établi established [mp]

établir to establish, to put [mf]

étage floor (of a building) [pf]

étaler, s' to stretch out [at]

étang pond [uf][ms]

étape stage [uf]

état state [vé]

éteindre to extinguish [mf], s' — to go out (a fire) [ms]

éteint muted [tu], faint [mf], extinguished [mp]

étendit ps of étendre to extend [mp]

étendre, s' to spread out [at]

étendre to extend [vé], s' to stretch out [ho]

étendu stretched out [mf], extended [vé]

étendue area [mf]

éternuer to sneeze [mp]

étincelant sparkling [pf]

étinceler to gleam, to sparkle [mf]

étincelle spark [ms]
étoffe fabric [mp]
étole stole [vé]
étonnant surprising [mp]
étonné surprised [vé], astonished [at]
étonnement astonishment [uf],
   surprise [vé]
étonner, s' to be surprised [de]
étonnèrent, s *ps of* **s'étonner** to be
   surprised [ms]
étouffé suffocating [mp], suppressed
   [at], muffled [vé]
étouffer to smother [en], to suffocate
   [mf]
étrange strange [vé]
étranger outside [mp], stranger [tu],
   foreigner [at]
étranglé choked [at]
étrangler, s' to choke with [mp], **s,—**
   to strangle [ho]
être human being [vé]
étreignit *ps of* **étreindre** to embrace
   [uf]
étreindre to embrace [vé], to grip [ho],
   to bind [uf]
étreinte embrace [at], grasp [at]
étroit narrow [uf]
étui glasses case [ms]
eûmes *ps of* **avoir** to have [de]
eurent *ps of* **avoir** to have [at]
eus *ps of* **avoir** to have [de]
eusse *impsubj of* **avoir** to have [mp]
eut *ps of* **avoir** to have [en]
eût *imperf subj of* **avoir** to have [uf]
évanoui passed out [vé]
éveillé awakened [at], bright, smart
   [mf], alert [ho]
éveiller, s' to awaken [at]
événements events [mp]
éventré destroyed [at]
éventrer to eviscerate [ho]
éventuel possible [tu]
évertuer, s' to strive [vé]

éviter to avoid [vé]
exalté excited [mp]
excuse apology [vé]
excuser, s' to apologize [at]
exégése exegesis [tu]
expédient solution [at]
explication explanation [vé]
expliqua *ps of* **expliquer** to explain
   [ms]
expliquer to explain [vé]
exprimer to express [vé]
exquis exquisite [vé]
extase ecstasy [pf]
extasié extatic [ho]
exténué exhausted [mp]

F

fâcha, se *ps* of **se fâcher** to become
   angry [at]
fâcher to become angry [ho]
façon way [at], manner [mp], way [vé]
facteur mailman [de]
factionnaire sentinel [en]
fagot bundle of sticks [mf]
faible weak [ho]
faiblesse weakness [vé]
faïence earthenware, porcelain [mp],
   ceramic [tu]
faillir to nearly succeed in [ho]
faillis *ps of* **faillir** + *inf* to almost + *do*
   sth [ho]
fainéantise laziness [at]
faire signe to gesture [ms]
fait fact [at]
falaise cliff [ho]
fallut *ps of* **falloir** to be necessary [de]
famé known, reputable [vé], **bien —** of
   good repute [mf]
fameux first-rate [en]
fané faded [mp]
fanfaron boastful [mp]
fange ignominy [tu]
farceur joker [mp]

fardeau burden [mf]
farfadet sprite [ho]
farouche fierce [at]
fasciner hypnotizer [ho]
faubourienne working-class [en]
fauché cut down [ms], torn apart [at]
faute mistake [de]
fauteuil armchair [ho], **— de tapisserie** upholstered armchairs [mp]
faux-ébénier laburnum [uf]
fébrile feverish [pf]
fécondateur fertile [pf]
féconder to impregnate [uf]
fée fairy [ho]
féerie spectacle [pf]
feindre to feign, to pretend [at]
félicitations congratulations [vé]
fendre to split [at]
fente crack, opening [at]
fer iron [vé]
fermai ps of **fermer** to close [ho]
fermer to close [at]
fermier farmer [vé]
féroce ferocious [vé]
férocement ferociously [ho]
ferrachia woman's veil [tu]
ferré knowledgeable [en]
ferrure hinge [at]
fêter to celebrate [mp]
feu fire [vé], **faire —** to fire (a gun) [mf], **mettre le —** to set on fire [uf]
feuillage greenery [tu], foliage [at]
feuille leaf [at], sheet (of paper) [ms]
feuillet leaf (of a book) [tu]
feuilleter to leaf through [tu], to page through [ho]
fève tiny porcelain figurine [mp]
fiacre carriage [mp]
fiancer to betrothe [at]
ficeler to tie [ho]
fidèle faithful [at]
fier, se – à to trust [vé]
fier proud [mf]

fièvre fever [uf]
fiévreux feverish [ho]
figure face [mf]
figurer to imagine [uf]
figurez-vous imagine [ho]
fil de la Vierge gossamer
fil line [en]
filature textile mill [de]
file row [at]
filer to slip away [en]
filet: — nerveux nerve ending [ho]
fille daughter [at]
fillette little girl [at], young girl [mp]
fils son [mf]
fin slender [mp]
firent ps of **faire** to make, to do [vé]
fit ps of **faire** to make [mf]
fixe vacant [at]
fixer to stare at [tu], to settle one down [uf], to attach [vé] , **— avec des yeux** to stare [vé]
flacon bottle [vé], flask [tu]
flambeau torch [pf]
flamber to go up in flames [at]
flanquer to hit [mp], to fling to the ground [at]
flèche arrow [ho], steeple [ho]
flegme composure [at]
flétri withered [tu]
fleuri in bloom [uf]
fleurir to bloom [ho]
flocon puff [at], **—s** snowflakes [mp]
flot wave, stream [at]
flotter to float [de]
foi faith [mf]
foin hay [mf], wheat [ms]
foire fair [en]
fois time [at], times [mp]
folie insanity, silliness [at]
folle crazy [at]
foncé dark [vé][uf]
fond bottom, depth [en]; **du —** from the depths [tu]; **au —** in the

background [en], back [de]
fondant melting, thawing [mp]
fondre to melt [vé], to fall [at], — en larmes to burst into tears [vé]
fondu melted [en]
fonte, de cast iron [ho]
forçai ps of forcer to force [uf]
forcément necessarily [pf]
forcené frenzied [uf]
forgeron blacksmith [vé]
fort very [vé], strong [at]
fortement strongly [mp]
fosse pit [tu]
fossé ditch [at]
fou crazy [vé], insane [ho]
foudroyant thunderous [mf]
fouet whip [mf]
fouetter to whip about [at]
fouiller to search [mf]
foule crowd [ho]
foulé trampled [at]; — aux pieds trampled [tu]
four furnace [ms], oven [ho]
fourbi polished [mf]
fournaise furnace [ho]
fournir to supply [at]
fournit ps of fournir to provide [tu]
fourrager to forrage [ms]
fourré leafy [vé], dense [mf]
fourrer to put in [at]
foyer home [at]
fraîche youthful [mp], fresh [at]
fraîchement freshly [ho]
fraîcheur freshness, coolness [at]
frais fresh [vé]
fraise strawberry [ho]
franc-tireur volunteer soldier [en]
franchir to step over, cross [tu], to clear, to get over [vé]
frange fringe [tu]
frappa ps of frapper to strike [ho]
frappé struck [mp]
frapper to strike [vé], to hit, to strike [mf]

frayeur fright [de]
frêle frail [ho]
frémir to tremble [ho]
frémissant trembling [mp]
frémissement trembling [ho]
friand delicate [at]
fripon rascal [mf]
frire to fry [vé]
frisé curly [vé]
frisons curls [mp]
frisson shiver [vé]
frissonner to shiver [ho], to shudder [mp]
froissement rustling [at]
frôlement rustling [at]
frôler to brush [ho]
front forehead [mf], face [mp]
frottant wiping [mp]
frotté rubbed [de]
frottement rubbing [ms]
frotter to rub [vé]
fruste unpolished [tu]
fuir to flee [at]
fuite flight [vé]
fumant smoking [at]
fumée smoke [at]
fumer to fertilize [mf], to smoke [at]
fumerie smoking session (lit. opium den) [mp]
fumé smoked [mp]
fûmes ps of être to be [mp]
fumier manure [uf]
funérailles funeral [vé]
furent ps of être to be [at]
fureur fury [vé]
fus ps of être to be [vé]
fusil shotgun [at], — de chasse hunting rifle [at], rifle [mf]
fusillade gunfire [at]
fusillé executed [en], shot [ms]
fut ps of être to be [mf]
fût imp du subj of être to be [en]

futaie cluster of tall trees [at]
future bride [vé]

G

gage bet [vé]
gager to wager [vé]
gagna *ps of* **gagner** to reach [uf]
gagner to reach [mf], **— du temps** to buy time [at]
gai happy [at]
gaieté delight [at]
gaillard boy [mf], chap [uf]
gaillardement cheerfully [at]
galamment gallantly [at]
galant admirer, suitor [at]
galerie balcony [tu]; **à —** with a roof [mp]
galoche wooden shoe [en]
gamin kid, urchin [en]
gamme scale [tu]
gant glove [vé]
garde nurse [pf]
garde, prendre to notice, to beware [vé]
garde-barrière check point [en]
garder to watch over [mf], to keep [uf], **se — à** to keep onself from [vé]
garer to look out [vé]
garer, se to park or place oneself [at]
gargarismes gargles [mp]
garnement good-for-nothing [at]
garni equipped [mf], garnished [tu]
garnir to stock [tu]
garrotter to tie up [mf]
gars boy [at]
gâté spoiled [mp]
gâteau cake [mp]
gâter to damage, to spoil [vé]
gaz natural gas [en]
gazon grass [at]
gazouillant warbling [tu]
géant giant [vé]
geler to freeze [vé]

gémi groaned [mp]
gémir to moan [vé]
gémissement groaning [at]
gênant bothersome [at]
gendarme policeman [ms]
gendre son-in-law [at]
gêné bothered [en]
gêner to bother [vé], **se —** to be bothered [de], to get in the way [mf]
genèse origin [pf]
génial of genius [pf]
génie genius [pf]
genou knee [vé]
genoux lap [de], knees [mp]
gens people [at]
germe seed [uf]
germer to grow [ho]
geste gesture [tu]
gibier game [ms]
gilet vest [uf]
gîte lodging [vé], shelter, home [ms]
glaça *ps of* **glacer** to freeze [at]
glace mirror [ho], ice [vé]
glacé icy [pf], frozen [at]
glacer to freeze [mp]
glaive sword [ho]
glaner to gather [vé]
glissa *ps of* **glisser** to slide [mp]
glissade, faire des —s to go sliding [de]
glisser to slide [vé]
gloire, s'en faire to brag [vé]
goélette schooner [ho]
goguenard mocking [vé]
golfe gulf [pf]
gonflé inflated, flaired [vé], puffy [mp]
gorge throat [at]
gouffre chasm [ho]
goujat boor [uf]
goût sense of taste [ho], taste [at]
goûta *ps of* **goûter** to taste [tu]
goûter to taste [vé][ho]
goutte drop (of liquid) [en]

grâce, faire to pardon [mf]

grain ſpeck [ho]

grammaire grammar book [de]

grandi grown up [mf]

grandir to grow tall [at]

grandit *ps* of **grandir** to grow up [mp]

granit granite [uf]

grappe cluſter [uf]

gras plump [mp], fat [vé], plump [ms]

grave serious [at]

gravé inscribed [vé]

gravir to climb [ho]

gravité seriousness [at]

gravure engraving, illuſtration [vé]

gré, savoir — à quelqu'un to be grateful to someone [tu], **à son —** to his liking [mp]

gredin knave [uf], scoundrel [at]

grêle hailſtorm [at]

grenier loft where grain is ſtored [mp], attic [at], hayloft [ms]

griffe claw [mf]

grillage wire mesh [de]

grille gate [en]

grimpant climbing [at]

grincement scratching [de]

gris grey [vé]

grisâtre gray [uf]

gronder to rumble [tu], to scold [de]

gros large [mf]

grossier rudimentary [ho], crude [vé]

grotesque ridiculous [mp]

gué passer à- to wade across [at]

guenille rag [at]

guère, ne... hardly [vé]

guéri cured [ho], healed [uf]

guérir to cure [ho]

guérisseuse healer [pf]

guerre war [mf]

guetter to watch for [at], to await [ho], to lie in wait for [ho]

gueux beggar [uf]

guinder, se to climb [vé]

H

habile adept [tu]

habileté cleverness [uf], skill [mf]

habillement clothing [uf]

habiller, s' to dress [ho]

habit outfit [vé], clothes [uf], **—s** clothes [de]

habitué accuſtomed [at]

hache hatchet [mf]

hagard tired [vé]

haï hated [vé]

haie hedge [vé]

haillons rags [mf]

haine hatred [vé]

hâlé tanned [vé]

haleine breath [en]

haleter to pant [ho]

hanche hip [vé]

hangar shed [at]

hanneton maybug [de]

hanté haunted [uf]

hantise obsession [ho]

harcelant persiſtent [mp]

harcelé harassed [ho]

hardi bold [mp]

hardiesse daring [tu]

hardiment boldly [at]

haricots beans [mp]

hasard chance, bit of luck [mp], **par —** by chance [mf]

hasarder, se to venture, to take a chance [at]

hâte haſte [vé], **à la —** haſtily [ho]

hâter to hurry; **— le pas** to quicken one's pace [ho]

hâtif hurried [tu]

haussement shrug [at], **— d'épaules** a shrug of the shoulders [pf]

hausser to raise [at], **— les épaules** to shrug one's shoulders [mf], **se —** to ſtand up on tiptoe [at]

haut high, aloud [at], top [vé] **tout —** out loud [mp], **en —** upper floor

[en]
hauteur height [mf]
hébété dazed [at]
hein eh [en]
hélas alas [vé]
héler to hail [ms]
henné henna [tu]
herbe grass [at]
hérissé bristling [ho]
héritier heir [mf]
heureusement fortunately [vé]
heurta, se *ps of* **se heurter** to run into [tu]
heurter to bump into [uf], to strike, to hit [mf]
heurt clash [mp]
hirondelle swallow [ho]
hisser to hoist [en]
hocha *ps of* **hocher** to nod [at]
hocher to nod, to shake [at]
holà hello [mf]
homard lobster [mp]
honte shame [en]
honteux ashamed [en]
hoquets hiccups [mf]
horloge clock [de]
hors out [mf]
hôte host [vé]
hôtel particulier free-standing house [ho]
hôtelier hotel owner [vé], innkeeper [uf]
houblon hops [de]
hourra hurrah [vé]
hourrah cheer [en]
houx holly [mp]
huile oil [ho]
huître oyster [ho]
humer to inhale [uf]
humeur de mauvaise – in a bad mood [vé]
hurlement howling [ms]
hurler to howl [mp]

I

if yew [mp]
ignoré unknown [uf]
ignorer to be unaware of [pf], to not know [uf]
île island [mf]
illois from Ille [vé]
illustre illustrious [vé]
image picture [mf]
immaculé immaculate [mp]
immuable immutable [ho]
impasse dead-end street [tu]
impassible impassive [at]
implanta, s' *ps of* **s'implanter** to set, to settle [tu]
importe peu is not important [mp]
impotent disabled, crippled [mp]
imprévu unexpected [at], the unexpected [tu]
imprimé imprinted [vé]
imprudent careless [at]
impuissance powerlessness [ho]
inapaisable unappeasable [uf]
inapaisé unquenched [ms]
inaperçu imperceptible [mp]
inattendu unexpected [ho]
inavoué ignored [mp]
incendie fire [ms]
inconnaissable unknowable [ho]
inconvenant improper [mp]
incrédule skeptic [ho], unbeliever [pf]
incrédulité doubt [mf]
incroyable unbelievable [mf]
incrusté encrusted [vé]
indécis undecided [uf]
Indes West Indies [ho]
indice clue, indication [vé]
indicible unspeakable [at]
indigne unworthy [mf]
indiquer to point out [vé]
inégal unequal [mf]
inélectable inescapable [pf]
infailliblement without fail [mp]

infatigable tireless [vé]
infecte filthy [tu]
injure insult [tu]
injurier to insult [uf]
inouï without precedent [tu], unbelievable [at]
inquiet worried [ho], troubled [mf]
inquiéter to bother, to worry [at]
inquiétude worry [vé]
inscrire to register [tu]
insignifiant insignificant, trivial [mp]
insistai *ps of* **insister** [uf]
insouciant worry-free [tu]
insoupçonnable unsuspecting [ho]
insoutenable unbearable [ho]
instance insistence [at]
instruction education [de]
instruire to educate [tu]
instruit educated, knowledgeable [vé]
insupportable intolerable [uf]
interpeller to talk to [uf]
interrogatoire interrogation [at]
interrompit *ps of* **interrompre** to interrupt [pf]
interrompre to interrupt [vé]
interrompu interupted [mf]
intime intimate [at]
introduire, s' to enter [vé]
inutile useless [at], pointless [mp]
inutilité uselessness [at]
invoqua *ps of* **invoquer** to invoke [tu]
invraisemblable improbable [ho]
isoler to isolate [vé]
issu de issuing from [tu]
ivre drunk [vé]
ivresse intoxication [pf], drunkenness [mp]
ivrogne drunkard [vé]

J

jabot ruffle [vé], lace collar [de]
jadis in the past [tu], times past [tu], long ago [ho]

jaillir to surge [ms], to spring up [at]
jais jet black [mf]
jambe leg [vé]
jardin garden [vé]
jardinier gardener [en]
jarretière garter [vé]
jatte bowl [mf]
jauni yellowed [tu]
jeta *ps of* **jeter** to throw [en]
jeté thrown [tu], projected [ho]
jeter to throw [vé], **— un coup d'œil** to glance [mf],**— un cri** to let out a scream [at]; **se —** to throw oneself [mf]
jeu game [mf]
joignis *ps of* **joindre** to join [uf]
joignit *ps of* **joindre** to join [at]
joue cheek [mf], **mettre en —** to aim [mf]
joueur player [vé]
jouir to enjoy [mf]
joujou toy [mp]
journée day [vé]
jumeau twin [pf]
jument mare [vé]
jupons petticoat [at]
jurant swearing [mp]
jurer to swear [mp]
jusqu'au bout to the end [mp]
jurer to swear [at]
jusque-là until then [pf]
justement in fact [de]
justice law [mf]

L

lâche cowardly [ho]
lâcher to let go [vé], to let go of [mf], to release [uf]
lâchèrent *ps of* **lâcher** to let go [at]
lâcheté cowardice [at]
laid ugly [at]
laine wool [mp]
laissa *ps of* **laisser** to allow [uf]

laissât *imp. subj.* of **laisser** to let, to allow [at]

laissé left, given [mp]

laisser tomber to drop [vé]

laisser to let, to allow [mf], to leave [ho]; **se —** to let oneself

laiteux milky [pf]

lamenter to lament; **se –** to complain [en]

lança *ps* of **lancer** to throw [at]

lancer to project [ho], to throw [vé]; **se —** to embark [vé]

langes blankets [mp]

lard bacon [en]

largesse generosity [uf]

larme tear [mf]

las weary [ho]

latinité Latinity, quality or use of Latin [vé]

laurier laurel [ho]

lécher to lick [mf]

léger slight, light [mf]

légèrement delicately [vé]

léguer to bequeath [vé]

légumes vegetables [at]

lendemain next day [vé], following day [uf]

lent slow, deliberate [at]

lenteur slowness [at]

leste nimble [vé]

levé raised [vé]

levée uprising [at]

lever to lift [at]

lèvre lip [mf], **—s serrées** pursed lips [at]

liberté freedom [vé]

libre free [at]

lié tied [mf]

lien connection [uf]

lier to link [uf]

lierre ivy [at]

lieu place [at]

lieu, avoir to take place [at]

lieue league, unit measurement of distance [mf]

lieux premises, scene [mp]

lignée blood line [tu]

lime file [vé]

linge laundry [ms], linen [pf], cloth [mp]

lingère seamstress [ho]

linteau lintel [ho]

lisible legible [vé]

lisière edge [de]

lit bed [vé]

litière stretcher [mf]

livide pallid [pf], bluish [vé]

livré delivered [ho]

livrer to deliver [vé], to engage in [mp]; **se —** to engage in, to rage [mf]

locution phrase [ho]

logé lodged [vé]

loger to lodge [at]

logis home [ms], dwelling [at]

loi law, rule [vé]

loin far [mf]

lointain far away [ho], far-off [at]

long long; **le – de** along [ho], **de — en large** back and forth [ho]

longer to keep close to [mf], to follow along [at]

longtemps for a long time [ho]

lorgner to peer [mf]

lorgnette spyglass [at]

lorsque when [vé]

louable praiseworthy [mp]

louche mysterious, dubious [at]

loucher to ogle [en]

loué praised [mf]

louer to rent [tu]

loup wolf [at]

lourd heavy [vé]

lourdement heavily [ho]

lueur glow [ms], light [at], gleam [pf]

lugubre gloomy [tu]

luir to gleam [at]

luire to glow [ms], to glisten [mp]
luisant gleaming [en]
lumières lights [mp]
lune moon [vé]
lunettes glasses [mp]
luron lad [mf]
lut *ps of* **lire** to read [ms]
lutiner to fondle, to tickle [uf]
lutte struggle [at]
lutter to struggle [tu]
luzerne alfalfa [ms]

M
mâcher to chew [ms]
machinalement mechanically [vé], unconsciously [at]
maigre thin [at], skinny [uf]
maintenir to maintain [vé]
maire mayor [at]
mairie town hall [vé]
maître master [mf], teacher [de], main [at]
majestueux majestic [vé]
mal harm [at]; — **de tête** headache [vé]; — **à l'aise** uncomfortable [vé]
malaise discomfort [ho], ill-ease [ho], illness [uf]
malédiction damn [mf]
malfaisant wicked [uf]
malfaiteur evil-doer [ho]
malgré despite [ms], in spite of [vé]
malheur misfortune [vé], unhappiness [de]
malheureux unfortunate [vé]
malice trickster, craftiness [mf]
malignement malignly [mf]
malin skilled [vé], sly [uf]; **faire le** — to be facetious [mf]
malingre sickly, puny [en]
malle trunk [de]
malveillant malevolent [tu]
mamelon knoll [mp]
manche handle [at], sleeve [vé]

manier to handle [mp]
manier *ps of* **manier** to handle [ms]
manière manner, way [vé]; **de** — in such a way [mf]
manqua *ps of* **manquer** to lack [ms]
manquer to miss [de], to be missing, to lack [vé]
mansarde garret [ho]
manteau overcoat [mf]
maraud scoundrel [vé]
marchand merchant [tu]
marchandage bargaining [tu]
marche, de marche on foot [uf]
marche stride, step [at], tread of a step [vé], walking [mf],
marcher to walk [mf]
mare pond [vé]
marécageux swampy [vé]
marée tide [ho]
mari husband [mf]
marié groom [vé]
mariée bride [vé]
mariés newlyweds [vé]
marine navy [en]
marmottant mumbling [at]
marque, de high class [uf]
marraine godmother [vé]
marronnier chestnut tree [at]
marteau hammer [tu]
masser, se to assemble [en]
massif clump of trees [en]
massue club [at]
masure hovel, dilapidated dwelling [at]
mât mast [pf]
matelas mattress [mf]
matière matter [uf], **entrer en** — to broach, to introduce [vé]
maudit accursed [pf], cursed, damned [vé]
Maure Moor [tu]
méchanceté spitefulness, maliciousness [vé]
méchant evil, mean [vé], wicked [en]

médicamenter to give medecine to [vé]

médiocrement with indifference [at]

méfiant distrustful [at]

méfier, se to distrust [at]

mêlé mixed up [mf], tangled [uf]

mêler to mix [en], **se —** to mix [vé]

menaçant menacing [ho]

menace threat [mf]

ménage household [vé]

ménagé homemade [at]

ménageât *imperf subj of* **ménager** to treat with consideration [uf]

ménagement care: **sans –** straightforwardly [tu]

ménager to handle or consider carefully [at]

ménagère housewife [mf]

mendiant beggar [at]

mendier to beg [tu]

mener to lead [mf], to take [mp]

mentir to lie [mf]

menton chin [mp]

menu tiny [mp]

mépris disdain [mf]

méprisant scornful [pf]

mépriser to scorn [pf], to disdain [tu]

mer sea [at]

méridional southern [pf]

mériter to deserve [vé]

merle blackbird [de]

merveilleux marvelous [vé]

mesquin stingy [ho]

messe mass (religious) [mf]

mesure mesure; **à — que** while [en]

métier job, trade [en], profession [pf]

mettre — feu to burn [mf]; **— en garde** to warn [vé]; **se — à** to begin [at]

meuble piece of furniture [mp], furniture [at]

meublé furnished [vé]

meunier miller [at]

meurtri sore [ho]

meurtrier murderer [vé]

meurtrière opening [at], loopholes for shooting out [en]

meurtrissure bruise [vé]

micocoulier type of tree (*Celtis*) [vé]

midi south [at]

miel honey [uf]

miette piece [at]

mieux better [mp]

mignon darling [mp]

miliasse type of grain [vé]

millième thousandth [ho]

mîmes, nous *ps of* **se mettre** [ho]

mince thin [mf]

mine de plomb graphite [ho]

miner to erode [tu]

minutieux meticulous [tu]

mioche kid *slang* [en]

mirent, se *ps* of **se mettre à** to begin [mf]

miroiter to shimmer [pf]

mis *ps of* **mettre**; **se mettre** to begin [ho]

mise en garde protected [mp]

miser to wager [en]

mit *ps of* **mettre** to put [en]

mobiles national guard [en]

mode fashion [vé]

modiste hatmaker [vé]

moelle marrow [ho]

mœurs ways [uf]

moindre least [mf]

moine monk [ho]

moins less [mp]

mois month [vé]

moisson harvest [pf]

moite damp [mp]

moitié half [vé]

molle soft [mp]

mollement lethargically [at]

mollet calf [uf]

momie mummy [tu]

momifier mummify [mp]

monde, du crowd, people [at]
monta *ps of* **monter** to get onto [en]
montagnards mountain dwellers [mf]
monter to get onto [ho], to rise [at]
montèrent *ps of* **monter** to go up [ms]
montra *ps of* **montrer** [en]
montre watch [mf]
montrèrent *ps of* **montrer** to show [ms]
moquer to mock [ho]; **se —** to mock
　[vé], to make fun of [en] , to tease
　[mf]; **s'en —** to be indifferent [ho],
　to not care [pf]
morceau piece [vé]
mordre to bite [uf]
morne mournful [ms], sad [vé]
mort dead person [vé]
morut *ps of* **mourir** to die [vé]
mosquée mosque [tu]
mot word [mf]
mou soft [mf]
mouche fly [ho]
moucher, se to blow one's nose [mp]
moucheron kid [en]
mouchoir handkerchief [at]
mouflon mountain sheep [mf]
mouillé damp [uf], wet [en]
moulé molded, modeled [vé]
moulin mill [at]
mourant dying [pf]
mourir to die [mf], **se —** to be dying
　[pf]
mourre finger game [vé]
mourut *ps of* **mourir** to die [tu]
mousse moss [at]
mousseline muslin [ho]
mouton sheep [ho]
moyen way [vé]
Moyen Âge Middle Ages [vé]
moyens means [ho]
muet silent [mp], quiet [at]
mugir to roar [ho]
mulet mule [vé]
muletier muledriver [vé]

muni equipped [mp]
mur wall [at]
muraille wall [vé]
mûrir to ripen, mature [ms]
murs walls [mp]
musée museum [vé]
mutisme mute state [pf]

N

nacre mother of pearl [at]
naïf naïve [mp]
nappe layer [uf], pool [ho], sheet of
　water [at]
narine nostril [vé]
navarrois from Navarre [vé]
navire ship [ho]
navré distressed [at]
neige snow [mp]
neiger to snow [mp]
nerf nerve [ho]
net clean [mf], clear, distinct [vé]; **tout**
　— markedly [mp]
netteté clarity [pf]
neuf brand new [vé]
nia *ps of* **nier** to deny [ho]
niais silly, foolish [ho], inane [mf]
niche kennel [mp]
nid nest [de]
nier to deny [vé]
nimbe halo [pf]
noce wedding [vé]
noirâtre blackish [vé]
noirci darkened [vé], blackened [ms]
noisette hazelnut [at]
nomma *ps of* **nommer** to name [mf]
noueux knotted [uf]
nourri heavy [at]
nourricier, père adoptive father [ho]
nourrir to feed [uf]
nouveau, de again [mp]
nouvellement recently [mf]
nouvelles news [vé]
noyé drowned [pf]

noyer walnut tree [de]
noyer, se to drown [ho]
nu naked [mf]
nuage cloud [at]
nuée cloud [uf]
nuire to harm [pf]
numéro issue (of magazine) [vé]
numéroter to number [uf]; **se —** to count off [en]

O

obéir to obey [mf]
obéissant obedient [mp]
obscurité darkness [ho]
obstinément stubbornly [mp]
obstrué obstructed [mf]
obtenir to get, to obtain [at]
occulte hidden [ho]
occuper, s' to pay attention, to take care, to worry [at]
odorat sense of smell [ho]
officier officer [en]
offrande offering [vé]
oiseau bird [vé]
oisif lazy [tu]
olivâtre olive in color [vé]
olivier olive tree [vé]
ombrage shaded area [at]
ombrager to shade [ho]
ombre shadow [tu], shade [vé]
omoplate shoulder blade [uf]
ondoyer to ripple [ho]
ongle fingernail [ho]
opposé opposite [vé]
opprimer to oppress [ho]
or gold, now [vé]
orage storm [at]
orageux tumultuous [tu]
oranger orange tree [tu]
ordinaire, d' ordinarily [pf]
ordonner to order [vé]
ordures refuse [uf]
oreille ear [vé]

oreiller pillow [vé]
orgiaques orgiastic [tu]
orgueil pride [pf]
orme elm-tree [at]
orné adorned [vé]
ornèrent *ps* of **orner** to adorn [vé]
os bone [vé]
oscilla *ps of* **osciller** to rock [ho]
osciller to swing back and forth [mf]
oser to dare to do something [mf]
osseux bony [vé]
otage hostage [at]
ôtai *ps* of **ôter** to remove [mp]
ôter to take off [vé]
oubli oblivion [vé]
oublier to forget [vé]
outrance excessiveness [vé]
outre, en in addition [uf]
ouvert open, friendly [mp]
ouverture opening [at]
ouvrage work [vé], sculpted [ho]
ouvrir to open [mf]; **s' —** to open [vé]
ouvrit *ps of* **ouvrir** to open [tu]
œuvre work [ho]

P

païen pagan [vé]
paille straw [mf]
pains de sucre sugar loaf [mp]
paisible peaceful [at]
paître to graze [mf]
paix peace [at]
palette paddle [at]
pâleur paleness [pf]
pâlir to pale [vé], to become pale [at]
pâlit *ps of* **pâlir** to grow pale [pf]
palombe pigeon [vé]
palper to feel (by touching) [ho]
palpiter to quiver [ms]
pâmé overcome [at], **pâmé** pale [tu]
pâmer, se to be in rapture [pf]
pan piece [at], panel [tu]
panache cloud [ms]

panier basket [en]
panser to dress (a wound) [mf]
paon peacock [mf]
papillon butterfly [ho]
Pâques Easter [mp]
par-dessus over [mf], over top [vé]
paraître to seem, to appear [mf]
parapluie umbrella [vé]
parbleu of course [vé]
pardonner to forgive [mf]
paré dressed, adorned [vé]
pareil such, similar [vé], peer [tu], of the sort [en], the same [ho]
parent relative, related [mf]
parenté heredity [mf]
parer, se to accessorize [mp]
paresseux lazy [vé]
parfois sometimes [at]
parfum scent [pf]
parier to bet [vé]
pariétaires type of weed that grows out of walls [tu]
parla *ps of* **parler** to speak [en]
parlèrent *ps of* **parler** to speak [pf]
parloter to chat [uf]
parmi among [ho]
parole word [at], spoken word [vé]
partager to divide up [en], to share [vé]
parterre border [at], terrace [ho], flower bed [en]
parti lost [mp], effort [at], course of action [mf]
participe participle [de]
particulier individual [mf]
partie game, match [vé]
partirent *ps of* **partir** to leave [en]
partis *ps of* **partir** to leave [uf]
partit *ps of* **partir** to leave [tu]
partout all over, everywhere [vé]
parure ornament [at]
parurent *ps of* **paraître** to appear [ho]
parut *ps of* **paraître** to appear, to seem [vé]

parvenir to manage, to reach [mf]
parvînmes *ps of* **parvenir** to manage [uf]
parvint *ps of* **parvenir** to arrive, reach [mp]
pas –à grands long strides [mp]
pas step [mf]
passa *ps of* **passer** [en]
passager passing [uf]
passant passerby [ho]
passèrent *ps of* **passer** to cross [en]
patauger to wade [uf]
pâte cream [mp]
Pater Our Father (prayer) [mf]
patrie homeland [mf]
patron boss [uf]
patte step, paw [mf], leg [at]
paume palm [vé], tennis-like game [vé]
pavé pavement: **sur le pavé** in the street [uf]
pays country [mf]
paysage countryside [uf]
paysan countryman [vé], country folk, farmer [at]
peau skin [vé]
pécaïre poor guy (exclamation) [vé]
peccadille minor offense [mf]
pêcher to go fishing [de], to fish [ms]
pêcheur fisherman [ho]
peine trouble [mf], pain [ho]; à — hardly [mf]; **sans** — without difficulty [ms]
peint painted [vé]
pêle-mêle hodge-podge, jumble [at],
pèlerinage pilgrimage [pf]
peloton team, group [at]
pelouse lawn [vé], ground [at]
pencher, se to lean [vé]
pencher to tip [ho], to lean [at]
pendant que while [at]
pendre to hang [mf]
pendu hung [en]
pénétra *ps of* **pénétrer** to penetrate [tu]

pénible painful [uf], difficult [vé]

péniblement with difficulty [mf]

pénombre dim light [tu], darkness [pf]

pensai *ps of* **penser** to think [de]

pensée thought [mf]

pente slope [at]

perça *ps of* **percer** to pierce [ms]

percé positioned [at]

percer to pierce [mf]

perdre to lose [mf]

perdu loſt [de], ſtray [at]

perfide treacherous [ho]

perle pearl [tu]

persienne slatted blind [ho]

perſpicace discerning [ho]

perte loss [at]; **à — de vue** as far as the eye can see [ho]

peser to weigh [vé], **— dans la main** to feel the weight of [mf]

pétard firecracker [ho]

pétillement crackling [at]

petits pois peas [mp]

peupler to populate [ho]

peuplier poplar tree [at]

peur fear [vé]

phénicien Phœnician [vé]

phtisie consumption [pf]

physionomie physique [ms]

pièce coin [en], piece, room [mf], theatrical play [mp]

pied foot [vé]

pierre rock [mf]

piétinement ſtamping [at]

piéton pedeſtrian [ms]

pieu poſt [at]

pilier column [tu]

pioche pickaxe [vé]

piocher to dig [vé]

piquet poſt [vé]

place town square [de]

plafond ceiling [vé]

plaie wound [at]

plaigner to feel sorry for [ms]

plaindre to pity [vé], complain [mf], **se —** to complain [pf]

plainte lament [ho], plain [ms]

plaira *ps* **plaire** to please [at]

plaîre to please [mf]

plaisanter to joke [at]

plaisanterie joke [mf], insult [at]

plaisir pleasure [at]

planche wooden board [at]

planer to hang over [pf]

plaque sheet [uf]

plat flat [mf]

platane plane tree [at]

platine platinum [vé]

plâtre plaſter [at]

plèbe the little people [tu]

plein full [vé]; **pleins de** many [ho]

pleura *ps of* **pleurer** to cry [en]

pleurer to cry [mf]

pli fold, wrinkle [at]

plia *ps of* **plier** to bend [ms]

pliant folding ſtool [en]

plié folded [ms]

plier to bend [mp], **se —** to fold up [ho]

plissé ironed [vé], pleated [de]

plomb lead [at]

plongea, se *ps of* **se plonger** to plunge [mp]

ployé bent [vé]

pluie rain [vé]

plume feather [vé], **plume** quill [de]

plut *ps of* **plaire** to please [vé]

plutôt rather [ho]

poche pocket [mf]

poids weight [mf]

poignard dagger [mf]

poignet wriſt [tu]

poils whiskers [ms], hair, fur [mp]

poing fiſt [at]

point, ne not [vé], not at all [ms]

pointu pointed [mf]

poisson fish [at]

poitrine chest [mf]
poli polished [de]
poliment politely [at]
polisson mischievous boy [vé]
poltron coward [ho]
pont bridge [at]
portail gate, door [at]
porte city gate [en]
portée reach [at]
portefaix porter [tu]
portefeuille wallet [ho]
porter to put [mf], to wear [vé]; — **la vue** to cast eyes [vé]; **se** — to be feeling [mf] , to be (state of health) [8ho]
poser to install [ho]
potelé round, plump [at]
pouce thumb [mf]
poudre gunpowder [mf], powder [at]
poudré powdered [vé], sprinkled [ms]
poule hen [ms]
poulet chicken [mf]
pouls pulse [ho]
poumon lung [ho]
poupées dolls [mp]
poursuivi pursued [mf]
poursuivre to follow, to pursue [vé]
pourtant however [vé]
pourvoir, se to provide oneself [mp]
poussa *ps* of **pousser** to push, to grow [at]
poussai *ps of* **pousser** to grow [ho]
poussée push [mp]
pousser to grow [mf]; — **un cri** to cry out [vé]
poussière dust, dirt [mf]
poussive wheezy [ho]
poutre beam [at]
pré meadow [de]
précipitai, me *ps* of **se précipiter** to hurl oneself [mp]
précipité hurried [at]
prélasser, se to stroll along [mf]

presque almost [at]
pressant pressing [vé]
pressé rushed [uf]
pressentiment foreboding [ho]
pressentir to have a foreboding [ho]
presser, se to hurry [at]
prestidigitateur conjuror [ho]
prêt ready [mf]
prêtât *imperf subj* of **prêter** to lend [ho]
prétendre to claim [vé]
prétendu supposed [ms], intended (fiancé) [vé]
prêter to lend [ho]
prétexter to pretend by making an excuse [en]
preuve proof [vé]
prévenance kindness [ms]
prévenir to warn [en], to notify [ms]
prévint *ps* of **prévenir** to warn [vé]
prévoir to foresee [ho]
prévoir to anticipate [vé], to predict [at]
pria *ps of* **prier** to request [uf]
pria *ps* of **prier** to pray, to plead, to coax [at]
prier to beg, to plead [vé], to pray [mf]
prière prayer [mf]
primer to take precedence over [uf]
prirent *ps* of **prendre** to take [vé]
pris *ps of* **prendre** to take [ho]
pris *ps of* **prendre** to take [uf]
pris garde noticed [mp]
prise d'armes military review [en]
prise capture [mf]
prit *ps of* **prendre** to take [en]
privé deprived [uf]
priver to deprive [pf]
procédé behavior [mp]
procès-verbal legal warning [at]
procureur public prosecutor [vé]
produire to produce [vé]
profond deep [tu]

profondeur depth [at]
proie prey [vé]
prolongé continuouse [at]
promenade walking [at]
promettre to promise [vé]
promise betrothed [at]
promit *ps of* **promettre** to promise [at]
propos remarks [vé]
proposa *ps of* **proposer** to suggest [en]
propre own [mp]
propret tidy [pf]
propriétaire owner [tu]
proscrit outlaw [mf]
protéger to protect [at]
provisions goods [mp]
prudemment cautiously [at]
prudent careful [mf]
pruneaux prunes [mp]
prunelle pupil (of the eye) [pf]
Prusse Prussia [at]
puérilité childishness [tu]
puiser to draw (water) [uf]
puisque since [ho]
puissance power [tu], force [ho]
puissant powerful [uf]
puits water well [at]
pûmes *ps of* **pouvoir** to be able, can [uf]
puni punished [vé]
punition punishment [vé]
pupitre desk [de]
pus *ps of* **pouvoir** to be able, can [uf]
pussent *ps of* **pouvoir** to be able, can [at]
put *ps of* **pouvoir** [de]

Q

quai quay [pf]
quant au as for [mp]
quarantaine some forty [at]
quelconque whatever [ho], ordinary [uf]
querelle quarrel [ho]

quereller, se to quarrel [ho]
queue tail [at], line [en], cue stick [mp]
quiconque whoever [mf]
quiétude tranquility [tu]
quitter to leave [vé]
quoique however [uf], though [tu]

R

rabattre, se to fall back down [ho]
raccommoder to repair [at]
raccrocha, se *ps of* **se raccrocher** to latch onto [tu]
race a people [ho]
racine root [mf]
raclée thrashing [at]
racontai *ps of* **raconter** to recount [uf]
radieux radiant [vé]
rafraîchir to refresh [ho]
rafraîchissant refreshing [ho]
raide stiff [at]
raideur stiffness [at]
raidir, se to stiffen [tu]
raidit, se *ps of* **se raider** to stiffen [at]
raison reason [vé], **avoir —** to be right [vé]
râler to groan [ho], to give the death-rattle [ho]
ralliant rallying [vé]
ramassa *ps of* **ramasser** to gather [en]
ramassai *ps of* **ramasser** to gather [ms]
ramasser to pick up [vé]
ramener to bring back [at]
rampant crawling [at]
ramper to crawl [en]
rang rank, row [at]
rangé in place [de], **se ranger** to assemble [at]
rangèrent, se *ps of* **se ranger** to arrange themselves [ms]
rappel recall [en]
rappeler to recall [vé], to call (s.o.) back [ho]
rapport report [mf]

rapprocha, se *ps of* **se rapprocher** to move closer to [tu]

rapproché near [mf]

rapprochèrent, se *ps of* **se rapprocher**, to approach, draw near [en]

ras level [en]

rasant low [vé]

rasé shaved [vé]

raser, se to shave [mf]

rassis, me *ps of* **se rasseoir** to sit down again [ho]

rassurer to reassure [at]

rater to miss [mp]

rauque hoarse [at]

ravalé reduced [pf]

ravenelle wild radish [uf]

ravi thrilled [at]

rayon ray [ms], — **de soleil** ray of sunlight [mp]

rayonnement radiance [pf]

rebondir to rebound [vé]

reboucher to plug [at]

récit story [vé]

réclamer to claim [ho]

récolte harvest [mf]

récolter to harvest [at]

reconnaissance gratitude [mp]

reconnaître [uf]

reconnus *ps of* **reconnaître** to recognize [vé]

reconnut *ps of* **reconnaître** to recognize [en]

reconquir to conquer again [ho]

recoucher, se to lie down again [mf]

recouvert covered [tu]

recouvrir to cover [mf]

recueilli meditative [pf]

recueillir to gather [mf], to recover, to pick up [mp]

reculer to retreat [at], to step back [vé]

reculons, à backing up [ho]

reçut *ps of* **recevoir** to receive [ms]

redingote frock coat [de]

redoutable fearsome [mf]

redoutablement fearsomely [ho]

redouté feared [mf]

redouter to dread [ho], to fear [at]

redressai, me *ps of* **se dresser** to straighten up [ho]

referma *ps of* **refermer** to close again [tu]

refermé closed again [ms]

réfléchir to think about, to reflect [at]

reflet reflection [ho]

refroidi stiffened, cooled [mf]

refroidir, se to grow cold [ms]

réfugier, se to take refuge [at]

refus refusal [at]

regagner to return to [ho], to go back to [vé]

regard look, glance [vé]

regarda *ps of* **regarder** to look [de]

regardai *ps of* **regarder** to look [uf]

regarder to concern [at]

regardèrent *ps of* **regarder** to look [tu]

réglé settled [vé]

règle rule [de], ruler [de]

régler to manage [ho], to take care of [at]

règne reign [ho]

régner to reign [vé]

reine queen [mp]

rejaillissement splash [at]

rejeter to throw back [vé]

rejeton offspring [uf]

réjouir to delight [at], to rejoice [ho]

relâcher to release [vé]

relations acquaintances [mp]

relevé standing back up [uf], raised [vé]

relever, se to get up again [pf]

relié joined [ho]

remarquai *ps of* **remarquer** to notice [de]

remarquer to notice [vé]

remblais embankment [en]

remercier to thank [de]

remettez-vous get hold of yourself [mp]

remettra, se *ps of* **se remettre** to recover [ho]

remettre to put back [ho]; **se — à** to begin again [mp]

remis put back: **— à neuf** like new [uf]

remis *ps of* **remettre** to recover [de]

remit *ps of* **remettre** to deliver [ms]

remit *ps of* **remettre, se** to stand up [mp]

remords remorse [mp]

remorqueur tugboat [ho]

rempart city walls [en], ramparts, walls that surround a city [mp]

remplacer to replace [uf]

rempli filled [vé]

remporter to win [at]

remua *ps of* **remuer** to move [at]

remué bothered, moved [mf]

remuer to budge, to move [mf], to stir [uf]

rencontra *ps of* **rencontrer** to meet [tu]

rencontrai *ps of* **rencontrer** to meet [uf]

rencontrer to meet [ho]

rendirent *ps of* **rendre** to render, to give (off) [at]

rendit, se *ps of* **se rendre** to go [tu]

rendit *ps of* **rendre** to render [pf]

rendre to render [vé]

rendu made [mp]

renégat renegade [pf]

renfermé reserved [tu], turned in upon [tu]

renfort, à grand with the help [vé]

renier to renounce [pf]

renom reputation [at]

renouveler to renew [mf]

rentra *ps of* **rentrer** to put in, to return [pf]

rentrai *ps of* **rentrer** to put in, to return [ho]

rentrée return [mp]

rentrèrent *ps of* **rentrer** to put in, to return [en]

renversa, se *ps of* **se renverser** to turn over [ho]

renverse backwards [vé]; **à la —** on one's back [pf]

renverser to knock over [ho], to overturn [ho]

renvoyer to send back, to return [vé]

répandre to spread [vé], **se —** to spread [mf]

répandu spread [tu]

réparer to repair [uf]

repartir to leave again [ho]

repartit *ps of* **repartir** to leave again [uf]

repentir, se to regret [at]

repentir, s'en to regret [mf]

repli fold [pf]

répliqua *ps of* **répliquer** to reply [at]

répliquer to reply [vé]

reployé bent back, retracted [vé]

répondit *ps of* **répondre** to respond [en]

reporter to bring back [ms]

reposé rested [vé], rest [mp]

reposer to rest [ms], **se —** to rest [at]

repoussa *ps of* **repousser** to push away [en]

repousser to repel [vé], to push back [at], to push away [tu]

reprendre to resume [uf]

représaille reprisal [ms]

représenter to portray [vé], **se —** to imagine [en]

réprimer to suppress [vé]

réprimer to repress [at]

repris *ps of* **reprendre** to resume (talking) [ho]

reprit *ps of* **reprendre** to resume talking [mp]

repu sated [ho]
résigné resigned [mp]
résolu determined, resolute [vé]
résolus *ps of* **résoudre** to resolve [uf]
résolut *ps of* **résoudre** to resolve [tu]
résonna *ps of* **résonner** to resound [mp]
résonner to resound, to echo [at]
résoudre to resolve [pf]
respirer to breathe [mf]
respirèrent *ps of* **respirer** to breathe [uf]
ressembler to resemble [ho]
ressentir to feel [vé]
ressentis *ps of* **ressentir** to feel (emotion) [ho]
ressort force [vé], resilience [ho]
ressortit *ps of* **ressortir** to go out again [ms]
ressouvenance memories [tu]
resta *ps of* **rester** to stay [de]
reste, du moreover [ms]
retard, en — late [de]
retenir to hold back [vé], to remember [mp]
retentit *ps of* **retentir** to ring out, resonate, echo [vé]
retint *ps of* **retenir** to restrain [en]
retira *ps of* **retirer** to pull out, take out [mp]
retirer to retreat [tu], to retire [uf], to pull back [vé]; **se —** to retire [uf], to withdraw, to move away [at]
retomber to fall back [pf]
retour return [at]
retournai *ps of* **retourner** to return [ms]
retourner, se to turn around [ho]
retraite retreat [at]
retraité retired [tu]
retrousser to roll up [vé]
réuni reunited [vé]
rêve dream [vé]

réveil awakening [ho]
réveilla *ps of* **réveiller** to awaken [ho]
réveillai, me *ps of* **se reveiller** to wake up [uf]
réveiller, se — to wake up [vé]
revenant phantom [ho]
revenir to recover [uf]
rêver to dream [at]
revers inside [mf]
revêtir to don, to wear [vé]
rêveur dreamer [at]
revinrent *ps of* **revenir** to recover, to return [pf]
revint *ps of* **revenir** to recover, to return [uf]
revivre to revive [tu]
revue magazine, review [ho]
rez-de-chaussée ground floor [ho]
rhume cold [vé]
riant laughing [vé]
ricaner to snicker, to giggle [mf]
ridé wrinkled [en]
rideau curtain [mp]
rides wrinkles [mp]
ridicule absurdity [at]
riposter to return fire [at]
rire to laugh [en]
rive riverbank [ho]
river to rivet [ho]
riz rice [mp]
roche rock [at]
rocher rock [mf]
rôder to lurk [mp], to prowl [ho]
rôdeur prowler [uf]
roi king [vé]
roide stiffly [mf]
roidissement trembling [at]
romain Roman [vé]
roman novel [vé]
rompu broken [at]
ronde, à la about [vé]
ronde soldier [at]; **à la —** about [at]
ronflement snore [ms], humming [at]

ronfler to snore [at]
rosier rose bush [ho]
rôti roast [mp]
rouages gear wheels [at]
roucouler to coo [de]
roue wheel [en]
rougir to blush [vé]
rougis *ps of* **rougir** to blush [mp]
rouille rust [at]
rouillé rusty [at]
roula *ps of* **rouler** to roll [at]
roulant on wheels, rolling [mp]
rouler to roll [uf]
roulèrent *ps of* **rouler** to roll [en]
rouvris *ps of* **rouvrir** to reopen [ho]
rouvrit *ps of* **rouvrir** to opened again [ms]
royauté royalty [mp]
ruban ribbon [vé]
rude rough [en], tough [ms]
ruelle alley [at], space between the wall and bed [at]
ruisseau stream [vé]
ruisselant dripping [vé]
ruisseler to stream [pf]
rumeur hum [at]
rusé wily [at]S

S

sable sand [vé]
sac bag [vé]
sachant knowing [mp]
sacrilège sacrilegious [vé]
sacristi my god [mp]
saillie balcony or protruding part of edifice [tu]
sain healthy [ho],— **et sauf** safe and sound [at]
saisi gripped [ms], overcome [mp]
saisir to seize [vé], to take hold of [mp], to understand [at]; **s'en** — to seize, to grab [mf]
saisis *ps of* **saisir** to grab [uf]

saisissant seizing [mp]
saisit *ps of* **saisir** to grab [ho]
sale dirty [uf]
salé salted [mp]
salua *ps of* **saluer** to greet [at]
saluai *ps of* **saluer** to wave [ho]
saluant greeting [mp]
saluer to greet [ms]
sang blood [mf]
sang-froid calm [vé]; **avec** — calmly [mf]
sanglant bleeding [mf]
sanglot hiccough, sob [at]
sangloter to sob [mf]
sangsue leech [ho]
sans without [ms]
sapin fir tree [mp]
satisfaire to satisfy [mf]
sauf except [uf]
saule willow tree [at]
saut jump [mf]
sauta *ps of* **sauter** to jump [en]
sauter to jump [vé]
sauver, se to save oneself [at], to run away [ho], to escape [mp]
savant scholarly or learned person [vé]
savate slipper [ho]
scellé sealed [at]
sciemment knowingly [pf]
scierie sawmill [de]
scintillement glittering [ho]
scruter to scrutinize [mf]
séance sessuib [ho]
séant posterior [vé]
seau bucket [uf]
sec lean [vé], quick, dry [at]
sèchement curtly [ho]
secoua *ps of* **secouer** to shake [uf]
secoué shaken, rattled [at]
secouer to shake [uf]
secourable helpful [uf]
secourer to help [ho]
secours, au help ! [mp]

secousse jolt [ho]
séculaire ancient [at]
séduire to charm [ms]
séduisant seductive [vé]
sein breast [vé]
sel salt [vé]
selon according to [ms]
semant sowing [mf]
sembla *ps of* **sembler** to seem [ho]
semblable similar [ho]
semblant seeming; **faire —** to pretend [en]
sembler to seem [at]
semelle step [at]
semence seed [uf]
semer to to sow, to sprinkle [ms]
sens meaning [vé], sense [tu]
sensible sensitive [mp]
sensiblerie sensitivity [pf]
sentier pathway [mf]
sentiment feeling [vé]
sentir to smell, to feel [en]
sentir, se to feel [mf], to understand [vé]
sentir, se to feel [ho]
sentit *ps of* **sentir** to feel [en]
sergent sargeant [tu]
serpenter to wind [tu]
serra *ps of* **serrer** to squeeze [at]
serré tight together [uf], tight [ho], clasped [pf]
serrer to squeeze [vé], to hold tight [uf], to grip [ms], **serrer, se** to squeeze or shake [mp]
serrurier locksmith [vé]
serviable obliging, helpful [mf]
serviette napkin [mp]
servir to be useful [at], to serve [vé]
serviteur servant [ho]
seuil threshold [tu], doorstep [mf]
seul lone, alone [at]
sève sap, life [uf]
sévir to ravage [ho]

siècle century [pf]
siège seat [ho]
sien, le his, hers [at]
siffla *ps of* **siffler** to whistle [en]
sifflant whistling [at]
siffler to whistle [de]
sifflet whistle [en]
signe, faire to wave [de]
silence [at]
singulier bizarre [vé]
singulière remarkable, peculiar [mp]
singulièrement curiously [vé]
singulièrement uniquely, singularly [at]
sitôt as soon as [uf]
slave Slavic [pf]
sobriquet nickname [ms]
socle pedestal [vé]
soie silk [vé]
soif thirst [ho]
soigné thorough [at]
soigner to take care of [pf]
soigneusement carefully [at]
soin care [mf], attention, need [vé]
sol soil, ground [vé]
soldat soldier [mf]
solennel solemn [de]
sombrer to sink [ho]
somme, en – in short [pf]
sommeil sleep [vé]
sommeiller to sleep [ho]
sommet summit [ho]
son sound [at]
sonder to examine [mf], to probe [ho]
songe thought [ho]
songer to think, to dream [at], **— à** to think about [vé]
sonna *ps of* **sonner** to ring [de]
sonner to ring [vé]
sonnèrent *ps of* **sonner** to ring, to strike the hour [at]
sonnette bell [vé]
sonore resounding, sonorous [vé]

sort fate [vé], magic spell [ho], chance;
   tomber au — to be drafted [at]

sortant leaving [mf]

sortie exit [mp]

sortit *ps of* **sortir** to take out, to leave [en]

sot silly [mp], idiot [vé], fool [ho]

sottise foolish remark [vé]

sou money [vé], five-centime coin [en], **— vaillant** single cent [at]

soucié cared [mp]

soucier, se to worry about [at]

soucieux worried [pf]

soudain suddenly [ho]

soudainement suddenly [mf]

souffle breath [uf]

souffler to breath [tu]

souffrant suffering [ho]

souffrir to suffer [at]

souhaiter to wish [vé]

souillé soiled [tu], impure [tu]

souk outdoor market [tu]

soulager to comfort [at], to relieve [en]

soulevai *ps of* **soulever** to lift [ho]

soulevé lifted [pf]

soulever to lift up [vé], **se — to rise** [mf],

soulevèrent *ps of* **soulever** to raise [uf]

soulier shoe [vé]

soumettre to submit [tu]

soupçon suspicion [vé]

soupçonner to suspect [mf]

souper supper [vé]; to have supper [vé]

soupir sigh [vé], breath [at]

soupirer to sigh [mf]

souple supple [vé]

souplesse versatility [ho]

source spring (water) [at]

sourcils eyebrows [pf]

sourd dull [tu], muffled [mp], deafening, deaf, dull [at]

sourir to smile [mf]

sourire to smile [vé]

sourirent *ps of* **sourire** to smile [tu]

sourit *ps of* **sourire** to smile [tu]

sous coins [de]

sous-entendu innuendo [tu]

soutenir to hold up [pf], to support [vé]

soutenu supported [mp]

souvenir, se to remember [vé]

souverain supreme [pf]

souvinssent *impsub.* of **souvenir** to remember [mp]

squelette skeleton [ms]

statuaire statuary [vé]

stitra musical instrument [tu]

stupéfait stunned [mp], dumbfounded [at]

stupide stunned [at]

stylet stiletto, dagger [mf]

subir to be subjected to [at]

subit sudden [vé]

succédèrent, se *ps* of **se succéder** to follow in succession [mf]

sucre sugar [mp]

sucrier sugar bowl [vé]

sueur sweat [vé]

suffire to suffice [ms]

suffisant sufficient [vé]

suite, de in a row [mp]

suite, à la — de following [ho]

suivi followed [ho]

suivirent *ps of* **suivre** to follow [tu]

suivit *ps of* **suivre** to follow [en]

suivre to follow [mf]

sujet, à votre — because of you [mp]

supercherie fraud [ho]

supérieur upper [pf]

superposé layered [uf]

suppléer to rectify [ho]

supplication plea [mp]

supplice trial [uf]

supplier to beg, to plead [at]

supposition guess [mp]

supprimer to eliminate [ho]

sûr certain [ho]
sur-le-champ right away [mf]
suraigu piercing [ho]
sûreté, en — safely [mf]
surgir to spring up [mp]
surnaturel supernatural [ho]
surprenant surprising [vé]
surprendre to surprise [en]
surprit *ps of* **surprendre** to surprise [de]
surprit *ps of* **surprendre** to surprise [tu]
sursaut start [tu], spasm [mp]
surtout especially [mp]
surveilla *ps of* **surveiller** to watch [tu]
surveiller to watch [at]
survenir to appear unexpectedly [uf]
survivant surviving relative [mp]
susurrer to murmur [tu]
sut *ps of* **savoir** to know [mp]

T
tabac tobacco [at]
tache stain [ho]
tâche task [ho]
tacher to stain [at]
tâcher to attempt [uf]
taille waist [vé], **taille** size [at]
taillis coppice [at], thicket [mf]
tain silver backing [ho]
taire to quiet [mp]
tais-toi shut up [at]
taisez-vous shut up [at]
talon heel [mf]
tambour drum [en]
tandis que while [at], whereas [ho]
tant pis too bad, so what [mf]
tant que as long as [mp]
tant so many [mf], so much [en]
tantôt at times, sometimes [ho]
tapage uproar [de], racket [at]
tapageuse boisterous woman [vé]
taper to hit, to tap [vé]
tapis rug [vé]

tapissé with walls covered [tu]
tapisserie coverlet [pf]
tardé waited [mp]
tarder to delay [mf], to be late [tu]
tardive late [pf]
tarir to stop talking [at]
tas stack, pile [mf]
tasse cup [vé]
tasser to pile up [uf]
tâter to feel, to touch [at]
teignit, se *ps of* **se teindre** to be stained [pf]
teint coloring [tu], dyed [tu], complexion [mf]
teinte tint, trace [vé]
teinté colored [ms]
tel similar to [tu]
tellement so [mp]
témoin witness [mf]
tempe temple [vé]
tempête storm [pf]
tenable maintainable [at]
tenailles pliers [vé]
tendant extending, offering [vé]
tendis *ps of* **tendre** to offer [mp]
tendit *ps of* **tendre** to extend [ms]
tendre to extend [uf], to hold out [tu], to offer, extend [at]; — **l'oreille** to strain to hear [at], — **la main** to extend a hand [mf]
tendresse tenderness [at]
ténèbre shadow [at]; —**s** darkness [at]
tenez wait, hold on [vé]
tenir to hold [mf], to maintain [mp], — **à** to insist on [de], — **de** to take after [uf]; **se** – to stand [en], to keep oneself [mf]
tentation temptation [mf]
tenter to attempt [mf], to tempt [vé], to try [mp]
tentures tapestry [at]
terminaison ending [vé]
terrain land, field [vé]

terre cuite baked clay [vé]

terre ground [mf], earth [vé]; **par –** on the floor [uf]

testament will [vé]

théogonie study of origin and descent of the Ancient Greek gods [ho]

tiède balmy [at], warm [ms]

tiédeur warmth [uf]

tiens wait [mf], exclamation showing surprise [mp]

tige stem [ho]

tint *ps* of **tenir** to hold [vé]

tintement ringing [vé]

tinter to ring [mp]

tir shooting [mf]

tira *ps* of **tirer** to pull out, to take out [at]

tiraillant shooting wildly [mf]

tirailleur infantryman [tu]

tiré pulled back [at], shot [mf], drawn [vé]

tiré par les cheveux far-fetched [vé]

tirer to shoot [mp], to pull out, to remove [mf]; **se —** to extract oneself [vé]; **— en portrait** to draw [vé]

tireur sharp shooter, gunman [at]

tisane herbal tea [uf]

tissu fabric [uf]

titre title [mp]

toile canvas [en]

toilette getting ready [ms], outfit [vé]; **faire sa —** to wash [ms]

toise 6 to 6.5 feet [vé]

toit roof [vé]

toiture roof [at], roofing [de]

tomba *ps of* **tomber** to fall [uf]

tombai *ps of* **tomber** to fall [ho]

tombe tomb [tu]

tombeau tomb [pf]

tomber to fall [vé]

ton tone [at]

tonneau keg [at]

tonner to thunder [en]

tonnerre thunder [at]

topique pertinent [vé]

tordit, se *ps* of **se tordre** to twist, to writhe [at]

tordre to twist [pf], **se —** to twist [ho]

tordu twisted [uf]

tors twisted [tu]

tort, avoir to be wrong [mp]

tôt early [at]

touche key (of keyboard) [ho]

touffus dense [mf]

toupie top [ho]

tour tour; tower [ho]; **le grand —** the long way [mp]

tourbillon whirlwind [ms]

tournai *ps of* **tourner** to round [ms]

tourné –bien well put [mp]

tournée, en making rounds [vé]

tourner to round [ms]

tournoyer to whirl [at]

tousser to cough [mp]

tout-puissant all-powerful [tu]

toux cough [vé]

traduction translation [vé]

traduire to translate [vé]

trahi betrayed [en]

trahir to betray [mf]

trahison betrayal [mf]

train commotion [de]

traînée trail [mp]

traîner to drag on [pf], to drag [mp], **se —** to drag oneself [mf]

trait gulp [uf], feature (facial) [tu], **— d'adresse** skill [mf]

traite trek, journey [mf]

traité treatise [ho]

traiter to treat [vé]

traître traitor [mf]

trajet pathway [vé]

trame framework, main thread in a fabric [mp]

tranchée trench [en]

transmettre to pass on [pf]

trappe trap door [ms]

travers across [vé], **à —** across [de]

traversa *ps* of **traverser** to cross [at]

traversâmes *ps* of **traverser** to cross [vé]

traverser to cross [ho], **— l'esprit** to cross one's mind [mp]

trempé soaked [en]

tremper to dip, to soak [at]

trépignement stamping of feet [vé]

trésor treasure [vé]

tressaillement quiver, quake [mp], shiver [at], tremble [pf]

tressaillir to tremble [uf]

tressaillit *ps* of **tressaillir** to quiver [mp]

tricorne three-cornered hat [de]

tringle rod; **à la –** perfectly straight [de]

trinquer to clink [at]

tripoter to play with [mp]

tristesses sorrows [mp]

trois-mâts three-masted ship [ho]

trombe torrent [at]

trompa, se *ps* of **se tromper** to be mistaken [at]

tromper to deceive [uf], to trick [ho]

trompeur deceptive [pf]

tronc tree trunk [mf]

trou hole [mf]

trouble-fête spoilsport [vé]

troué riddled with holes [at], pierced [en]

trouer to pierce [en]

troupeau herd [ho]

troupeaux flocks [mf]

trouva *ps* of **trouver** to find [ms]

trouvaille find [vé]

trouvasse *imperfect subjunctive* of **trouver** to find [vé]

trouvâtes *ps* of **trouver** to find [vé]

trouvèrent *ps* of **trouver** to find [en]

truffe truffle [vé]

truite trout [ms]

tuer to kill [mf]

tuileau tile [vé]

turent, se *ps of* **se taire** to stop talking [uf]

tut, se *ps of* **se taire** to stop talking [at]

tutoyer to address someone using 'tu' [at]

tuyau d'orgues pipe organ [at]

U

uni smooth [vé]

usage custom [vé], common practice [vé]

usé worn [ms]

user to wear out [pf], to use [pf]

usine factory [en]

V

vague wave [ho]

vaillamment valiantly [uf]

vain in vain [tu]

vaincu convinced, conquered [at], defeated [ms], vanquished [vé]

valet d'écurie stable boy [uf]

valoir to be worth [mf]

vanter to brag [vé]

vaurien good for nothing [mf]

vautour vulture [ho]

veille eve, night before [vé], the previous day; **la — au soir** the previous evening [ho]

veiller to lie awake [ho]

veilleuse watchful [at]

veine vein [ms]

velouté velvety [tu]

vendit *ps of* **vendre** to sell [tu]

vendre to sell [at]

venger, se to avenge [vé], to take revenge [at]

vent wind [at]

ventre stomach [vé]; **à plat —** face down [at]

verdâtre greenish [vé]
verdure greenery [at]
verger orchard [ms]
vérificateur verifying [ho]
vérité truth [mf]
verni shiny, shined [vé]
vernis varnish [mp]
verre glass [at]
verrou bolt, tirer les — unbolt [uf]
vers toward [mf]
versa *ps of* verser to pour [en]
verser to pour [vé]
vert green, spry [vé]
verve wit [en]
veste jacket [vé]
vestibule hall [mp]
vêtu clad [ms], dressed [vé]
vétusté old age [tu]
veuf widower [at]
veuve widow [vé]
vibrer to vibrate [mp]
vide emptiness [at]; empty [de]
vide void [pf]
vider to empty [at]
vieillard old man [tu]
vieille old woman [ms]
vieillir to grow old [at]
vieillot old-fashioned [mp]
vierge virgin [mf]
vif bright [mf], vivid [uf]
vigne vine [vé]
vilain nasty [uf], ugly [vé]
vingtaine some twenty [vé]
vinrent *ps of* venir to come [vé]
vint *ps of* venir [en]
vis *ps of* voir [de]
visage face [mf]
viser to aim [mf]
vissent *imp. subj.* of voir to see [at]
vit *ps* of voir to see [mf]
vitre window pane [ho]
vive sharp [mp]
vivement rapidly [ms], briskly [at]

vivifiant invigorating [uf]
vivres provisions [at]
vociférer to shout [at]
voie way, path [ho], road [en]
voile veil [ho]
voilé veiled [mp]
voiler to veil [tu]
voir, se to be obvious [mp]
voisin neighboring, neighbor [at]
voisinage closeness [ho], neighborhood [mp]
voix voice [mf], à haute — out loud [vé]
vol flight [uf]
volé stolen [ms]
volée volley [at]
voler to fly [ho], to rob [uf], to steal [mf]
volet shutter [at]
voleur theif [vé]
volonté will [at]
volontiers with pleasure [vé]
voltigeurs infantrymen [mf]
volupté sensual pleasure [pf]
voluptueux voluptuous [vé]
vomir to vomit [ho]
vouloir, s'en - to be angry at oneself [de]
voulut *ps of* vouloir to want [tu]
voûte vault [ho]
voyant seeing [mp]
voyou hooligan [en]
vœu wish [vé]
vraisemblable believable [vé]
vu que in view of the fact that [ms]
vue view [vé]

Y
yeux eyes [vé]

CPSIA information can be obtained at www.ICGtesting.com
Printed in the USA
BVOW021822100712

294843BV00002B/84/P